Hagen Röhrig

Kai Flammersfeld und das Geheimnis der Geysira

Hagen Röhrig wurde 1967 in Pinneberg geboren und studierte Anglistik und Geografie in Heidelberg. Seine Abschlussarbeit schrieb er über Vampire in Mythen und in der englischen Literatur. Er arbeitete als Deutschlehrer und Flugbegleiter. Hagen Röhrig ist Autor von zahlreichen Kurzgeschichten und Märchen. Heute lebt er in Weinheim an der Bergstraße.

Hagen Röhrig

Kai Flammersfeld
und das Geheimnis der Geysira

Ravensburger Buchverlag

Für Bernd
Vergiss niemals deine Träume …

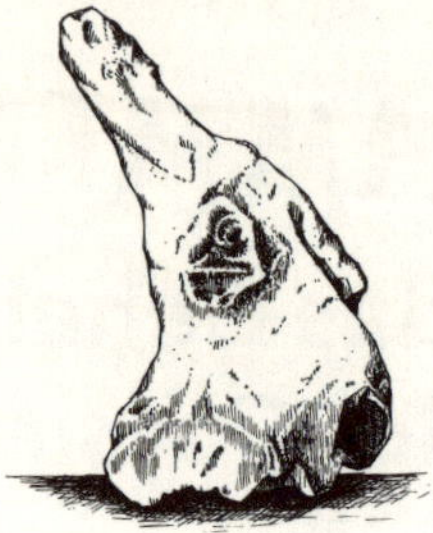

… danke!

Als Ravensburger Taschenbuch
Band 52415
erschienen 2010

Umschlaggestaltung: Dirk Lieb unter Verwendung einer Illustration
von Markus Grolik
www.markus-grolik.de
Innenillustrationen von Larysa Golik

Printed in Germany

1 2 3 4 5 14 13 12 11 10

ISBN 978-3-473-52415-0

www.ravensburger.de

INHALT

Ab in die Gruft! – 9. Tag nach dem Biss 9

Das seltsame Pfortenwasser 25

Die Schatten der dunklen Gefahr 65

Die Kirche „Zu Ehren der langlebigen Giselotta“ – 10. Tag 84

Der Pakt der Vampirjäger 105

Die Höhle der Kreaturen – 11. Tag 113

Ausgang^3 142

Die Entscheidung 160

Unter Vampiren – 12. Tag 174

Der Abstieg 185

Die schwarze Magie der Cylinda Catyll 200

Der Zerstörung erster Teil 220

Der Zerstörung zweiter Teil 244

Das Wiedersehen 268

Angriff der Vampirjäger 274

In der Falle 305

Das Geheimnis der Geysira 329

Der Silberstreifen am Horizont 361

AB IN DIE GRUFT!
9. TAG NACH DEM BISS

Kai schlug die Augen auf und atmete tief durch. Für einen kurzen Moment musste er überlegen, wo er war. Dann fiel es ihm wieder ein. Natürlich. Er war im Wohnzimmer seiner Großmutter. Er klappte den unteren Teil des Sargdeckels hoch und setzte sich auf.

Wie in den letzten beiden Tagen, nachdem sie aus der Walpurgismühle entkommen waren, hatte er auch heute einen merkwürdigen Traum gehabt. Einzelheiten fielen ihm nicht mehr ein, wohl aber verschiedene Bilder und Gefühle. Er erinnerte sich lebhaft an Augen, die ihn ausdruckslos und leer anstarrten. Und an Stoff. An einen dunklen Stoff, der im Wind flatterte. Komisch, was man manchmal so träumt, dachte Kai.

Wie spät es wohl sein mochte? Er gähnte, streckte sich und stieg aus dem Sarg. Mit den Füßen tastete er nach seinen Schuhen und schlüpfte hinein. Sein

Blick fiel auf seine Armbanduhr, deren Zeiger sich auf 23 Uhr zubewegten, und er erschrak. Er hatte viel zu lange geschlafen, war er doch gegen Mitternacht mit Sandra und den Vampirgeschwistern verabredet.

Kai ging zur Terrassentür und zog die schweren Vorhänge beiseite, die ihn während des Tages vor den gleißenden Sonnenstrahlen geschützt hatten. Nun strich das blasse Mondlicht über sein Gesicht und erhellte das Wohnzimmer. Wie immer, wenn er den Mond ansah, fielen ihm die Worte seiner Großmutter ein: „Kai … dies ist von nun an deine Sonne. Die Nacht wird dein Tag!"

Er stand eine Zeit lang da und betrachtete den funkelnden Sternenhimmel. Eine kleine Wolke, die aussah wie eine Fledermaus, zog eilig am Mond vorbei und verdeckte ihn für einen Augenblick. Kai schaute zu, wie die Fledermauswolke über den Himmel sauste und im Dunkel der Nacht verschwand.

Tränen traten ihm in die Augen. Es war noch gar nicht so lange her, da war er der ganz normale Kai gewesen, der ganz normale, fast elfjährige Kai. Er hatte mit Sandra, seiner allerbesten Freundin, begonnen im Garten seiner Oma ein Baumhaus zu bauen und vor den Osterferien in der Schultheatergruppe „Die faulen Ratten" mitgespielt.

Aber dann war es geschehen. An Felix' Geburtstag, als sie im Wald *Räuber und Gendarm* gespielt hatten. Wieder und wieder fragte er sich, warum er damals, als er vor den Gendarmen flüchtete, ausgerechnet den Weg eingeschlagen hatte, der ihn zum Waldfriedhof führte. Zu den unheimlichen Gräbern. Zu den … Vampiren. Er erinnerte sich daran, wie die Vampire ihn auf der Wiese, kurz vor Felix' Haus, umringt hatten, und der fürchterlich faulige Geruch, der aus ihrem Rachen drang, stieg ihm wieder in die Nase. Angeekelt wandte sich Kai von der Terrassentür ab, als er auf einmal etwas anderes roch. Etwas Echtes. Und Angenehmes. Den unwiderstehlichen Duft nach Leben, der ihm Appetit machte.

Begierig sog Kai den köstlichen Geruch ein und ging zielstrebig dorthin, wo er dessen Quelle vermutete: zum Esszimmertisch. Und tatsächlich – auf dem Tisch stand ein Glas, das mit einer dunklen Flüssigkeit gefüllt war. Daneben lag ein Zettel. Kai erkannte sofort die Handschrift seiner Großmutter.

Guten ‚Morgen', du Langschläfer!
Habe mir erlaubt, ein kleines Frühstück für dich vorzubereiten: schön dick aufgebrühter Bluttee. Lass es dir schmecken, mein Junge!
Oma

Kai schmunzelte. Dann nahm er das Glas und hielt es sich an die Nase. Bei dem Blutgeruch knurrte ihm laut der Magen. Er setzte das Glas an die Lippen und leerte es in einem Zug. Was für ein herrliches Gefühl das war, als der Bluttee seine Kehle hinunterfloss und die warme Flüssigkeit seinen Magen füllte! In diesem Moment klopfte es an der Tür und Sandra steckte den Kopf ins Wohnzimmer.

„Na, endlich wach? Hast verdammt lange geschlafen heute.“ Sie lächelte ihn an. „Du hast aber nicht vergessen, dass wir gleich mit Gutta, Gangolf und Gerrith am Pavillon verabredet sind, oder?“

„Nein, nein.“ Kai knipste das Licht an und stellte das leere Glas auf den Esstisch zurück. „Bin quasi schon fertig.“ Er ging zu seinem Sarg, zog seinen neuen schwarzen Umhang aus einer Seitentasche des Innenfutters und warf ihn schwungvoll über die Schultern. „Kann losgehen!“, sagte er und grinste Sandra breit an. Als er ihren überraschten Blick bemerkte, verschwand das Lächeln schlagartig aus seinem Gesicht. „Sind sie wieder länger geworden?“, fragte er leise.

Sandra nickte. „Ein klein wenig. Aber wirklich nur ein wenig. Ich gewöhne mich schon dran, keine Sorge.“

Kai seufzte tief. Erst vorgestern waren seine Eckzähne wieder gewachsen, Sandra hatte es gleich bemerkt. Seine Verwandlung in einen Vampir schritt unaufhaltsam voran. Und Kai wusste, dass es nicht allein bei den äußerlichen Veränderungen bleiben würde. Früher oder später würde sich auch sein Charakter deutlich verändern. Davor hatte er am meisten Angst, denn niemand konnte voraussehen, wie viel der neue Kai, der Vampir, noch mit dem Menschen Kai Flammersfeld gemein haben würde.

Sandra ging auf Kai zu und legte die Hand tröstend auf seine Schulter. „Ich weiß ja, dass du mich nie beißen würdest", sagte sie.

„Hallo, ihr zwei!" Kais Oma kam aus der Küche und ging durch den Essbereich ins Wohnzimmer. „Hat dir wohl geschmeckt, mein Frühstück, was?", sagte sie zufrieden, als sie das leere Glas auf dem Tisch entdeckte. „So langsam krieg ich den Dreh raus, wie man einen guten Bluttee zubereitet." Sie gab Kai einen Kuss auf die Wange. „Gut geschlafen?" Und ohne eine Antwort abzuwarten, fügte sie hinzu: „Müsst ihr nicht los? Es ist bald Mitternacht!"

„Kommst du mit?" Kai öffnete die Terrassentür.

„Nein, danke. Ich hab was anderes vor." Oma Flammersfeld holte ein Buch aus der Tasche ihres schwarzen Kleides. *Tibetisch für Fortgeschrittene*, stand darauf geschrieben. „Ich muss bis morgen noch einen Haufen Vokabeln lernen“, erklärte sie und verdrehte dabei die Augen. „Aber grüßt mir die anderen, ja?“

„Machen wir!“ Sandra und Kai traten hinaus auf den Weg, der sich durch den Garten schlängelte und zum Pavillon führte. Hinter ihnen schloss die Großmutter die Terrassentür. Sie hörten noch, wie sie anfing, tibetische Vokabeln aufzusagen.

„Ist die Luft da vorne besser?“ Sandra eilte völlig außer Atem hinter Kai her. „Nun renn doch nicht so!“

„Entschuldige …“ Kai blieb stehen und wartete auf seine Freundin. Gemeinsam gingen sie an den Rosenstöcken und den Rhododendren vorbei, überquerten die kleine Wiese mit den Mohnblumen und dem Lavendel und kamen schließlich zu den Holunderbüschen, die ganz nah am See wuchsen. An der alten Eiche vor dem Pavillon blieben sie stehen.

„Die sind ja noch gar nicht da.“ Sandra schaute sich um.

„Doch, sind sie.“ Seit dem Abend, als sie in Wankelmanns Haus im Mondscheinpfad Nummer 13 eingestiegen waren, hatte Kai eine, wie er fand, ganz wunderbare vampirische Fähigkeit. An genau diesem Abend nämlich war es gewesen, als sich seine Augen zu denen eines Vampirs verändert hatten und er in der Dunkelheit alles gestochen scharf und farbig sehen konnte. Deshalb war es für ihn ein Leichtes, Guttas zierlichen Körper in den Ästen der Eiche auszumachen.

„Schau“, sagte er und deutete auf eine dunkle Stelle in der Baumkrone, wo Sandra allerdings rein gar nichts erkennen konnte.

„Ich seh da niemanden“, erwiderte sie und rief dann kurzerhand: „Hey, Gutta, Gangolf, Gerrith! Seid ihr da?“

Kai hielt sich die Ohren zu. Wie alle Sinne, so war auch sein Gehör mittlerweile sehr fein und empfindlich geworden.

„Boah, was schreit die denn so?“, schnarrte es dumpf vom Dach des Pavillons. „Da platzt einem ja das Trommelfell.“

„Motz nicht so rum, Bruderherz“, kam es aus dem Eichenlaub zurück und kurz darauf schwebte Gutta vor Kai und Sandra auf den Boden. „Ihr dürft Gangolf heute nicht so ernst nehmen, er hat mal wieder eine seiner Gefühlsschwankungen“, sagte sie und lächelte ihnen zu.

„Gefühlsschwankungen, pah! Das is’ was für Weicheier, aber nicht für einen richtigen Vampir.“

Gangolf stieß sich vom Dach des Pavillons ab und flatterte zu den anderen.

„Na, Kumpel, alles klar?" Er schlug Kai so kräftig auf den Rücken, dass dieser einige Schritte vorwärtstaumelte.

„Wo ist denn Gerrith?" Kai hustete die Worte mehr, als dass er sie sagen konnte.

„Ja, wo ist er eigentlich?" Gutta schaute sich verwundert nach allen Seiten um. „Eben war er doch noch da …"

Irgendwo hinter dem Gartenpavillon raschelte es. „Hallo!", hauchte eine Stimme. „Schön, euch zu sehen." Gerrith kam hinter dem Pavillon hervor und schlich zu ihnen an die Eiche.

Er hielt ein Gänseblümchen in der Hand, das ihm Gangolf aber sogleich entriss und kopfschüttelnd auf den Boden warf. Die enttäuschten Blicke seines Bruders ignorierte er dabei geflissentlich.

„Hach, ist das nicht eine herrliche Nacht?", rief Gangolf. Aus der Tasche seines Umhangs ertönte wie zur Bestätigung ein leises „Quak!" von Gundel, seiner Vampir-Gelbbauchunke. „Macht richtig Lust auf eine ausgedehnte Jagd, nicht wahr?" Er warf den Kopf nach hinten und aus seinem Rachen drang ein dunkles, schnarrendes Fauchen. Sandra drückte sich schutzsuchend an Kai.

„Nun lass das doch mal, Gangolf! Es sind Menschen unter uns.“ Gutta verdrehte die Augen und flüsterte Sandra ins Ohr: „Jetzt macht er wieder einen auf obercool. Aber keine Angst, das geht vorbei.“

Gangolfs Gesicht verfärbte sich tiefrot. „Oh Entschuldigung, Sandra. Ich wollte dich wirklich nicht erschrecken.“

Sandra lächelte und entspannte sich wieder.

„Na schön, also keine Jagd heute Nacht.“ In Gangolfs Stimme schwang aber deutlich ein Ton des Bedauerns mit.

„Ich wüsste auch gar nicht, wie ich das anstellen sollte“, bemerkte Kai und bereute im nächsten Augenblick, dies gesagt zu haben, denn er erntete dafür bitterböse Blicke von Gutta und Gangolf.

„Soll das etwa heißen, dass du noch überhaupt nicht jagen warst? Nicht ein einziges Mal?“, fragte Gangolf, wohl wissend, wie die Antwort ausfallen würde.

Kai schluckte und schwieg.

„Also wirklich! Kai!“ Gutta schüttelte den Kopf. „Du hast die *Alltagstipps* noch immer nicht durchgelesen, stimmt's?“ Sie seufzte. „Da steht nämlich in Kapitel 2, Unterpunkt 2.3.9 *Die Zeit nach dem alles entscheidenden Biss,* dass man mit der ersten

Jagd nicht zu lange warten soll. Das ist wie mit dem Fliegen, Kai. Man muss es üben, üben, üben!"

Kai antwortete nicht. Er wusste, dass es eine endlose Diskussion auslösen würde, wenn er den beiden erzählte, dass er bisher nicht die geringste Lust aufs Jagen verspürt hatte. Immer, wenn er Hunger bekam, brühte er sich einen dicken Bluttee auf oder aß eine große Blutwurst. Bisher hatte er das als völlig ausreichend empfunden.

Tief in seinem Innern war ihm klar, dass dies eines Nachts nicht mehr so sein würde. Aber hoffentlich war diese Nacht noch weit entfernt. Früher oder später, das war ihm bewusst, würde es ihn nach Menschenblut dürsten. Nach frischem, warmem Menschenblut, in dem noch der Puls des Lebens schlug. Ihm graute davor und keinesfalls wollte er jetzt schon einen Ratgeber lesen wie *Praktische Alltagstipps für Vampire – die 100 besten Rezepte.*

Gangolfs Stimme riss ihn aus seinen Gedanken. „Irgendwie bin ich mit der Gesamtsituation unseres Neulings hier gar nicht zufrieden", wetterte er, wobei er „Neuling" besonders stark betonte. „Ich wette, dein Sarg steht immer noch im Wohnzimmer deiner Oma, stimmt's?"

„Natürlich."

„Eben nicht natürlich", raunzte Gangolf ihn an.

„Auch das steht in deinen *Alltagstipps*. Jeder anständige Vampir hat auf einem Friedhof zu wohnen, mag er auch so klein sein wie unserer. Er muss seinen Sarg zumindest in der Nähe eines Friedhofes aufstellen. Und was machst du? Du lebst in einem Wohnzimmer in einem Menschenhaus. Auf Dauer geht das einfach nicht, finde ich."

Kai schnappte empört nach Luft. Eigentlich hatte er gehofft, dass dies ein schöner Abend werden würde, aber nun sah es eher danach aus, dass er sich eine Standpauke nach der anderen anhören durfte. Das gefiel ihm gar nicht. Er stellte sich trotzig vor Gangolf auf. „Ich mag aber nicht auf einen Friedhof ziehen. Da ist es mir zu ... tot!", entgegnete er mit fester Stimme.

„Quatsch! Was soll das denn? Zu tot! Zu tot gibt es gar nicht", antwortete Gangolf schnippisch und machte eine abwehrende Handbewegung. „Das sagst du ja nur, weil du gar nicht weißt, wie es ist, auf einem Friedhof zu wohnen. Nimm unsere Gruft zum Beispiel. Die ist total gemütlich!"

„Gemütlich?" Kai lachte verächtlich auf. „Das soll ja wohl 'n Witz sein. Wie kann eine Gruft gemütlich sein? Da ist es kalt und feucht und es riecht nach Moder und Schimmel. Nach Tod eben. Wer will da schon gerne leben?"

„Wir!“, protestierte Gutta. „Wir wohnen sogar sehr gerne da. Aber das kannst du noch nicht verstehen, dafür bist du wohl noch nicht Vampir genug.“

Zum Glück, ergänzte Kai in Gedanken, aber er wagte nicht, es laut zu sagen.

„Ich habe eine Idee!“ Gangolf grinste ihn breit an. „Wir werden dir heute zeigen, wie schön es ist, in einer Gruft zu wohnen.“

Gutta machte einen Schritt auf ihren Bruder zu. „Wie … du willst doch nicht etwa …“

„Oh doch, genau das will ich!“

„Du möchtest den beiden wirklich unsere Gruft zeigen?“

„Yepp!“

„Gute Idee!“

„Äh … Leute …“ Gerrith zupfte aufgeregt an Gangolfs Umhang. „Ihr wisst aber schon, dass das strengstens verboten ist, oder?“

„Natürlich.“

„Und dass es fürchterliche Strafen geben wird, wenn wir mit Menschen in unserer Gruft erwischt werden?“

„Auch klar.“ Gangolf wuschelte seinem Bruder gönnerhaft durchs Haar. „Oh Gerrith, du bist wirklich der größte Angsthase der Welt. Aber ich verspreche dir: Niemand wird es merken.“

Gerrith schaute besorgt auf. „Wie kannst du das nur versprechen? Was, wenn irgendjemand mitbekommt, dass wir die beiden Menschen mit in die Gruft nehmen?"

„Kai ist Vampir!", polterte Gangolf.

„Noch nicht ganz! Und außerdem ... was ist mit ihr?" Gerrith zeigte auf Sandra. „Sie ist nicht mal ansatzweise ein Vampir."

„Nun pass mal schön auf, Brüderchen." Gangolf legte einen Arm um Gerriths Schultern. „Erstens sind unsere Eltern heute nicht zu Hause. Und zweitens passen wir schon auf, dass sie nichts Menschliches zurücklassen."

„Und ihr Geruch?"

„Moosspray!" Gutta zog ein Fläschchen aus der Tasche ihres Umhangs. „Überdeckt garantiert alle Gerüche."

Gerrith senkte verzagt den Kopf. „Man wird uns erwischen. Bestimmt! Und die Strafe wird fürchterlich sein. Fürchterlich!"

Gangolf stupste ihm mit dem Ellenbogen in die Seite. „Immer locker, Gerrith. Es wird schon alles gut gehen." Dann wandte er sich an Kai und Sandra. „Also, was ist? Wollt ihr mal sehen, wie schön es sich in einer anständigen Gruft wohnen lässt?"

Die beiden wechselten unschlüssige Blicke.

„Also, na ja. Dir wird in der Gruft wohl nicht so viel passieren, wenn plötzlich doch ein Vampir auftaucht. Aber mir wahrscheinlich schon“, sagte Sandra und Kai merkte deutlich, wie unwohl ihr bei dem Gedanken war, in eine Vampirgruft hinabzusteigen.

„Sollen wir es lieber lassen?“, fragte er.

Sandra drehte eine Locke ihres roten Haares um den Zeigefinger und spielte daran herum. Das tat sie immer, wenn sie nachdachte. Am liebsten hätte sie mit Ja geantwortet. Gutta, Gangolf und Gerrith kannte und mochte sie. Die Vampirgeschwister waren stets freundlich und eigentlich hatte Sandra auch keine Angst mehr vor ihnen. Außer vielleicht, wenn sie sich so raubtierhaft verhielten wie Gangolf eben, als er auf einmal den Kopf in den Nacken geworfen und gefaucht hatte. Aber sie gewöhnte sich langsam sogar an Gangolfs ruppige Art. Ohnehin war sie sich ziemlich sicher, dass sich hinter seiner rauen Schale ein gutes Herz verbarg – wenn man das über einen Untoten überhaupt sagen konnte. Aber durfte sie sich bei den Vampireltern da so sicher sein? Als sie vor ein paar Tagen bei Kais Großmutter zu Besuch gewesen waren und nach den Transsylvanischen Schicksalskeksen gefragt hatten, ja, da waren sie schon höflich gewesen. Wie aber würden sie sich verhalten, wenn sie Sandra plötzlich in ihrer Gruft vorfänden?

Andererseits merkte sie, worum es ging. Gutta, Gangolf und Gerrith wollten Kai deutlich machen, dass er den nächsten Schritt tun musste. Einen weiteren Schritt in Richtung Vampirleben. Ob es ihm nun gefiel oder nicht, er musste sich mit den Dingen auseinandersetzen, die von nun an zu seinem Leben dazugehören würden. Kai hatte eigentlich keine Wahl. Und sie würde ihn dabei nicht alleine lassen, daran gab es für sie nichts zu rütteln.

„Wir gehen", sagte Sandra schließlich mit fester Stimme. „Aber sollte es brenzlig werden, helft ihr mir alle, klar?"

„Großes Vampirehrenwort!" Gangolf legte feierlich die Hand auf die Brust.

Kai lächelte sie an. „Ich werde dich sicher nicht im Stich lassen, sollte in der Gruft …"

„Ich weiß", entgegnete sie leise und rief: „So, auf geht's! Ab in die Gruft!"

Wortlos schnappte Kai seine Freundin und hob vom Boden ab. Gutta, Gangolf und Gerrith taten es ihnen gleich.

Während des ganzen Fluges konnten sie Gerriths leises Seufzen hören. „Es wird alles in einer Katastrophe enden. Bestimmt wird es in einer Katastrophe enden. Ich weiß es ganz genau“, murmelte er in einem fort.

Kai jedoch schwieg und drückte Sandra ganz fest an sich. Er war unheimlich stolz auf seine Freundin. So unheimlich stolz.

DAS SELTSAME PFORTENWASSER

Die jungen Vampire flogen hoch über den Baumwipfeln. Der warme Wind pfiff ihnen um die Ohren und spielte mit ihren Umhängen. Als Sandra einmal den Kopf drehte und zurückschaute, konnte sie sich ein Grinsen nicht verkneifen. Der arme Gerrith, der als Letzter flog, hatte alle Mühe, seinen Umhang, der ihm eigentlich viel zu groß war, unter Kontrolle zu halten. Der Wind zupfte und zog so heftig an ihm und wirbelte den Stoff dermaßen durcheinander, dass man meinen konnte, der kleine Kerl würde von seinem Umhang verschlungen.

Nach einer Weile sahen sie unter sich die fahlen Lichter eines einsamen Hauses. Kai erkannte es sofort: Es war das Haus Nummer 13 im Mondscheinpfad, das Haus von Rufus Wankelmann. Er sah zu Gutta, die gerade neben ihm flog. Als sich ihre Bli-
cke trafen, zog sie eine Grimasse. Kai nickte.

Sie flogen noch ein Stück geradeaus, dann machten sie eine Links- und schließlich noch eine Rechtskurve. Der Wald unter ihnen bekleidete eine sanfte Hügellandschaft. Alles war in das silbrige Licht des Mondes getaucht. Nun überflogen sie einen See, der schimmerte, als seien die Sterne in ihn hineingefallen. Kai liebte diese Ruhe beim Fliegen. Die Welt lag still und friedlich da und nichts als das Flattern seines Umhangs war zu hören.

Auf einmal schoss Gangolf hinter Kai hervor und leitete den Sinkflug ein. Zwischen den Bäumen waren schon die ersten Gräber zu erkennen. Dann sah Kai ihn ganz: den alten Waldfriedhof.

Sie landeten nahe einer Gruppe von hohen Laubbäumen.

„Hier ist doch nicht eure Gruft, oder?“, fragte Kai.

„Gut erkannt“, sagte Gangolf spöttisch.

„Ich sag ja nichts mehr.“ Gutta verdrehte die Augen. „Aber hättest du ein wenig mehr in deinen *Alltagstipps* geblättert, dann wüsstest du Bescheid.“ Sie schaute sich aufmerksam um. „Das machen wir immer so. Nie direkt bei der Gruft landen! Reine Vorsichtsmaßnahme.“ Sie deutete auf eine Ecke des Friedhofs, in der viele besonders alte Gräber standen. „Da müssen wir hin! Aber wartet einen Augenblick. Gangolf, Gerrith und ich prüfen erst, ob die

Luft rein ist." Die Vampirgeschwister stapften los und verteilten sich über den Friedhof.

Der alte Waldfriedhof ... Kai ließ schaudernd seinen Blick über die Gräberlandschaft vor ihm schweifen. In der Mitte konnte er die großen Steinkreuze erkennen. Gerrith schlich gerade vorsichtig zwischen ihnen hindurch. Manche schimmerten matt im blassen Mondlicht, andere waren von Efeu überwuchert. Etwas weiter entfernt standen die riesigen Säulen, auf denen die trauernden Engelsfiguren saßen und über die Toten wachten.

Nicht weit von diesen Engelsfiguren hatte er damals gestanden – es war noch gar nicht so lange her. Neben dem rostigen Eisenzaun, der den Friedhof umgab. Bei seinem Anblick überkam Kai eine große Traurigkeit. Zehn Tage. Vor zehn Tagen war es geschehen. Das knirschende Geräusch der Grabplatte ... *Kchrrrrr!*, als knöcherne Finger sie beiseiteschoben. Die Fledermaus, die ihm ein Haarbüschel ausgerissen hatte. Die finsteren Gestalten, die bei der Gruft standen. Seine Flucht durch den Wald und schließlich der erdrückend faulige, modrige Geruch der Vampire, als sie ihn auf der Wiese umringt hatten. All diese Erinnerungen schossen ihm durch den Kopf und machten ihn wütend. Wütend auf die Vampire. Wütend auf Gangolf und

Gerrith, die ihn für eine Mutprobe benutzt hatten, weil Gerrith endlich lernen sollte, ein „richtiger“, ein „mutiger“ Vampir zu sein. Jeden hätten sie dafür nehmen können. Jeden! Warum hatte ausgerechnet er ihnen über den Weg laufen müssen? Vor Zorn und Selbstmitleid krampfte sich sein Magen zusammen.

Sandra reichte ihm ein Taschentuch. Erst jetzt bemerkte er, dass ihm Tränen die Wange hinunterliefen.

„Geht schon. Danke.“ Kai nahm das Taschentuch, wischte sich die Tränen ab und steckte es dann ein.

„Alles klar, wir können los.“ Gutta spähte hinter einem dicken Baumstamm hervor und winkte Kai und Sandra zu sich. Sie schlichen durch das hohe Gras, stiegen über die halb verfallenen Grabsteine, passierten die Steinkreuze und die Säulen mit den Engelsfiguren und standen schließlich vor einer großen Gruft. Der Gruft der Vampire.

„Wahnsinn!“ Sandra machte große Augen. So eine Grabstätte hatte sie noch nie gesehen. Sie ragte wie ein Turm vor ihr in den Nachthimmel. An jeder der vier Ecken hing ein drachenartiger Wasserspeier, der sein Maul weit aufriss, als wollte er jeden, der ihm zu nahe kam, mit einem grässlichen Fauchen vertreiben. Die Augen der steinernen Drachen starrten kalt und grausam auf die kleine Gruppe, die im Begriff war, ihr Reich zu betreten.

Vor dem Turm mit den Wasserspeiern ragte ein Grab aus dem Gras hervor, das mit einer schweren, verwitterten Marmorplatte verschlossen war. Daneben kniete ein Engel aus Marmor auf einem Sockel. Er stützte sich mit einem Schwert ab und blickte trauernd auf die Grabplatte.

„Beeindruckend, nicht wahr?" Gangolf stellte sich neben Sandra, die gerade das Gesicht des Engels genauer betrachtete.

„Allerdings." Sie berührte die Wange des Engels mit dem Zeigefinger. „Er sieht so traurig aus. So unheimlich traurig."

„Einer unserer Vorfahren hat ihn aufstellen lassen. Siehst du? Da steht noch sein Name." Gangolf zeigte auf einen Schriftzug am Sockel der Figur. Dort war in geschwungener Schrift zu lesen:

Gestiftet durch ihro Herrschaftlichkeit Geckbert von Greifendorf. A.D. 1622.

„Geckbert wurde durch seinen Bruder Gieselmann in einen Vampir verwandelt", erzählte Gangolf. „Doch Geckbert konnte sich einfach nicht damit

abfinden, ein Vampir zu sein, was ich ja ziemlich komisch finde. Aber bitte … Jedenfalls hat er dann als Zeichen seines Grams diesen Engel hier aufstellen lassen, damit er den Eingang zur Gruft bewachte und ihn stets an seine Verzweiflung erinnerte."

„Das ist aber eine schaurige Geschichte", sagte Sandra. „Wie geht es diesem Geckbert heute?"

„Es gibt ihn nicht mehr", entgegnete Gangolf düster.

Sandra traute sich nicht, weitere Fragen über Geckbert zu stellen.

Gangolf fasste dem Engel an die Nase und drehte sie um. Die Grabplatte neben ihnen hob sich dumpf knirschend und Gutta schob sie – *Kchrrrrr!* – ein Stück beiseite, sodass eine Treppe sichtbar wurde, die hinunter ins Erdreich führte.

„So, ihr zwei." Gutta nahm das Fläschchen mit dem Moosspray aus ihrer Umhangtasche. „Hiermit werdet ihr jetzt erst mal schön eingesprüht."

Und schon verschwand Sandra von Kopf bis Fuß in einem dichten, weißen Nebel. Dann richtete Gutta das Fläschchen auf Kai. „Nur der Vorsicht halber", erklärte sie und hüllte auch ihn in eine Wolke aus Moosspray.

„Und das verdeckt auch wirklich unseren menschlichen Geruch?", fragte Kai besorgt, als Gutta die

Flasche wieder einsteckte. Wobei ihm weniger um sich selbst als um Sandra bange war.

„Aber ja doch, keine Sorge. Kein Vampir würde euch jetzt noch riechen. Und nun ... Heftet euch mir an die Fersen!“ Gutta lachte und stieg die Stufen in das Grab hinab. Schon war sie unter der Erde verschwunden. Gangolf und Gerrith folgten ihr.

Kai merkte, dass Sandra zögerte, und legte eine Hand auf ihren Arm. „Noch können wir umkehren, Sandra.“

„Nein, nein. Jetzt, wo wir hier sind, gehen wir da auch rein. Aber ... wenn da noch andere Vampire sind, hilfst du mir, okay?“

„Haben wir dir ja versprochen.“

„Nur bei dir bin ich mir sicher, dass du es auch wirklich tun wirst.“ Sie setzte behutsam einen Fuß auf die erste Stufe und tastete sich dann langsam die Marmorstufen hinunter. Kai blieb dicht hinter ihr. Kaum waren sie von der Gruft verschluckt worden, da hörten sie über sich das donnernde Geräusch der Grabplatte, die den Eingang wieder verschloss.

Sandra blieb stehen. Sie wurde den Gedanken

nicht los, dass sie nun in dieser Gruft gefangen war, und das wollte ihr ganz und gar nicht gefallen. Sie spürte, wie es ihr die Kehle zuschnürte. „Ruhig, ganz ruhig", sagte sie leise zu sich selbst, atmete ein paarmal tief durch und ging dann mutig weiter. Auf keinen Fall wollte sie sich anmerken lassen, wie viel Angst sie vor dem Zuhause der Vampire hatte.

Stufe um Stufe ging es weiter in den Bauch der Erde hinab. Die Vampirgeschwister waren nicht mehr zu sehen, aber ihre Schritte hallten von weiter unten durch den Treppenaufgang. Schon glaubte Sandra, dass die Stufen nie aufhören würden, da stand sie plötzlich in einem großen Raum, über den sich ein mächtiges Gewölbe spannte. Gutta, Gangolf und Gerrith lehnten an hoch aufragenden Säulen und warteten bereits auf sie.

„Drei Millionen Jahre später ... Mann, das hat aber gedauert!", raunzte Gangolf und zündete eine Fackel an.

„Sind ja auch eine Menge Stufen", keuchte Sandra. „Die würde ich nicht jeden Abend laufen wollen."

„Machen wir auch nicht", sagte Gutta und zwinkerte ihr zu. „Es gibt noch andere Eingänge, durch die man fliegen kann. Aber die sind streng geheim!"

„So, fertig." Gangolf hatte mittlerweile ein paar weitere Fackeln angesteckt. „Jetzt kannst du dich hier unten ein bisschen besser umsehen." Er lächelte Sandra an.

„Oh, wie fürsorglich, Bruderherz", flötete seine Schwester. Kai hätte schwören können, dass Gangolf rot wurde und er sich deswegen rasch wegdrehte.

„Jetzt zeigen wir euch erst mal unser Zimmer." Gerrith ging zwischen zwei Säulen hindurch und drückte gegen eine schwere Holztür, die sich laut knarrend öffnete. „Hier drin stehen unsere Särge", sagte er. Als alle den Raum betreten hatten, ließ er die Tür donnernd ins Schloss fallen. „Die sind natürlich nicht so toll wie dein Sarg, Kai. So etwas würden unsere Eltern nie erlauben!"

„Ja, weil sie so altmodisch sind." Gangolf machte eine abfällige Handbewegung. „Sie sorgen sich immer nur um den guten Ruf der Familie."

Kai und Sandra schauten sich in dem Raum um. Auch hier spannte sich über ihnen ein großes, hohes Deckengewölbe, von dem lange Fäden einer dürren Rankenpflanze wie dünnes Haar herunterhingen. Es war feucht und stickig und roch nach faulem Holz und Pilzen. In unregelmäßigen Abständen rollten feine Wassertropfen aus den Zweigen und platschten auf den Fußboden. An einer Wand standen drei Särge ordentlich nebeneinander. Auf jedem dieser Särge war ein Schild angebracht, auf dem in schnörkeliger Schrift ein Name stand. Allerdings waren die Schilder bereits so sehr verwittert, dass sie kaum noch zu lesen waren.

Sandra konnte auf dem längsten Sarg gerade noch ein „...olf“ erkennen, doch auch so war unschwer auszumachen, dass dieser Sarg Gangolf gehören musste. Schließlich war er der größte der drei Vampirgeschwister. An der Wand gegenüber befanden sich drei schlichte Holzschränke, auf denen jeweils ein riesiges „G“ aus Eisen angebracht war. Ansonsten gab es keine Möbel. Aus den Wänden ragten die Halterungen der Fackeln, die die Gruft erhellten.

„Ihr habt es hier ...“, Sandra suchte krampfhaft nach dem richtigen Wort, „äh ... gemütlich.“ Sie klang nicht sehr überzeugend, denn in Wahrheit fand sie die Schlafhalle der Geschwister ausgesprochen unwohnlich. Aber etwas Besseres wollte ihr einfach nicht einfallen. „Kai, was meinst du?“ Sie stieß ihm mit dem Ellenbogen in die Seite.

„Jaja, sehr schön“, ergänzte dieser schnell.

„Nicht wahr? Und schaut mal ...“ Gutta blickte zu Gangolf. „Darf ich es ihnen zeigen?“, fragte sie. Sie ging zu seinem Sarg, öffnete ihn und holte etwas aus einer Seitentasche des Innenfutters.

„Das müsst ihr euch ansehen!“ Sie hielt Kai und Sandra eine kleine Holzkiste vors Gesicht.

Nein, das war keine einfache Holzkiste.

Es war ein Sarg! Ein richtiger, echter Sarg. Nur war er viel, viel kleiner als die Särge, die an der Wand standen.

„Hat unser Bruder selbst gemacht!“, sagte Gerrith.

„Und wer passt da rein?“, fragte Kai.

„Schau doch mal genauer hin.“ Gutta hielt ihm den Minisarg dicht vor die Augen und zeigte auf eine winzige Metallplatte, in die einige Buchstaben eingestanzt waren. Kai versuchte, sie zu entziffern.

„G… Gu… Gundel“, las er. „Gundel? Gangolf hat seiner Vampir-Gelbbauchunke einen eigenen Sarg gezimmert?“ Er blickte Gangolf an und hatte alle Mühe, einen Lachanfall zurückzuhalten. Einen Sarg für eine Gelbbauchunke. So etwas gab es sicher nicht ein zweites Mal! Er stellte sich vor, wie es sich das Tier in seinem Sarg für den Tag bequem machte, den dicken Körper auf den weichen Innenstoff drückte und alle viere genüsslich von sich streckte. Dann konnte er einfach nicht mehr an sich halten und begann lauthals zu lachen.

„Haste ’n Problem damit, dass ich mich um mein Haustier kümmere?“ Gangolf baute sich breitbeinig vor ihm auf.

Sandra stellte sich zwischen die beiden. „Also,

ich finde den Sarg für Gundel wirklich niedlich.“ Sie nahm Gutta den kleinen Sarg aus der Hand. „Hast du toll hingekriegt. Da schläft Gundel bestimmt gerne drin.“

Geschmeichelt entgegnete Gangolf: „Echt? Gefällt er dir? Ich habe mir auch total viel Mühe gegeben. Gundel weiß das zu schätzen, wirklich. Sie schläft jeden Tag darin. Guck mal rein. Das Innenfutter ist gelb. Extra für sie.“

Gutta tippte Kai an. „Du darfst den Armen nicht so ärgern“, flüsterte sie und vergewisserte sich mit einem Blick über die Schulter, dass ihr Bruder noch immer mit Sandra ins Gespräch vertieft war. „Wo er doch so ungern Gefühle zeigt.“ Sie blinzelte ihn schmunzelnd an.

„Jaja. Ich weiß. Er ist ein ganzer Kerl.“ Kai musste wieder losprusten. „Aber es war einfach zu komisch.“

Mittlerweile hatte Gangolf in die Tasche seines Umhangs gegriffen und Gundel herausgeholt, die auch sogleich in ihren Sarg kroch und sich gemütlich darin rekelte.

„Sie ist wohl müde, was?“ Sandra sah zu, wie sich die Unke platt auf das Innenfutter drückte.

„Es ist Zeit für ihren Mitternachtsschlaf“, sagte Gangolf und stellte Gundels Sarg auf das Kopfkissen seines eigenen. Dann drehte er sich wieder zu den anderen um.

„Wollt ihr jetzt mal das Schlafzimmer unserer Eltern sehen?“, rief Gangolf, packte Sandra am Handgelenk und eilte mit ihr ein paar Stufen hinab durch einen Torbogen in einen anderen Raum. Die anderen folgten ihnen.

„Seht ihr, so hausen unsere alten Herrschaften. Auch nicht schlecht, was?“ Mit ausladender Geste präsentierte er das Zimmer der Eltern. Ihre Särge standen nebeneinander an einer Wand. Es gab zwei klobige Eichenschränke, ähnlich denen im Raum der Vampirgeschwister, die ebenfalls je mit einem großen, gusseisernen „G“ verziert waren, und eine schwere Holztruhe. Ihnen gegenüber, in einer Ecke an der anderen Seite des Raumes, befand sich ein Schränkchen. Daneben lehnte ein großer Sarg aufrecht an einer Mauer.

„Wer schläft denn da drin?“, fragte Sandra und betrachtete skeptisch den Sarg. Sie konnte sich nicht vorstellen, dass es besonders gemütlich war, in einer aufrechten Position zu schlafen.

Gangolf lachte. „Die Blutlikörvorräte unserer Eltern“, sagte er. „Sie haben das gute Stück neulich umgestellt. Vorher stand er auf dem Boden wie die anderen Särge auch. Aber aufrecht stehend macht er doch viel mehr her, findest du nicht?“ Er blickte Sandra erwartungsvoll an, die jedoch nicht so recht wusste, was sie darauf antworten sollte. Mit dieser Art Dekoration konnte sie nicht besonders viel anfangen.

Das Schränkchen neben dem aufrecht stehenden Sarg dagegen gefiel ihr sehr gut. Bewundernd trat sie näher. Die Türen waren mit wunderschönen Einlegearbeiten verziert.

„Da drin bewahrt unser Vater seine Sachen auf. Seine Duftwässerchen, zum Beispiel“, sagte Gangolf, wobei er das Wort „Duftwässerchen“ mit Verachtung in der Stimme betonte. Mit Parfüms hatte er nichts am Hut. Er war nämlich der Meinung, dass es eine unglaublich unvampirische Sache sei, sich mit einem Duft einzusprühen.

„Es ist bestimmt sehr alt, nicht wahr?“ Sandra ging ganz nah an den kleinen Schrank heran und fuhr mit dem Zeigefinger vorsichtig über die dunklen Muster der Einlegearbeiten.

„Oh ja, uralt. Es stand schon in der Burg unserer Vorfahren“, sagte Gutta.

„Wunderschön.“ Sandra folgte mit ihren Augen der feinen Maserung des Holzes. Das Schränkchen war nicht ganz an das Mauerwerk herangeschoben. Als sie es von der Seite betrachtete, fiel ihr plötzlich etwas auf. Seltsam, dachte sie und trat einen Schritt zurück. Nein, nun war es verschwunden. Sie stellte sich noch einmal an die Stelle, an der sie eben gestanden hatte ... und da war es wieder. Hinter dem Schrank. Ein blaues Licht. Ganz schwach, so als käme es aus dem Gestein der Wand.

„Und was ist das?“, fragte sie und zeigte hinter das Schränkchen.

„Das nennt man Wand“, witzelte Kai.

„So, und die leuchtet normalerweise blau oder was?“

„Blau? Wieso blau? Hast du heimlich vom Blutlikör gekostet?“

„Jetzt guckt doch mal, hier. Hinter dem Schrank leuchtet es blau.“

Gangolf kam zu Sandra herüber und betrachtete den dünnen Spalt zwischen Schrank und Wand. „Hoppla, das ist ja komisch“, sagte er und machte seiner Schwester Platz. „Hast du das schon mal gesehen?“

„Ist mir völlig neu“, erwiderte Gutta, nachdem auch sie hinter den Schrank geblickt hatte. „Gerrith, schau du mal!“

„Ach nee, lasst mal. Wenn ihr das nicht kennt, kenn ich das auch nicht.“

Doch Gangolf packte seinen Bruder am Ärmel

und zog ihn zu dem Schränkchen. „Du Hasenfuß! Da wird dich schon kein Raubtier anfallen. Los, guck!“

Gerrith blinzelte kurz in den Zwischenraum. „Oh, sieht aber schön aus“, flötete er.

„Schön? Um Schönheit geht es hier gerade nicht, mein Freund.“ Gangolf zog ihn zurück und schaute selbst noch einmal auf das bläuliche Schimmern. „Kennst du dieses Licht?“

„Nein.“

„Dann hilft nur eins.“ Gangolf ließ die anderen zurücktreten, krallte seine langen Finger um die Holzkanten und schob den Schrank mit einem lauten Quietschen von der Wand weg. Dann starrte er mit großen Augen auf das Mauerwerk. „Teufel auch …“ Er schnappte nach Luft. „So etwas habe ich noch nie gesehen!“

Ein fein geschliffenes Kristallfläschchen stand dort in einer Nische in der Wand. Es wirkte zart und zerbrechlich, so als würde es bei der erstbesten Berührung zu Bruch gehen. Ein spitz zulaufender Verschluss saß oben auf dem Flaschenhals und schützte die Flüssigkeit, mit der das Fläschchen gefüllt war. Die Flüssigkeit war durchsichtig und leuchtete in einem hellen und kräftigen Blau. Ein sanfter Kranz aus blauen Strahlen waberte mal

stärker und mal schwächer werdend um die Flasche herum und formte dabei ihre Umrisse nach.

„Also, das ist auf keinen Fall ein Parfüm“, sagte Gutta und beobachtete fasziniert das Flackern. „So viel steht schon mal fest.“

Gerrith trat näher an die Nische heran. Das blaue Strahlen zog ihn magisch an. Dieses Meer aus Strahlen ... dieses wunderschöne Blau ... Er wollte es so gern anfassen. Nur mal kurz berühren. Er streckte langsam eine Hand aus und nahm das Fläschchen ganz vorsichtig aus der Nische.

„Schaut nur, wie schön es ist“, flüsterte er ergriffen.

„Um Teufels willen! Pass bloß auf, dass du es nicht fallen lässt!“, rief Gutta. „Wer weiß, was da drinnen ist. Vielleicht ist es giftig!?“

„Dann wäre es doch nicht bei uns in der Gruft“, sagte Gerrith.

„Da hat er Recht“, stimmte sein Bruder zu.

Gerrith drehte die kleine Flasche in seiner Hand und entdeckte ein Etikett. „Oh, seht mal, da steht ja was!“ Er zeigte auf den Zettel. Mit schwarzer Tinte war ein einziges Wort darauf geschrieben: *Pfortenwasser.*

„Pfortenwasser? Noch nie gehört“, wunderte er sich.

„Bestimmt haben wir das mal in Vampirkunde in der Schule gehabt“, meinte Gangolf, „aber da pass ich nie auf. Das interessiert mich nicht so.“

„Quatsch, Vampirkunde. So ein komisches Wort hättest selbst du dir gemerkt“, sagte Gutta. „Das da ist was ganz Geheimes, das sag ich euch!“

„Und deswegen steht es einfach so in einer Wandnische?“

„Na klar! Genau deshalb! Überleg doch mal. Würdest du so etwas hinter einem einfachen Schrank vermuten? Das ist doch das beste Versteck. Aber was es auch ist, stellen wir es lieber wieder zurück.“

Doch Gerrith hatte die Flasche bereits geöffnet. Aus dem Flaschenverschluss in seiner Hand ragte ein kleines, durchsichtiges Stäbchen, das auch aus Kristall war und wie eine Pipette aussah. An diesem Stäbchen leuchtete ebenfalls etwas von dem Pfortenwasser und ganz langsam bildete sich an seinem Abschluss ein Tropfen. Zunächst war dieser Tropfen kaum zu erkennen, doch dann wurde er größer und war schließlich so sehr angewachsen, dass er deutlich zu sehen war.

„Mensch, Gerrith, pass auf!“, rief Gutta noch. „Der Tropfen da, der fällt gleich …“

Doch es war zu spät. Sie hatte den Satz noch nicht

ausgesprochen, da löste sich der Tropfen von dem Kristallstäbchen – und blieb in der Luft stehen!

Kai zog überrascht die Augenbrauen hoch. „Siehst du, was ich sehe?“, fragte er und stupste Sandra an, die mit offenem Mund dastand. Sie nickte stumm. „Leute, das geht hier doch nicht mit rechten Dingen zu“, flüsterte er und beobachtete, wie der Tropfen vor Gerriths Gesicht herumtänzelte. Wie eine Kerzenflamme zuckte der Tropfen in alle Richtungen und leuchtete dabei hell auf. „Wieso fällt der nicht runter?“

Dann plötzlich fuhren alle erschrocken zurück. Um den Tropfen herum bildete sich ein gleißend heller, blauer Schein und der Tropfen begann, sich in die Länge zu ziehen. Während das eine Ende in der Luft stehen blieb, zog sich das andere in Richtung Wand. Als der Tropfen eine bestimmte Länge erreicht hatte, schnellte das andere Ende nach. Eine kleine Lichtkugel raste an die Steinwand neben den beiden Särgen, wo sie mit einem leisen Platschen aufschlug.

Schlagartig war das blaue Licht verschwunden.

Doch dort, wo der Tropfen gegen den Stein geklatscht war, geschah etwas Seltsames. Durch die Steinritzen hindurch begann es bläulich zu glühen, als ob hinter dem Mauerwerk ein Feuer wäre. Erst leuchtete es ganz schwach, doch dann wurde das Glühen stärker und stärker und schließlich schossen schmale Flammen aus der Wand. Dunkelblaue, kräftige Flammen, die einen Stein nach dem anderen erfassten und aufzufressen schienen. Wie eine Schlange kroch das Feuerband über die Wand und hatte nach einer Weile eine bogenartige Spur hinterlassen. Die Form einer … Tür!

Kai, Sandra und die Vampirgeschwister rückten näher zusammen. Kai hörte noch, wie Gangolf ein leises „Irre!“ von sich gab, als ein dumpfes Grollen in der Gruft widerhallte. Staub und kleine Bartflechtenfäden rieselten von der Decke auf sie herab. Innerhalb des Lichtrahmens löste sich eine steinerne Pforte aus der Wand und schob sich donnernd über den Boden. Haarscharf schrammte sie an den Särgen vorbei und kam mit einem ohrenbetäubenden Donnern kurz vor der Holztruhe zum Stehen.

Eine unheimliche Stille machte sich breit. Letzte feine Bartflechtenfäden segelten durch die Luft. Keiner wagte zu sprechen. Mit weit aufgerissenen Augen standen sie da und starrten auf die Öffnung, die sich da vor ihnen aufgetan hatte. Dann setzte

Gerrith langsam wie in Zeitlupe den Verschluss wieder auf das Fläschchen und brachte es schweigend in die Nische zurück.

„Donnerwetter“, staunte Gangolf und trat einen Schritt vor. „Schaut doch nur, wie steil es da runtergeht!“ Er pirschte sich vorsichtig an den Türrahmen heran und blickte neugierig in den Gang. Ein seichter Windhauch kam aus der Tiefe und wehte Staub aus seinem Haar.

„Was siehst du?“, flüsterte Gerrith.

„Eine Treppe. Und in den Wänden sind überall Nischen, in denen noch mehr von diesen komischen Flaschen mit der blauen Flüssigkeit stehen. Gibt ein ziemlich tolles Licht!“ Er schlich die ersten paar Stufen hinab.

„Halt, wo willst du denn hin?“ Sandra preschte vor und wollte ihn festhalten.

„Na, ich will wissen, was da ist“, sagte Gangolf und als er ihren fassungslosen Gesichtsausdruck sah, fügte er hinzu: „Du nicht?“

„Das ist, glaube ich, keine gute Idee!“ Gerrith fuhr sich durch das Haar. „Ich meine … Wenn unsere Eltern noch nie etwas von diesem Gang erzählt haben, dann wird das schon seinen Grund haben.“

„Bruderherz!“ Gangolf verdrehte die Augen und holte tief Luft. „Jetzt piens dich hier mal nicht ins Koma! Da unten wartet vielleicht etwas Aufregendes auf uns. Etwas Verbotenes!“

„Eben! Das schreit doch geradezu nach Ärger.“

„Nein, nach Abenteuer schreit das, verstehst du, Gerrith, nach Abenteuer!“ Gangolf blickte in die Runde. „Was meint ihr wohl, warum unsere Eltern nie etwas hiervon erzählt haben?“ Er zeigte die Treppe hinunter. „Ich sage euch, da ist etwas Interessantes. Und das werden wir heute entdecken. Was ist also, gehen wir jetzt?“

Gutta sah Sandra an. „Traust du dir das zu?“

Sie nickte stumm, aber Kai fühlte, dass sie Angst hatte.

„Dann lasst uns nachsehen, wohin uns die Treppe führt!“ Gangolf stieg die Stufen weiter hinab und war bald nicht mehr zu sehen. Gutta und Gerrith folgten ihm.

„Geh du nur voraus, ich bleibe dicht hinter dir“, sagte Kai, als die anderen in dem Gang verschwunden waren. Sandra lächelte ihn zaghaft an und ging los. Kai schaute noch einmal zurück und folgte ihr dann.

Die ausgetretenen Stufen wanden sich schier endlos in die Tiefe. Immer wieder endeten sie in Gängen, die Kai, Sandra und die Vampirgeschwister vorsichtig entlangschlichen und die stets zu neuen Treppen führten. In unregelmäßigen Abständen strahlten Pfortenwasserflaschen aus den Wandnischen.

Ihr blaues Licht war Sandra unheimlich. Alles schien so blass und unwirklich. Sie hatte fast das Gefühl, nicht Gutta, Gangolf und Gerrith, sondern drei fahle Geister mit langen Umhängen schwebten vor ihr die Stufen hinab.

Auf einmal hielt Gangolf abrupt inne. Sie waren gerade eine enge Wendeltreppe heruntergekommen und standen nun in einem weiträumigen Gang. Links von ihnen versperrte eine Mauer aus grob behauenen Steinen den Weg, sodass sie nur rechts weiterlaufen konnten.

„Was?“ Gutta bemerkte Gangolfs besorgten Gesichtsausdruck.

„Hört ihr das?“, fragte er leise.

Sie lauschten.

„Da sind Stimmen …“ Gerrith spähte ängstlich in den vor ihnen liegenden Gang.

„Richtig.“ Sein Bruder nickte. „Und zwar mindestens fünf oder sechs!“

„Das hörst du?“, fragte Sandra überrascht. Sie selbst konnte nicht mal eine einzige Stimme vernehmen.

„Du bist eben kein Vampir“, sagte Gangolf nicht ohne Stolz in der Stimme. Er zeigte auf sein Ohr und schmunzelte. „Das funktioniert übermenschlich gut!“

„Ihr wisst aber, was das bedeutet." Gerrith hob warnend den Zeigefinger. „Das heißt, da ist jemand!"

Gangolf lachte und schlug ihm anerkennend auf den Rücken. „Richtig, sehr gut beobachtet!"

Gerrith seufzte. „Also drehen wir um und gehen zurück, sonst erwischt man uns noch und ..." Als er die genervten Blicke seiner Geschwister bemerkte, zeigte er schnell auf Sandra und sagte: „Was denn? Ich mein doch nur wegen ihr!" Doch er wusste, dass ihm keiner glaubte.

Sandra dachte nach. So Unrecht hatte Gerrith gar nicht. Wie viele Stimmen da auch immer waren, sie gehörten mit Sicherheit Vampiren. Bei dem Gedanken zitterten ihr die Knie. Selbst wenn dort Herr und Frau von Greifendorf waren – wer mochten die anderen Vampire sein? Und wie würden diese Vampire reagieren, wenn sie plötzlich einen Menschen vor sich hatten? Sie nahm Kais Hand und hielt sie ganz fest.

„Komm, dann gehen wir wieder, ja?", sagte Kai und wandte sich zum Gehen.

Sandra blieb stehen. „Warte!", sagte sie. „Es ist schon in Ordnung."

„Aber du musst das nicht tun, Sandra. Wir können auch umkehren."

„Ich weiß. Aber ich möchte es.“ Sie löste ihre Hand aus der seinen und lächelte ihn an.

Sandra wusste, dass er sich nun fragte, warum sie diese Gefahr auf sich nahm. Und Angst, ja, die hatte sie wirklich. Aber sie hatte einen Schwur getan. Damals, an jenem Abend, als Kais Großmutter das Teufelsmahl für Hexen und Vampire veranstaltet hatte und sie erfahren hatten, dass Kais Verwandlung in einen Vampir nicht mehr aufzuhalten war. Kai war ohnmächtig geworden und hatte geraume Zeit erschöpft auf der Couch geschlafen. Sandra wusste nicht, wie lange sie ihm gegenübergesessen und ihn angeschaut hatte. Doch sie erinnerte sich noch genau an eines: Sie hatte sich geschworen, Kai niemals allein zu lassen und immer für ihn da zu sein, so gut sie es konnte. So wie er es getan hatte, als sie diese schwere Krankheit gehabt hatte und niemand wusste, ob sie je wieder gesund werden würde. Deswegen wollte sie jetzt diesen Gang weiterlaufen, ihre Angst verdrängen und mit Kai ein weiteres Stück der Vampirwelt entgegengehen. Sie atmete tief durch und setzte einen Fuß vor den anderen – den Stimmen entgegen.

Kai und die Vampirgeschwister wechselten fragende Blicke und folgten Sandra. Der Gang machte einen Knick. Dann war er zu Ende. Sie standen vor einem Torbogen und blickten auf ein schweres Steingeländer. Es umfasste eine Empore, die auf einen hell erleuchteten Raum hinausging. Laute Stimmen drangen dumpf zu ihnen herauf, aber sie waren so verzerrt, dass sie nicht verständlich waren.

Gutta legte den Zeigefinger auf den Mund, schlich in gebückter Haltung auf die Empore und versteckte sich hinter einer der dicken Säulen des Geländers. Die anderen kamen vorsichtig hinter ihr her. Gespannt lugten sie in den Saal unter ihnen. Es war ein großer, runder Raum, dessen Boden mit weißen und schwarzen Marmorplatten ausgelegt war. Der edle Marmor wollte so gar nicht zu dem rauen Stein des Gewölbes passen. Ein gewaltiger Kronleuchter hing an einer schweren Eisenkette von der Decke herab und erhellte mit den tänzelnden Flammen seiner unzähligen Kerzen den Saal. Aus den Wänden ragten überall Fackeln, die kräftig loderten.

Gutta machte sich noch kleiner und huschte von einer Geländersäule an die nächste, bis sie am hinteren Ende der Empore angelangt war. Sie gab den anderen mit einer Kopfbewegung zu verstehen, ihr zu folgen. Als schließlich auch Gerrith als Letzter herangeschlichen war und neben seiner Schwester hockte, betrachteten sie zwischen den Geländersäu-

len hindurch den Saal, der sich in seiner ganzen Größe unter ihnen ausbreitete. Weiter vorne, fast am anderen Ende des Saales, befanden sich Stufen, die sich über die gesamte Breite des Raumes erstreckten. Auf diesen Stufen standen die Eltern der Vampirgeschwister. Doch sie waren nicht allein.

Ihnen gegenüber stand eine finstere Gestalt. Sie war von Kopf bis Fuß in eine schwarze Kutte gehüllt. Der Stoff strich über den Boden und es sah aus, als schwebte das Wesen über dem Marmor. Aus den weit ausladenden Ärmeln schauten nur die Fingerspitzen hervor und die Kapuze verhüllte den Kopf gänzlich. Als das Wesen sich kurz zu den Freunden auf der Empore umdrehte, überlief Kai ein Schauder. Denn dort, wo er ein Gesicht erwartet hatte, schien er in ein tiefes, schwarzes Loch zu blicken.

Neben den Vampireltern standen noch drei weitere Vampire und redeten aufgeregt durcheinander. Ihre langen, schwarzen Umhänge bewegten sich dabei kräftig hin und her und ihre Stimmen hallten donnernd zu Kai und seinen Freunden herauf.

„Untragbare Situation. Einfach untragbar!“, rief ein großer Vampir. Zu Kais Erstaunen hatte er nicht schwarze, sondern blonde Haare, so wie er selbst.

„Das ist ja eine Gefährdung für alle Teilnehmer!“

Kai musste schmunzeln, denn der Vampir sprach mit einem lustigen Akzent.

„Absolut richtig, mein Lieber! Wir sollten die Versammlung verschieben“, sagte ein anderer Vampir. Er hatte nicht nur den gleichen Akzent wie der erste, sondern sah ihm mit seiner hochgewachsenen Statur und den blonden Haaren auch ziemlich ähnlich.

„Aber meine Herren, ich bitte euch. Das ist keinesfalls möglich!“ Gottfried von Greifendorf, der Vater von Gutta, Gangolf und Gerrith, wandte sich aufgeregt an die blonden Vampire. „Bedenkt die Auswirkungen!“

„Gottfried, beruhige dich!“ Gesine von Greifendorf, die Mutter der Vampirgeschwister, tätschelte den Arm ihres Mannes.

„Hier wird gar nichts abgesagt oder verschoben“, bestimmte sie und schüttelte entschieden den Kopf. „Die internationale Konferenz der Interessenvereinigung der Vampire von Kleinfriedhöfen kann und wird nicht verlegt werden. Basta. Aus. Schluss. Dies ist unser letztes Wort!“ Sie blickte verärgert in die Runde. „Wissen Sie überhaupt, wie viele Abgesandte bereits angereist sind? Und es gibt eine Menge wichtiger Themen zu besprechen, Entscheidungen zu treffen. Nein, die Konferenz muss stattfinden!“

Die finstere Gestalt hob einen Zeigefinger. Der Ärmelstoff der Kutte reichte ihr dabei fast bis an die Hüfte. „Wenn ich etwas bemerken dürfte ... Ich stimme grundsätzlich zu, dass Vorsicht geboten ist. Aber bitte keine Panik. Noch weiß niemand genau, was er vorhat."

Oben auf der Empore zuckte Kai zusammen. Die Stimme des Kuttenmannes kam ihm sonderbar vertraut vor, obgleich sie leiser als die der Vampire war und er wegen des Echos Schwierigkeiten hatte, sie zu verstehen. Er kniff die Augen zusammen und versuchte sich zu konzentrieren. Woher nur kannte er diese Stimme?

Unten trat jetzt ein dünner, schwarzhaariger Vampir vor. „Und solange wir das nicht wissen, sollte alles wie geplant weiterlaufen. Unsere norwegischen Freunde hier neigen zu übertriebener Vorsicht." Er warf den zwei blonden Vampiren verärgerte Blicke zu.

„Ich wundere mich nur", entgegnete einer der Blonden, „ich wundere mich nur, warum unser belgischer Abgesandter jedwede Bedenken stets so einfach beiseiteschiebt. Ich finde das etwas merkwürdig."

„Aber, aber! Nicht streiten." Gottfried hob beschwichtigend eine Hand. „Wir Vampire müssen jetzt zusammenhalten! Schlimm genug, dass er wieder aktiv geworden ist."

Kai rutschte vorsichtig näher an Gutta heran. „Wovon reden die da?", flüsterte er.

Gutta zuckte nur mit den Schultern. „Keine Ahnung."

„Und dieser Kerl da in der Kutte, wer ist das?"

„Weiß nicht, den kenn ich nicht."

„Ich würde zu gern wissen, wie sein Gesicht aussieht." Im nächsten Augenblick verließ Kai seinen Platz und kroch auf den seitlichen Teil der Empore zu.

Gutta versuchte noch, nach ihm zu greifen und ihn festzuhalten. „Nicht, bleib hier!", zischte sie, doch es war zu spät.

Kai schlich bereits um den Eckpfeiler des Geländers. Er blickte sich noch einmal kurz zu ihr um, deutete erst auf sein Gesicht und zeigte dann auf die Gestalt in der Kutte. Gutta schüttelte den Kopf, aber Kai beachtete sie nicht.

„Der bringt uns noch alle in Schwierigkeiten", schimpfte sie leise. „Los, hinterher!"

Sie robbten über den Steinboden, bogen um den Eckpfeiler und krabbelten zu der Stelle, wo Kai wie gebannt durch das Geländer auf den Kuttenmann starrte.

„Mist, ich kann noch immer nichts erkennen", flüsterte er.

„Deine Neugier macht dich leichtsinnig", fauchte Gutta ihn an. „Schau mal, wie weit wir jetzt vom Gang entfernt sind, der hinauf zur Gruft führt!" Sie zeigte zum Torbogen auf der gegenüberliegenden Seite der Galerie.

Plötzlich huschte ein Schatten über sie hinweg. Etwas Schwarzes drehte einen Kreis über ihnen, flatterte auf das Geländer und stieß sogleich ein lautes Krächzen aus.

„Ja, ist es denn die Möglichkeit!" Die Stimme überschlug sich. „Die jungen Herrschaften. Das ist aber eine Freude!"

Kai, Sandra und die Geschwister blickten erschrocken auf. Vor ihnen hockte der Rabe Kurt auf der Balustrade und schlug freudig erregt mit den Flügeln.

Sandra hielt sofort den Zeigefinger vor den Mund. Doch Kurt verstand nicht.

„Habe heute die ersten Ausbesserungsarbeiten an meinem neuen Nest beendet. Toll ist es geworden, wirklich toll. Warum kommt ihr nicht mal vorbei und schaut es euch an? Na, jedenfalls dachte ich mir: Flieg doch mal wieder aus. Zur Feier des Tages sozusagen. Und da schwebe ich so in meiner grazilen Art am Friedhof vorbei und denke: ‚Ach, komm, besuch mal wieder die Greifendorfs‘, zwänge mich durch das Nasenloch des Engels in die Gruft, fliege durch so eine seltsame, blau schimmernde Tür hindurch … Ist die eigentlich neu? Die is’ mir ja noch nie aufgefallen! Und dann komm ich also hierher und treffe euch. Ist das nicht schön?“ Der Rabe hüpfte von einem Bein auf das andere. „Sagt mal, was kauert ihr denn da so ungemütlich auf dem Boden rum?“

„Was ist denn da los?“ Gottfried von Greifendorfs Stimme donnerte durch das Gewölbe.

„Ups!“ Kurt zuckte zusammen und presste seine Federn so dicht an den Körper, dass er fast wie ein kleiner, schwarzer Strich aussah. „Da ist ja noch jemand.“

„Na toll!“ Gutta verdrehte die Augen.

„Ich hab’s ja gewusst!“ Neben ihr ließ Gerrith den Kopf sinken. „Die Katastrophe“, flüsterte er, „da ist sie!“

Kai versuchte Kurt mit wilden Gesten klarzumachen, dass sie sich hier versteckten.

„Kurt, wer ist da?“

Der Rabe drehte sich ganz langsam um.

„Aaaaach“, schauspielerte er mit zittriger Stimme, „Herr Greifendorf! Hallo, lange nicht gesehen!“

„Ich frage dich jetzt zum letzten Mal, Vogel. Wer ist dort oben bei dir?“

Seine Frau fasste ihn an der Schulter. „Warte, mein Lieber. Lass mich mal versuchen.“ Sie baute sich breit auf, stützte ihre Hände in die Hüften und keifte: „Hör gut zu, Kurt, denn ich sage es nur ein einziges Mal: Entweder du sagst uns freiwillig, wer sich da oben versteckt, oder ich komme hoch und schaue selber nach. Aber dann werde ich dir jede Feder einzeln ausreißen, das verspreche ich dir.“ Sie machte eine kurze Pause und lächelte den Raben mit künstlicher Freundlichkeit an. „War das deutlich genug?“

Kurt duckte sich. Er blickte rasch hinter sich und zischte: „Es tut mir leid, Freunde.“ Dann streckte er seinen Schnabel hoch in die Luft und rief den Vampiren beleidigt zu: „Ich weiche der rohen Gewalt!“

Doch bevor er mehr sagen konnte, richtete Gerrith sich plötzlich auf.

„Gerrith!“ Wie eine Nadel stach die Stimme seiner Mutter in sein Trommelfell. „Was machst du denn hier? Wie kommst du …? Gangolf! Gutta!“

 Die Vampirin schüttelte den Kopf. „Ihr drei?“

Gangolf bedeutete Kai und Sandra mit einer schnellen Handbewegung, sich nicht zu zeigen.

„Nun … äh …“, Gerrith war den Tränen nah. „Wir … Also, da war so ’ne Flasche, auf der stand ‚Pfortenwasser‘ drauf. Und dann …“

„Wie … Pfortenwasser?“, unterbrach seine Mutter und drehte sich zu ihrem Mann. „Gottfried, hast du schon wieder das Pfortenwasser einfach so rumstehen lassen?“ Das „schon wieder“ sagte sie mit besonders schriller Betonung.

„Natürlich nicht, mein Herzblatt.“ Der Vater winkte entschuldigend ab. „Ich habe es wieder hinter den Schrank gestellt, wo es hingehört.“

„Wie konntet ihr es dann finden?“

Gerrith seufzte. „Es hat so schön blau geleuchtet und …“

„Geleuchtet? Wieso geleuchtet? Es leuchtet nur, wenn man die richtige Beschwörungsformel spricht und die kennt ihr doch gar nicht.“ Gesine von Greifendorf kniff die Augen zusammen und fuhr langsam fort: „Oder wenn Menschen in der Nähe sind.“ Sie streckte den Arm aus. „Ha! Wohin guckt dieser Vogel da?“ Kurt erschrak so sehr, dass er wie ein Stein von der Brüstung fiel. Erst im letzten Augenblick, kurz bevor er auf dem Boden aufgeschlagen wäre, breitete er seine Flügel aus und flatterte auf den Kronleuchter.

„Ich, gnädige Frau?“, fragte er scheinheilig wie

ein Schüler, den der Lehrer beim Abschreiben ertappt hat. Und hätte er kein schwarzes Federkleid gehabt, wäre er sicher puterrot geworden.

„Ja, du!"

„Ich habe mich nur so umgesehen." Kurts Stimme zitterte leicht und er hoffte, dass die Vampirin es nicht bemerken würde. Er hatte doch nur ganz, ganz kurz zu Kai und Sandra geschaut ...

Die Vampirmutter sah ihn scharf an. „Nur so umgesehen ... Papperlapapp! Meinst du wirklich, ich sei auf den Kopf gefallen?" Sie riss den Mund auf und stieß ein wütendes Fauchen aus. Mit blutunterlaufenen Augen sah sie ihre Kinder an. „Ich kann durchaus eins und eins zusammenzählen." Ihre Stimme war scharf wie ein Rasiermesser. „Wenn es das ist, was ich vermute, dann tut sich für euch gleich die Hölle auf!"

Gerrith krallte seine Finger fest um das Geländer. Er zitterte so sehr, dass er fürchtete umzufallen. Neben ihm kauerte Kai und überlegte krampfhaft, wie er seiner Freundin helfen konnte. Um sich selbst machte er sich keine Sorgen, aber dort unten standen vier unbekannte Vampire und hier oben hockte Sandra. Ein Mensch. Ein Leckerbissen. Er drehte den Kopf und schaute sie an. Sie hatte die Augen geschlossen. Kleine Schweißperlen standen ihr auf der Stirn. Er nahm ihre Hand und sie öffnete die Augen, doch ihr Blick schien ins Leere zu gehen.

Die Vampirmutter schüttelte den Kopf. „Ihr enttäuscht mich bitterlich! Gebt es doch zu. Oder muss ich mir wirklich erst die Mühe machen und selbst nachsehen? Ihr habt Menschen hierhergebracht!"

Als ihre Worte verhallt waren, legte sich eine unheimliche Stille über den Saal. Die anderen Vampire sahen sie ungläubig an.

„Gesine, weißt du, was du da sagst?", flüsterte Gottfried nach einer Weile. Er blickte kurz zum Kapuzenmann, der fast unmerklich zusammenzuckte. Dann fuhr der Vampir mitleidig fort: „Wenn das stimmt, haben wir hier gleich ein Drama."

„Allerdings! Und schuld daran sind mal wieder unsere Kinder!", keifte die Mutter und blickte zu Gutta, Gangolf und Gerrith, die mit gesenkten Köpfen wie die Orgelpfeifen nebeneinanderstanden.

Kai stupste Sandra an. „Hey", zischte er. „Hey, Sandra!" Ein Ruck ging durch ihren Körper und sie drehte sich ihm zu. „Ich habe dir versprochen, dass ich dir helfe, wenn es brenzlig wird. Und das mache ich auch." Er schaute ihr tief in die Augen. „Vertraust du mir?"

Sie nickte stumm.

„Gut."

Er lächelte sie an. Doch es war kein unbeschwertes Lächeln. Es tat ihm weh, die Angst in ihrem Gesicht zu sehen. Er nahm ihre Hand. Dann erhoben sie sich.

„Na, also. Dacht ich's mir doch", sagte die Vampirmutter.

In diesem Augenblick drehte sich auch die Gestalt in der schwarzen Kutte um und schaute hinauf zur Empore. Die weite Kapuze rutschte ihr dabei in den Nacken und Kai blickte in das Gesicht seines Vaters.

DIE SCHATTEN DER DUNKLEN GEFAHR

Stille legte sich über den Raum. Eine schmerzende, betäubende Stille. Kai konnte den Blick nicht von seinem Vater lösen. Er öffnete den Mund, um etwas zu sagen. Seine Lippen formten Wörter, doch kein Laut kam über sie. Sein ganzer Körper war wie gelähmt.

Sandra und die Vampire standen regungslos da und schauten auf Kai und seinen Vater. Schließlich war er es, der die Stille durchbrach.

„Mein Junge“, flüsterte er sanft. Seine Stimme zitterte und Tränen füllten seine Augen. Er tat einen zaghaften Schritt auf Kai zu.

Da löste sich Kais Starre. Er fiel seinem Vater in die Arme und hielt ihn ganz fest. Während er an der Schulter seines Vaters weinte, spürte er, wie eine tonnenschwere Last von ihm abfiel. Es tat so gut, bei seinem Vater zu sein; so gut, sich einfach nur fallen zu lassen. Es erschien ihm wie eine Ewigkeit, bis er wieder klar denken konnte und er die anderen im Raum wahrnahm.

„So waren es also die Greifendorfkinder." Kais Vater blickte zu Gutta, Gangolf und Gerrith.

„Du weißt es? Du weißt, dass ich gebissen worden bin?" Kai schluckte.

„Ja."

„A… aber …"

„Ich wusste bis heute Abend jedoch nicht, von wem. Erst vorhin haben mir die Greifendorfs erzählt, dass es ihre Kinder waren."

Die Vampirgeschwister schauten schuldbewusst zu ihren Eltern, die keine Miene verzogen.

Kai wurde schwindelig. So viele Fragen sausten in seinem Kopf herum. „Ich verstehe das alles nicht. Warum …"

Sein Vater hielt kurz einen Zeigefinger an den Mund. „Warte", sagte er liebevoll. „Ich erzähle es dir von Anfang an. Einverstanden?"

Kai nickte.

„Alles begann vor vielen Jahren, als ich noch Student war. Damals machte ich in meinen Ferien öfter lange Reisen. Eine dieser Reisen führte mich auch durch Skandinavien. Eines Abends, ich hatte gerade irgendwo im hohen Norden Norwegens mein Zelt aufgeschlagen und freute mich auf einen

Fisch, der in meiner Pfanne über dem Lagerfeuer brutzelte, hörte ich ein Jammern und Stöhnen. Zuerst dachte ich, dass da ein Tier sei, aber dann erkannte ich, dass es eine menschliche Stimme war. Ich ging los, um nachzusehen, woher diese Stimme kam. Vielleicht brauchte jemand meine Hilfe? So stieg ich einen Hügel hinauf, immer der Stimme entgegen. Als ich oben angekommen war, lag vor mir ein kleiner Friedhof. Zwischen den Gräbern lief eine dunkle Gestalt herum, stöhnte und hielt sich dabei den Kopf. Ich fragte, ob ich behilflich sein könne. Als ich keine Antwort bekam, ging ich zu ihr.

Da erst erkannte ich, dass es sich um einen Mann handelte. Er war ganz zerzaust und blutete an der Stirn. Plötzlich bemerkte ich, dass neben ihm im Gras noch ein Mann lag. Auch er blutete am Kopf und röchelte. Auf meine Frage, was um alles in der Welt denn nur geschehen sei, bekam ich keine Antwort. So half ich dem am Boden liegenden Mann auf die Beine und führte die beiden zu mir ans Lagerfeuer, wo mein Fisch schon längst verkohlt war … Aber, na ja. Nach einer Weile hatten sich die beiden wieder erholt. Wir unterhielten uns gut. Schließlich verrieten sie mir, dass sie Vampire seien. Sie waren beim Fliegen zusammengeprallt und auf dem Friedhof abgestürzt. Zum Glück flogen sie wohl nicht sehr hoch. Was da alles hätte passieren können ..."

„Wie bitte?" Kai zog eine Augenbraue hoch.

„Jaja, ich weiß, es klingt seltsam. Aber so war es. Und komischerweise hatte ich auch nicht eine Sekunde lang Angst vor ihnen. War es Eingebung? Jugendlicher Leichtsinn? Ich weiß es nicht. Als sie mir sagten, dass sie Vampire seien, habe ich ihnen natürlich zunächst kein Wort geglaubt, aber sie überzeugten mich dann doch recht eindrucksvoll."

„Und wie, wenn ich fragen darf?" Kai ignorierte das Kichern der blonden Vampire.

„Sie zeigten mir etwas von ihrer Kunst."

„Kunst?"

„Ja. Sie sind nämlich Mitglieder der NNVFA, weißt du."

„Bitte?"

Gangolf klatschte verzückt in die Hände. „Das ist doch nicht wahr! Sie kennen Mitglieder der NNVFA? Sie?"

„Entschuldige bitte, warum denn nicht?" Kais Vater drehte sich kurz zu Gangolf und schaute dann wieder seinen Sohn an. „Die NNVFA, das sind die Nord-Norwegischen Vampir-Flugakrobaten, Kai. Und das sind von je her die besten Flugakrobaten in der ganzen Vampirwelt." Er zwinkerte den blonden Vampiren zu.

„Vampir-Flugakrobaten?" Kai schüttelte ungläubig den Kopf. Wäre es nicht sein Vater gewesen, der da vor ihm stand und solch seltsame Dinge erzählte, er hätte es nie geglaubt.

„Aber ja!", sagte sein Vater. „Und sehr nette dazu! Sie stehen übrigens neben dir." Er zeigte auf die beiden blonden Vampire, die Kai fröhlich anlächelten. „Darf ich vorstellen? Per Polar und Pelle vom Pönnefjord. Amtierende Weltmeister im ungezwungenen Freilandstil der Standardakrobatik!"

Per Polar und Pelle vom Pönnefjord streckten Kai mit einem freundlichen „Hei!" die Hand entgegen. Kai reichte ihnen die seine.

„Schön, dich kennenzulernen", sagte Per und drückte Kais Hand so kräftig, dass er dachte, sie würde jeden Moment brechen.

„Das finde ich auch." Pelle strahlte Kai mit einem breiten Grinsen an.

Kai knetete seine schmerzende Hand und nickte den beiden Vampiren zu. Norwegische Vampire, dachte er. Erklärt wohl ihren lustigen Akzent... Er war überrascht von ihrer überschwänglichen Freundlichkeit. Und von sich selbst. Denn bisher hatte er Vampire nur mit Gutta, Gangolf, Gerrith und ihrer

Familie in Verbindung gebracht. Aber natürlich gab es auch woanders auf der Welt solche wie sie … und ihn.

„Wollten sie dich denn gar nicht beißen?“, fragte er seinen Vater.

„Aber nein!“ Der Vater schob seine Lippen ganz nah an Kais Ohr heran und flüsterte: „Norwegische Vampire gelten als außerordentlich menschenfreundlich, weißt du.“ Er strich Kai durchs Haar. „Soll ich weitererzählen?“

„Bitte, ja.“

„Die Jahre verstrichen, ich hatte deine Mutter geheiratet, du warst auf die Welt gekommen und alles ging seinen gewohnten Gang. Da passierte es. Eines Abends, ich saß gerade in meinem Arbeitszimmer und korrigierte Klassenarbeiten, flog etwas durch das offene Fenster. Es war schwarz und flatterte im Zickzack vor meinem Gesicht herum. Zuerst konnte ich gar nicht erkennen, was da vor mir herumflog: Es war eine Fledermaus! Sie ließ etwas vor mir auf den Tisch fallen, kreiste noch einmal um meine Lampe und verschwand dann wieder in der Nacht. Ich nahm das, was sie mir vor die Nase
 auf den Tisch gelegt hatte. Es war ein Brief. Er kam von der Interessenvereinigung der Vampire von Kleinfriedhöfen, der IVK also. Man bat um ein

Treffen. Man hatte, so war darin zu lesen, von Per Polar und Pelle vom Pönnefjord gehört, dass ich ein recht netter Mensch sei, der keinerlei Vorurteile gegenüber Vampiren hege. Gott, Kai, du kannst dir nicht vorstellen, was für Herzklopfen ich damals hatte! Ich weiß noch genau, wie ich dasaß und Ewigkeiten auf diesen Brief in meiner Hand starrte.

Ich wusste nicht recht, was ich tun sollte. Konnte ich mich meiner Familie offenbaren? Ihr sagen: ‚Hey, es gibt Vampire. Ach, und übrigens, ich kenne einige und muss mal eben los und sie treffen.' Wie würdet ihr reagieren? Ich wusste zu dem Zeitpunkt ja auch nicht, was die Vampire von mir wollten. Vielleicht war es etwas, was meiner Familie gefährlich werden konnte. Oder sollte ich besser gar nicht auf den Brief reagieren? Dann aber hätte ich Per, Pelle und all die anderen, die sich Hilfe suchend an mich wandten, sehr enttäuscht."

„Und so bist du hingegangen."

„Ich bin gegangen, richtig, Kai. Ich beschloss, meiner Familie nichts zu sagen und erst einmal abzuwarten, was die IVK von mir wollte. Auf dem Weg zum Treffpunkt, hier auf dem alten Waldfriedhof, schlotterten mir die Knie wie noch nie in meinem Leben. Aber als ich dann Per und Pelle sah, die mich freundlich begrüßten, war meine Angst wie weggeblasen. Die Vampire waren alle ausgesprochen zuvorkommend zu mir. So ganz anders als man es aus den Filmen und all diesem Quatsch kennt. An diesem Abend lernte ich auch die Greifendorfs kennen."

„Und was wollten sie nun von dir?"

„Sie brauchten Augen bei Tage."

„Augen bei Tage?"

„Einen Spion. Sie meinen, die Vampire brauchten tagsüber einen Spion in der Menschenwelt?", sagte Sandra.

„Genau. Ich sollte berichten, wenn ich tagsüber etwas Verdächtiges bemerkte. Denn es wurden in dieser Gegend verstärkt Aktivitäten von Vampirjägern beobachtet. Ich stimmte zu, denn es schien mir weder für mich noch für meine Familie gefährlich zu sein." Kais Vater lächelte verlegen. „Ja, so war es. So lernte ich die Vampire kennen."

Kai fuhr sich mit der Hand über das Gesicht. Er wusste nicht, ob er Verständnis oder Wut empfinden sollte. Ihm wurde heiß und seine Schläfen pochten. Mit zitternder Stimme sagte er: „Du hast die ganze Zeit Kontakt zu Vampiren gehabt. Du hast die Bissspuren an meinem Hals gesehen. Du hättest wissen müssen, was sie bedeuten! Was mit mir geschieht." Er stockte und fuhr dann mit leiser Stimme fort: „Die ganze Zeit hast du gewusst, was mit mir passiert ... die ganze Zeit! ... Und du hast es mir nicht gesagt, hast mir nicht geholfen!“

Es wurde still. Kais Vater wandte nicht eine Sekunde den Blick von seinem Sohn.

„Ich habe fürchterlich mit mir gerungen, Kai, das musst du mir glauben“, antwortete er schließlich. „Ich habe sofort bemerkt, was mit dir passiert war, mein Junge. Sofort! Erinnerst du dich noch, wie ich damals vom Frühstückstisch aufstand, um dir eine Wundsalbe zu holen?“

Kai nickte.

„Ich stand damals im Bad vor dem Spiegel, hielt die Salbentube fest in meiner Hand umklammert, so fest, dass ich sie beinahe zerdrückt habe, und kämpfte mit den Tränen. Es war der schrecklichste Augenblick, an den ich mich erinnern kann. Glaube mir ... ich war hin und her gerissen. Sollte ich meiner Familie enthüllen, dass ich in der Menschenwelt für die Vampire spioniere? Würde das etwas ändern? Ich schickte sofort eine Brieffledermaus los und bat um ein Treffen mit den Greifendorfs, die zu diesem Zeitpunkt noch nicht wussten, dass es ihre Kinder waren, die dich gebissen hatten. Sie versuchten alles, um mir in dieser traurigen Situation zu helfen. Sie erzählten mir von einem Test, mit dem man herausfinden könne, ob sich deine Verwandlung noch umkehren ließe. Da aber eine bestimmte Zutat nicht mehr zu bekommen ist, so sagten sie, sei dieser Test leider heutzutage nicht mehr durchführbar."

Kai dachte sofort an das Teufelsmahl für Hexen und Vampire und an die Transsylvanischen Schicksalskekse, die ihm die Wahrheit offenbart hatten.

„Ich erzählte Oma davon. Schließlich ist sie ja Vampirexpertin. Ich solle mir keine Sorgen machen, sagte sie mir damals. Sie werde das in die Hand nehmen. Also fuhr ich wie geplant mit deiner Mutter ans Meer. Es brach mir fast das Herz, als ich erfuhr, dass Oma den Test zwar durchführen konnte, das Ergebnis aber negativ war."

„Und Mama … weiß sie etwas davon?", fragt Kai. Tränen verschleierten seinen Blick.

„Nein. Ich glaube, das könnte sie nicht ertragen. Wir haben natürlich über deine Veränderung gesprochen. Ich habe ihr erzählt, dass du eben in die Pubertät kommst und es da doch völlig normal ist, dass sich junge Leute komisch benehmen." Er schmunzelte kurz. „Seitdem liest sie lauter Ratgeber."

Kai stellte sich vor, wie seine Mutter tonnenweise Bücher über die Pubertät aus der Bibliothek anschleppte. Irgendwie war es eine lustige Vorstellung, und wäre das alles nicht so ernst gewesen, hätte er sicherlich darüber gelacht.

So jedoch fühlte Kai sich elend, wenn er an seine Mutter dachte. Hatte nicht auch sie das Recht, die Wahrheit zu erfahren? Und was, wenn sie ihn als Vampir nicht akzeptieren würde? Er durfte sich gar nicht ausmalen, was dann passieren würde.

Wieder war es bedrückend still geworden.

„Darf ich etwas fragen?“ Sandra konnte das Schweigen nicht mehr ertragen.

„Aber natürlich“, erwiderte Kais Vater.

„Was genau ist denn der Grund für das heutige Treffen?“

Kais Vater blickte auffordernd zu den Greifendorfs.

Die Vampirin verdrehte die Augen. „Eigentlich“, begann sie, „ist dies heute ein geheimes Treffen. Und die haben an und für sich die Angewohnheit, geheim zu sein. Verstehst du, mein Kind?“ Sie blickte etwas hilflos in die Runde. „Aber irgendwie ist hier heute nichts so, wie es sein sollte.“

„Da haben Sie wohl Recht“, sagte Kais Vater und fuhr dann zu Sandra gewandt fort: „Wieland von Wünschelsgrund, der gefürchtetste Vampirjäger aller Zeiten, ist mehrfach in dieser Gegend gesichtet worden. Das ist für sich genommen schon schlimm genug, aber er ist nicht alleine. Es wird berichtet, dass er sich mit jemandem zusammengetan hat."

„So? Mit wem denn?", fragte Sandra.

„Oh, ich glaube, den kennt ihr schon. Rufus Wankelmann. Was die beiden vorhaben, wissen wir noch nicht. Aber sie haben einige Komplizen, so viel ist sicher. Allerdings ist bisher nicht klar, wer genau diese Komplizen sind."

„Eine fatale Situation ist das, wirklich fatal!", stöhnte der Vampirvater.

„Gottfried, reg dich nicht auf. Wir schaffen das schon. Die Konferenz der IVK wird wie geplant stattfinden", beruhigte ihn seine Frau.

„Wie sieht dieser Wieland eigentlich aus?", fragte Kai. „Gibt es Bilder von ihm?"

„Bilder? Ist mir nicht bekannt", entgegnete sein Vater. „Wir wissen nur, dass er mittelgroß ist und stets einen langen, braunen Mantel trägt, dessen Kragen aufgestellt ist. Außerdem hat er einen großen Schlapphut mit weiter Krempe. Noch nie hat jemand sein Gesicht gesehen. Manche berichten aber, dass seine Augen von einem besonderen Rot sein sollen, so als ob ein Feuer in ihnen glühen würde."

Sandra nickte zustimmend. „Ja, genau so ist es auch."

Schlagartig waren alle Blicke auf sie gerichtet. Ein Raunen ging durch den Raum.

„W… was soll das heißen, mein Kind? Du … du hattest Kontakt zu ihm?", fragte Per aufgeregt.

„Nun ja, ‚Kontakt' ist etwas übertrieben", antwortete sie, „aber ich habe ihn gesehen, ja."

Per wurde sichtlich nervös.

„Die Beschreibung", fuhr Sandra fort, „passt genau auf den Mann, der mich bei Schreinermeister Siebenschein durchs Fenster angestarrt hat, als wir Kais Sarg ausgesucht haben. Du weißt doch noch, Kai, dass ich wegen der Spinne Ludwig nicht über die Türschwelle treten wollte?" Sie schaute Kai fragend an, der ihr zunickte.

Die Vampirmutter rang die Hände, als sie das Wort „Sarg" hörte. Nur zu gut erinnerte sie sich daran, wie entsetzt sie über den Sarg gewesen war, den sich Kai bei Schreinermeister Siebenschein ausgesucht hatte. Rot war er! Rotmetallic! Ein Skandal!

„Außerdem war sein Bild auf der Visitenkarte, die Wankelmann deiner Oma in der Mühle unter die Nase gehalten hat, Kai. Konnte ich genau erkennen!" Sandra strich sich eine Haarsträhne aus dem Gesicht.

Kais Vater packte Sandra fest am Arm und drehte sie zu sich um. „Aber Kind“, sagte er, „das hättest du uns sofort erzählen sollen!“ Seine Stimme klang ernst und besorgt. „Wie viel hat er gesehen? Und wie lange hat er dich beobachtet? Hat er Kai entdeckt?“

„Ich weiß nicht genau … Warum?“

„Ach herrje, du hast Recht, mein Freund!“ Per Polar schlug sich mit der Hand gegen die Stirn und begann, aufgeregt hin und her zu laufen. „Wenn von Wünschelsgrund Kai gesehen hat, so wird er gleich gemerkt haben, was mit ihm los ist. Er hat ein sehr feines Gespür für Neu-Vampire.“ Er blieb kurz stehen und schaute Kai an. „Ich bin fest davon überzeugt, dass er versucht hat herauszufinden, was da bei Siebenschein vor sich gegangen ist. Und wenn ihm das gelungen ist …“

„Wovon wir ausgehen können …“, unterbrach ihn Gottfried von Greifendorf.

„Wenn er also weiß, wer bei Siebenschein einen Sarg gekauft hat und warum … dann … dann …“ Per stockte.

„Grundgütiger! Dann führt ihn das natürlich direkt zu … Kai!“ Gesines Stimme überschlug sich. „Mit Sicherheit hat er gesehen, wohin der Sarg geliefert wurde!“

„Junge, du bist in allergrößter Gefahr!" Kais Vater machte ein sorgenvolles Gesicht. „Und Oma womöglich auch."

„Das glaube ich nicht", sagte der Vampirvater. Alle Augen richteten sich auf ihn.

„Wie kommst du darauf?", fragte Pelle.

„Ich glaube", begann Gottfried von Greifendorf, „dass Wieland von Wünschelsgrund nicht an der Großmutter des Jungen interessiert ist. Wenn überhaupt, will er den Jungen selbst in seine Gewalt bringen. Ohnehin weiß keiner von uns, ob er wirklich etwas bemerkt hat, als er bei diesem Schreinermeister durchs Fenster gesehen hat."

„Auch wieder richtig", pflichtete ihm seine Frau bei.

„Trotzdem ist mir nicht wohl bei der ganzen Sache. Kai, wir sollten für dich sofort eine neue Bleibe suchen, einen Platz, wo du sicher bist." Eine tiefe Sorgenfalte grub sich in das Gesicht von Kais Vater.

„Sehr richtig!", schloss sich Pelle an. „Hat jemand eine Idee?"

Gerrith hob zaghaft eine Hand. „Ich ... ähm ... Ich glaube, ich wüsste da was", sagte er leise. „Tief im Wald, noch hinter Opa Gismos Burg, gibt es doch diese uralte Kirche."

„Du meinst die Giselotta-Kirche?“, fragte seine Mutter.

„Genau die. Da kommt fast nie jemand hin. Ich glaube, die Menschen wissen nicht einmal mehr, dass es diese Kirche gibt.“

Kai überlegte scharf, aber er konnte sich nicht erinnern, je von dieser Kirche gehört zu haben.

„Eigentlich heißt sie ‚Kirche zu Ehren der langlebigen Giselotta‘“, erklärte Gutta, „aber wir nennen sie einfach nur die Giselotta-Kirche. Hübsch ist es dort. Wird dir gefallen. Sie hat eine riesige Gruft und einen gewaltigen Dachstuhl. Wäre ein schickes Versteck.“ Sie klopfte ihrem Bruder anerkennend auf die Schulter. „Gute Idee, mein Lieber!“

Gerrith errötete.

„Vielleicht sollten wir uns diese Giselotta-Kirche einmal ansehen“, sagte Per Polar. „Was meinst du, Kai?“

Kai blickte in die Runde. Der Gedanke, aus dem Haus seiner Oma ausziehen zu müssen, schreckte ihn. Die vertraute Umgebung hatte ihm bisher bei all den Veränderungen, die in seinem Leben geschahen, zumindest ein wenig Halt gegeben. Es war so beruhigend zu wissen, dass seine Oma immer da war; dass sein erster Blick nach dem abendlichen Erwachen auf das Regal mit den Vampirbüchern seiner Großmutter fiel. Und es tat gut zu wissen, dass Sandra nur ein paar Zimmer weit von ihm entfernt war. Nun sollte er das alles aufgeben und in eine alte Kirche tief im Wald ziehen?

„Ich weiß nicht ..."

„Wie gesagt, nur mal ansehen. Du kannst immer noch Nein sagen." Pelles Stimme klang nach Aufbruch.

„Komm, gib dir einen Ruck!", sagte Sandra auffordernd.

„Na gut, wenn ihr meint." So ganz überzeugt war Kai zwar nicht, aber ansehen konnte er sich diese Kirche ja mal.

„Dann ist es also beschlossene Sache." Gesine zupfte energisch ihren Umhang zurecht. „Wir fliegen jetzt zur Giselotta-Kirche, und wenn sie ein gutes Versteck bietet, beginnt gleich morgen Abend Kais Umzug dorthin."

„Dann los!" Gangolf tat einen Schritt auf Sandra zu und wollte sie hochheben.

„Moment, junger Mann", rief seine Mutter und stellte sich ihm in den Weg. „Ihr wartet noch einen Augenblick. Ich habe noch ein Hühnchen mit euch zu rupfen."

Gangolf blieb abrupt stehen.

Seine Mutter schob ihr Gesicht ganz nah an ihn

heran. „Oder meinst du, ich lasse es euch so einfach durchgehen, dass ihr Menschen hierher in die Gruft gebracht habt?“ Sie schaute ihren Kindern tief in die Augen. „Wir reden noch ein paar Takte, meine Lieben!“ Und so wie sie die letzten Worte betonte, bedeutete das eine gehörige Standpauke.

„Herr von Brabant, wären Sie wohl so freundlich, sich um das Menschenmädchen hier zu kümmern? Herr von Brabant? Ja, wo ist er denn?“ Gesine blickte sich suchend um. „Hat jemand den belgischen Abgesandten gesehen?“

„Ja, ich!“ Kurt, der die ganze Zeit auf Sandras Schulter gesessen hatte, flatterte aufgeregt mit seinen Flügeln. „Er ist vorhin dort hinten rausgeschlichen.“ Er deutete mit seinem Schnabel zu einer Tür auf der anderen Seite des Raumes.

„So? Komisch, habe ich gar nicht bemerkt“, erwiderte die Vampirin verwundert.

„Ich sage ja, ein komischer Kauz ist das, ein ganz komischer Kauz.“ Per Polar schüttelte den Kopf, ging auf Sandra zu und fragte freundlich: „Darf ich?“

Sie blickte kurz zu Kai, der ihr aufmunternd zublinzelte.

„Keine Sorge, bei mir bist du in den besten Händen“, sagte Per, als er sich mit Sandra in die Lüfte schwang.

„Bereit für deine erste Flugstunde?“ Kai stand vor seinem Vater und fasste ihm unter die Achseln.

„Meine erste Flugstunde? Na, du bist ja gut! Die hatte ich schon damals am Lagerfeuer in Nord-Norwegen!“

„Okay, dann eben deine zweite!“ Kai umschloss ihn fest mit den Armen und hob vom Boden ab. Er war so stark geworden, dass er selbst seinen Vater mühelos tragen konnte.

Während sie Per und Sandra folgten, sagte sein Vater: „Aber bitte keine akrobatischen Kunststückchen!“

„Wir sehen uns dann gleich bei der Kirche, ja?“ Gottfried winkte seiner Frau von der Gewölbedecke aus zu. „Ach ja, noch etwas …“ Er drehte einen kleinen Kreis, flog dicht an sie heran und flüsterte ihr etwas ins Ohr.

„Schöne Idee. Gefällt mir“, sagte sie schmunzelnd und warf ihrem Mann eine Kusshand zu. „Bis gleich dann!“

Und ohne ein weiteres Wort schwebte Gottfried von Greifendorf als Letzter aus der Gruft.

DIE KIRCHE „ZU EHREN DER LANGLEBIGEN GISELOTTA“ 10. TAG

„So, das war’s dann wohl.“ Gangolf steckte das Startset für Neu-Vampire in die Innenfutterseitentasche des Sarges und schloss den Deckel. Behutsam strich er mit der flachen Hand über die lackierte Oberfläche. „Der ist ja so was von cool“, flüsterte er mit glänzenden Augen.

Dann wischte er sich mit dem Ärmel seines Umhangs den Schweiß von der Stirn. „Jetzt könnte ich aber erst mal einen ordentlichen Schluck vertragen.“ Er lehnte sich erschöpft gegen den Sarg.

„Na, na, nur keine Müdigkeit vortäuschen. Ihr könnt doch unmöglich schon fertig sein?“ Die Vampirmutter schlenderte wie ein Oberst über den Dachboden der Giselotta-Kirche und kontrollierte, ob auch alles dort war, wo es sein sollte. „Steht deine … äh … Schlafkiste so richtig, Kai? Oder möchtest du sie nicht vielleicht doch lieber ein wenig weiter nach rechts haben?“ Mit einer verächtlichen Handbewegung zeigte sie auf Kais rotmetallicfarbenen Sarg.

Als Gangolf und Gutta den Sarg auf den Dachboden geschleppt hatten, hatte sie dem Schauspiel kopfschüttelnd zugesehen und beschlossen, dieses ihrer Meinung nach unmögliche, stillose Etwas, das alle anderen offensichtlich problemlos als Sarg anerkennen konnten, fortan „Schlafkiste" zu nennen.

Kai winkte ab. „Nein, nein. Schon gut." Es war ihm unangenehm, dass Gutta, Gangolf und Gerrith zur Strafe dafür, dass sie Menschen in die Vampirgruft geführt hatten, nun seinen kompletten Umzug ohne Hilfe erledigen mussten. Ihre Eltern achteten peinlich genau darauf, dass sie sich auch ordentlich anstrengten. Als Kurt einmal versucht hatte, heimlich ein Paar Schuhe mit dem Schnabel zu transportieren, schimpften sie ihn aus, entrissen ihm die Schuhe und legten sie auf einen großen Stapel, den Gerrith gerade schnaufend die Treppen zum Dachboden hinaufschleppte.

„Bist du dir sicher?", fragte sie fast schon enttäuscht.

„Ja, danke."

Kai blickte sich um. Gutta verteilte gerade Kerzen im Raum und zündete sie an. Ein wunderbar gemütliches Licht füllte das Gemäuer.

„Schön hast du es hier“, sagte Sandra und schaute sich anerkennend um. Die spitz zulaufenden gotischen Fenster reichten bis unter die Decke, die von großen Säulen getragen wurde. An diesen waren zahlreiche Skulpturen von Heiligen und Madonnen angebracht. Kai hatten diese Figuren sofort gefallen, denn sie strahlten Ruhe und Frieden aus.

An den Wänden ragten in unregelmäßigen Abständen Fackeln hervor. Dort befanden sich ebenfalls Skulpturen. Wie Wasserspeier streckten sie ihre langen Hälse in die Luft, eine hässlicher als die andere. Sie wollten so gar nicht zu den friedlichen Heiligen- und Marienfiguren passen.

„Hier kann man es aushalten.“ Opa Gismo, der Großvater der Vampirgeschwister, schloss das Fenster, aus dem er gerade den Staub hinausgeschüttet hatte. Während seine Enkel Kais Hab und Gut auf den Dachboden geschleppt hatten, hatte er Kais neues Zuhause gründlich ausgefegt. Nun war er fertig und stellte Besen und Schaufel ordentlich hinter eine der Säulen, direkt unter eine Heiligenfigur.

Kais Vater sah sich um. „Ich glaube, so können wir es lassen“, sagte er. „Was meinst du, Kai?“

Kai trat einen Schritt vor und drehte sich langsam um sich selbst. Er musste zugeben: Dies war bestimmt das gemütlichste Versteck, das man sich

wünschen konnte. Gestern noch hatte er nicht glauben können, dass es ihm in der Giselotta-Kirche gefallen könnte. Doch nun war er begeistert. „Nicht so schön wie bei dir.“ Dabei blickte er zu seiner Oma, die ihm wohlwollend zublinzelte. „Aber ich könnte mich glatt dran gewöhnen.“

„Na prima. Und damit dir das ein wenig leichter fällt, habe ich dir noch das hier mitgebracht.“ Sein Vater zog einen wuscheligen, braunen Teddybären hinter einer Säule hervor. „Den mochtest du doch immer so gerne, stimmt's? Vielleicht passt er ja noch neben dich in den Sarg.“

Kai wurde schlagartig rot. Es war schon richtig, er hatte diesen Teddy immer gemocht. Aber musste sein Vater ihm das Stofftier ausgerechnet jetzt, vor all den anderen, entgegenstrecken? Sicher fanden es die Vampire seltsam, dass ein fast elfjähriger Junge noch immer etwas für seinen Lieblingsteddy übrighatte. Kai schaute sich schnell um, ob einer der anderen den Teddy gesehen hatte, und nahm ihn seinem Vater aus der Hand.

„Danke“, sagte er leise und wollte ihn flugs unter einem Stapel Hemden verschwinden lassen, den ihm seine Mutter mitgegeben hatte.

Da tönte ein schrilles „wie süüüüüß!“ über den Dachboden. Im nächsten Augenblick hatte Gutta ihm den Teddy aus der Hand gerissen und hielt ihn hoch in die Luft.

„Schaut mal, ist der nicht knuffig?“, rief sie und wedelte mit der Hand, sodass es aussah, als tanzte der Bär in der Luft.

„Was soll das denn sein?“ Gangolf verdrehte die Augen. „Sag bloß, der gehört dir?“ Er blickte Kai ungläubig an, der immer dunkelroter zu werden schien. Sandra musste lauthals lachen, obwohl sie schon ein wenig Mitleid mit ihrem Freund hatte.

Mittlerweile hielt Gerrith das Stofftier in den Händen und betrachtete es mit glänzenden Augen. „Mann, der sieht ja toll aus! Und wie weich er ist!“ Er strich sanft über das plüschige Fell.

„Bist du jetzt total übergeschnappt?“, fauchte sein Bruder, riss ihm den Teddybären aus der Hand und drückte ihn Kai wieder in die Arme. Dann ging er kopfschüttelnd zu Kais Sarg hinüber und ließ seinen Bruder mit einem verdutzten Gesichtsausdruck zurück.

Plötzlich hörten sie schwerfällige Schritte. Jemand kam die steinernen Stufen zum Dachboden herauf!

„Erwartet ihr jemanden?“, fragte Opa Gismo.

„Nicht, dass ich wüsste“, entgegnete die Großmutter flüsternd.

Gerade wollte Opa Gismo vorschlagen, dass sie

sich lieber verstecken sollten, da betrat Kais Mutter den Dachboden.

Alle erstarrten. Kai fühlte, wie ihm das heiße Blut in den Kopf schoss.

„Guten Abend", flötete Frau Flammersfeld. Sie trug eine Holzkiste, die randvoll mit Lebensmitteln war.

„Du hättest mir ruhig eine etwas genauere Wegbeschreibung geben können, Wolfgang", sagte sie und blickte ihren Mann vorwurfsvoll an. „So 'ne alte Kirche im Wald ... ist nicht gerade hilfreich für mich gewesen. Und überhaupt ... will mir jemand das hier vielleicht mal abnehmen?" Sie streckte die Lebensmittelkiste von sich. Als keiner reagierte, stellte sie die Kiste auf dem Boden ab und sagte leicht eingeschnappt: „Bitte, dann eben nicht."

Kai trat der Angstschweiß auf die Stirn. Er hätte nie gedacht, dass sich seine Mutter aufmachen würde, die Giselotta-Kirche zu suchen. Wieso hatte sein Vater auch darüber sprechen müssen, wo er heute Abend hinging? Er schluckte. Wenn jetzt etwas schiefging, wenn sie es jetzt merken würde ... Er nahm keine Sekunde den Blick von ihr und folgte besorgt jeder ihrer Bewegungen.

„Guten Abend erst einmal", sagte sie, ging auf die Vampirmutter zu und streckte ihr die Hand entgegen. „Gestatten, Angelika Flammersfeld. Ich bin Kais Mutter."

„G... Gesine von Greifendorf." Die Vampirmutter ergriff die Hand von Frau Flammersfeld und drückte sie.

Sofort zog diese erschrocken ihre Hand zurück. Der Händedruck der anderen Frau war stark und ihre Hand fühlte sich kalt an. Eiskalt. Wie ... wie die Hand einer Toten! Vorsichtshalber winkte sie den anderen zur Begrüßung lediglich zu. Ein fester Händedruck genügte ihr für heute. Sie rieb sich die schmerzenden Finger und blickte die Greifendorfs verwirrt an. Die Vampire starrten fassungslos zurück.

„Nun, ich ... äh ... wollte das da noch vorbeibringen", stotterte Frau Flammersfeld, ohne den Blick von den seltsamen schwarzen Gestalten zu wenden, und zeigte auf die Kiste mit den Lebensmitteln. In was für eine Gesellschaft, fragte sie sich, war ihr Sohn denn hier geraten? Sie hatte zwar in einem ihrer Ratgeber gelesen, dass junge Menschen in der Pubertät seltsame Vorlieben entwickeln. Aber dieser Hang zu Vampiren wollte ihr gar nicht gefallen.

Am liebsten hätte sie Kai gepackt und von diesem Ort weggebracht, aber in einem Kapitel ihres Ratgebers *Wir plaudern über Pubertät – wenn junge*

Menschen erwachsen werden hatte sie gelesen, dass Eltern Geduld und Verständnis aufbringen sollten. Also biss sie die Zähne zusammen und sagte nichts. Stattdessen wunderte sie sich darüber, dass es offensichtlich auch Erwachsene gab, die diesen Vampirkram, wie sie es nannte, mochten. Und dass selbst Kais Oma diese Vampiridee unterstützte. Gerade fiel ihr Blick auf den Sarg, den die Großmutter für Kai bei Schreinermeister Siebenschein gekauft hatte. Da lief es ihr kalt den Rücken hinunter.

„Aber mein Junge“, rief sie, „was willst du denn nur mit diesem … diesem Ding da?“ Sie zeigte kopfschüttelnd auf den Sarg. „Sag mir bitte nicht, dass du darin schläfst!“

„Nicht wahr?“ Gesine von Greifendorf nickte heftig. „Schrecklich, diese Kiste. Dass sich so etwas überhaupt ‚Sarg‘ nennen darf. Unmöglich ist das!“

„Schön, dass Sie das auch so sehen“, sagte Frau Flammersfeld und in ihr keimte die leise Hoffnung, in der seltsam gekleideten Frau mit den kalten Händen vielleicht doch eine Verbündete gefunden zu haben. Sie trat einen Schritt auf die Vampirfrau zu und flüsterte: „Wäre nett, wenn Sie ein wenig darauf achten könnten, dass diese Sache nicht zu sehr ausufert.“

„Diese Sache?“, fragte Gesine.

„Na, Sie wissen schon … das mit den Vampiren. Ich hoffe, diese Phase ist bald vorbei." Sie blickte kurz zu Kai hinüber.

„Phase?" Die Vampirin blickte sich Hilfe suchend zu den anderen um. „Wovon redet diese Frau?"

„Ich verstehe!" Angelika Flammersfeld nickte und legte eine Hand auf Gesines Schulter, zog sie jedoch sogleich wieder zurück, als sie die eisige Kälte spürte, die von dem Körper der anderen Frau ausging. „Sie … Sie sind für die andere Methode." Sie hob den Zeigefinger, überlegte kurz und sprach dann wie eine Lehrerin: „Die integrative Methode nach Professor Doktor Ferkel: Die Eltern nehmen teil an der Pubertät ihrer Kinder. Ein interessanter Ansatz, wirklich." Sie zwinkerte der Vampirmutter verschwörerisch zu. „Bei mehreren Kindern wäre ich vielleicht auch diesen Weg gegangen", flüsterte sie und deutete mit einer leichten Kopfbewegung auf Gutta, Gangolf und Gerrith. „Sie bringen sich voll ein und machen, was Ihre Kinder wollen. Ich bewundere Sie, wirklich. Schafft eine gewisse Nähe. Ich habe mich aber für den Weg des stillen Widerstands nach Professor Bodo Klunker entschieden. Der liegt mir mehr, wissen Sie … Beobachte deine Kinder im Stillen und lenke sie, aber befiehl nicht zu viel." Sie grinste. „Deswegen", wisperte sie und kam mit ihrem Mund ganz nah an das Ohr der Vampirin, „deswegen mache ich hier auch gute Miene zum bösen Spiel. Wenn Sie wissen, was ich meine."

Gesine von Greifendorf kratzte sich am Kopf. „Muss ich das jetzt verstehen?"

Kais Mutter lachte laut auf. „Sie sind voll drin, Klasse!" Sie kramte in ihrer Jackentasche und zog eine Ausgabe von *Wir plaudern über Pubertät – wenn junge Menschen erwachsen werden* hervor. „Hier, schenke ich Ihnen. Ist sehr interessant!"

Die Vampirfrau zuckte zurück und machte ein Gesicht, als hielte ihr jemand eine Schale Weihwasser unter die Nase.

„Nehmen Sie ruhig. Ich habe noch ein Exemplar zu Hause." Kais Mutter drückte der überraschten Vampirin das Buch in die Hand. „Wir Eltern müssen doch zusammenhalten", meinte sie lachend. „Aber das mit dem Sarg …" Sie trat zu Kais rotmetallicfarbenem Sarg. „Also, darüber komme ich einfach nicht hinweg." Ihre Stimme klang wieder ernst. „Elisabet, hast du da nicht etwas übertrieben?" Sie schüttelte den Kopf und zupfte mit zwei Fingern befremdet am Innenfutter herum. „Ich finde, das geht eindeutig zu weit."

„Äh … also, ich glaube, der Umzug ist abgeschlossen, oder?“ Kais Vater ging zu seiner Frau und legte eine Hand auf ihre Schulter. „Wollen wir jetzt nicht lieber gehen und Kai und seine Freunde allein lassen?“

Die Mutter seufzte. „Von mir aus. Aber“, und hier wurde ihre Stimme lauter, „übertreibt es nicht! Elisabet, Sandra, passt mir ein wenig auf, dass dieser Vampirkram nicht ausartet.“ Sie winkte zum Abschied in die Runde und ging zu Kai.

„Hach, Junge“, sagte sie besorgt, „sei tapfer. Wir bringen dich schon sicher durch diese schwere Lebensphase.“ Sie strich ihm über die Wange. „Oh Gott!“, rief sie da auf einmal und riss die Augen auf. „Sag mal, bist du krank?“

„I... ich? Nein, wieso?“

Der prüfende Blick seiner Mutter glitt über Kais Körper.

Sie legte ihm die Hand auf die Stirn und tastete erneut über die Wangen.

„Du bist ja ganz kalt. Ist dein Kreislauf in Ordnung?“

„Nein, wirklich. Mir geht es gut!“

„Irgendetwas stimmt doch nicht mit dir. Vielleicht sollten wir den Quatsch hier lassen. Du solltest lieber wieder mit uns nach Hause kommen.“

„Nun lass ihn doch“, warf der Vater ein.

„Wolfgang, ich bitte dich! Sei doch nicht so leichtsinnig! Pubertät hin oder her, aber wenn Kai krank ist, bleibt er mir nicht in diesem kühlen Gemäuer hier.“ Die Mutter zeigte mit einer ausholenden Handbewegung auf den Dachboden.

„Ich sage dir doch, mir geht es gut. Vielleicht bin ich ein wenig müde, der Umzug war ganz schön anstrengend.“ Kai musste innerlich grinsen. Er war sich sicher, dass noch nie jemand einen so leichten Umzug gehabt hatte wie er, der nicht einen einzigen Finger hatte krumm machen müssen.

„Vielleicht ist es auch das, ja … na schön.“ Seine Mutter musterte ihn scharf. „Dann macht heute aber nicht mehr so lange, ja?“ Sie wandte sich Gesine zu. „Ich appelliere an Ihre Vernunft, Frau von Greifendorf“, sagte sie. „Wenn es doch was Ernstes ist, bringen Sie ihn zu uns, ja? Kann ich mich darauf verlassen?“

„Das kannst du, Schatz, ganz bestimmt.“ Ihr Mann fasste sie am Arm und zog sie zur Treppe. Kurz bevor sie über die Treppe nach unten verschwunden waren, wandte sich Kais Mutter kurz um und rief: „Und über den Sarg sprechen wir noch, Elisabet!“

Einige Sekunden später fiel das Kirchenportal krachend ins Schloss.

„Puh, das war knapp." Kai lehnte sich gegen eine Säule und wischte sich den Schweiß von der Stirn.

„Aber irgendwie auch lustig", sagte Gutta. „Deine Mutter scheint das alles hier für eine Art Spiel zu halten."

„Ich verstehe gar nicht, was diese Frau von mir wollte." Gesine von Greifendorf drehte sich fragend zu ihrem Mann um. „Weißt du, was sie von mir wollte?"

„Sie denkt halt, wir sind in der Pubertät", sagte Kai.

„Puber… was?", fragte Gangolf.

„Pubertät. Wir werden so langsam erwachsen. Das nennt man so."

„Ja, und?"

„Ach, sie glaubt einfach, dass ich deswegen durchgeknallt bin." Kai war jetzt nicht nach Erklärungen zumute.

„Vielen Dank, dass ihr all meine Sachen hier heraufgeschleppt habt", sagte er und lächelte Gutta, Gangolf und Gerrith zu.

„War ja nicht zu vermeiden", grummelte Gangolf und warf seiner Mutter einen ärgerlichen Blick zu, die jedoch nur mit den Achseln zuckte und ein Gesicht machte, das nur allzu deutlich ihre Gedanken verriet: Selbst schuld!

„So, ihr Lieben, wir werden dann mal gehen." Der Vampirvater strich sich über seinen Umhang. „Wir müssen noch die Burg begutachten, auf der die Versammlung der IVK stattfinden soll."

„Echt? Klasse! Können wir da mitkommen?", fragte Gutta aufgeregt.

„Nein, das machen eure Mutter, Opa Gismo und ich alleine. Ihr bleibt schön hier und helft Kai beim Einrichten."

Er schaute auf die Kisten, die vor ihnen standen. Dabei fiel sein Blick auch auf die Lebensmittelkiste, aus der einladend eine dicke Blutwurst herauslugte, und seine Augen weiteten sich.

„Oh, Blutwurst!" Er leckte sich über die Lippen. „Dürfte ich?"

Kai nickte. „Nur zu."

„Herzlichsten Dank!" Herr von Greifendorf griff flink nach der Wurst und tat einen großen Bissen. Genießerisch schloss er dabei die Augen.

„Können wir dann, Gottfried?" Die Stimme seiner Frau riss den Vampirvater aus seinen Blutwurstträumen. Gesine schwebte mit Opa Gismo bereits vor einem der Fenster und winkte ihren Mann energisch herbei.

„Ich komme, Liebling!" Mit einem kräftigen Ruck stieß er sich vom Fußboden ab, stopfte sich noch schnell den letzten Wurstzipfel in den Mund und flog zu den anderen beiden an das Fenster.

„Bis später!“, riefen sie noch und flatterten dann zusammen hinaus in die sternenklare Nacht.

Gangolf schaute sich in Kais neuem Zuhause um. „Eigentlich echt nett hier“, sagte er und betrachtete die Heiligen- und Marienfiguren. „Ein wenig üppiger dekoriert als unsere Gruft.“

„Allerdings“, sagte Gerrith, der gerade hoch konzentriert eine der Skulpturen betrachtete. Das verzerrte Gesicht dieses drachenartigen Wesens kam ihm herrlich hässlich vor.

„Na, ihr solltet erst mal mein neues Nest sehen“, krächzte Kurt. Er hatte die ganze Zeit ruhig auf einer Heiligenfigur gesessen und die Gelegenheit genutzt, gründlich sein Federkleid zu putzen. „Da ist es jetzt vielleicht nett! Deko ohne Ende! Ich habe sogar eine Pfauenfeder gefunden und mit eingebaut.“

„Na, super!“ Sandra stellte sich vor, wie Kurt versuchte, eine sperrige Pfauenfeder in sein Nest einzuarbeiten. Dabei musste sie laut lachen. „Sieht bestimmt gut aus.“

„Sieht bestimmt komisch aus“, frotzelte Gangolf.

„Ach was!“ Kurt flatterte auf die Lebensmittelkiste und starrte neugierig hinein. Eine metallisch glänzende Dose hatte seine Aufmerksamkeit erregt und er pickte vorsichtig an ihr herum. „Außerdem ist nichts so komisch wie das, was ich heute gesehen hab.“

„So? Und was war das, wenn ich fragen darf?“ Die Oma ging auf Kurt zu und scheuchte ihn von der Lebensmittelkiste weg. Widerwillig gehorchend flog er auf den Sarg.

„Ich bin heute Abend auf dem Weg hierher rein zufällig am Mondscheinpfad Nummer 13 vorbeigekommen. Ihr erinnert euch?“

Was für eine Frage. Wer von ihnen würde je das Haus im Mondscheinpfad Nummer 13 vergessen? Das Haus von Rufus Wankelmann, dem fürchterlichen, grausamen Vampirhasser.

„Ich sage euch, da war die Hölle los.“

„Wie meinst du das?“, fragte Sandra.

„Nun, ständig kamen … wie heißen diese rollenden Blechkisten noch mal … ah ja … Autos angefahren und fuhren wieder ab, Leute gingen ein und aus und ein seltsam grelles Licht kam aus den Kellerfenstern.“

„Wirklich?“ Die Oma legte die Stirn in Falten. „Das kann eigentlich nichts Gutes bedeuten.“

„Jaja. Aber dann war da noch so ein seltsamer Kerl."

„Was für ein Kerl?", bohrte die Oma weiter.

Kurt plusterte sich auf und ließ dann sogleich sein Federkleid wieder zusammensinken. „Also ... Ich saß in diesem Baum und beobachtete, wie die Leute im Mondscheinpfad Nummer 13 so ein- und ausgingen. Und dann, es war mittlerweile Ruhe eingekehrt, entdeckte ich ein vorzügliches altes, verlassenes Nest mit einer herrlich weichen Innenpolsterung. Wisst ihr, ich bin ja sonst nicht so, aber wenn es sich denn aufdrängt? Ich meine, wo bekommt man sonst so viel weiches Material für den eigenen Nestbau? Ich pickte also ordentlich zu und bediente mich."

„Kurt, bitte!" Gutta verdrehte genervt die Augen. „Komm auf den Punkt!"

„Entschuldigt. Ihr wisst ja, ich neige zu Abschweifungen."

„Allerdings!"

„Jedenfalls kam da plötzlich ein Mann aus dem Haus und lief ganz langsam den Weg entlang. Er hatte einen langen braunen Mantel an und trug einen Schlapphut."

Sandra hielt sich vor Schreck die Hand vor den Mund.

„Und jetzt passt auf! Dieser Kerl blieb auf einmal stehen und schaute zu mir hoch. Unheimlich war das, echt unheimlich. Ganz so wie damals im Jahr ’93, als ich durch das schwere Unwetter fliegen musste und um mich herum überall …“

„Kurt!“

„’tschuldigt. Aber es war wirklich gruselig, als sich unsere Blicke trafen. Es sah aus, als funkelten mir unter seinem Hut rote Augen entgegen. Könnt ihr euch das vorstellen? Habt ihr so was schon mal erlebt?“ Kurt schüttelte sich.

Gerrith schlug die Hände über dem Kopf zusammen. „Um Teufels willen“, stöhnte er. „Wieland von Wünschelsgrund bei Rufus Wankelmann!“

„Ganz wie dein Vater gestern gesagt hat, Kai.“ Gangolf setzte eine nachdenkliche Miene auf. „Leute, wenn die beiden sich wirklich zusammengetan haben, dann bedeutet das Ärger.“

„Und zwar mächtigen“, pflichtete ihm Oma Flammersfeld bei.

Eine Weile sagte keiner etwas. Dann meinte Sandra: „Das mit dem grellen Licht klingt gar nicht gut. Ich finde, wir sollten uns das mal ansehen.“

„Ansehen?“, rief Gerrith erschrocken. „Du willst da noch mal hin in den Mondscheinpfad und dir das ansehen?“

„Aber natürlich."

„Auf keinen Fall, das ist viel zu gefährlich." Gerrith verschränkte die Arme vor der Brust. „Unsere Eltern würden das bestimmt nicht erlauben."

„Ach herrje, unser alter Hasenfuß!" Gangolf tätschelte seinem Bruder den Kopf. „Wenn du nur das tun würdest, was unsere Eltern erlauben, dann hättest du ein gähnend langweiliges Leben."

„Aber ein sicheres!"

„Nun ja, es ist bestimmt nicht ungefährlich, zum Mondscheinpfad zu gehen", sagte Gutta. „Wieland hat einen feinen Instinkt, was Vampire angeht. Irgendwie bemerkt er ihre Anwesenheit sehr schnell." Sie überlegte. „Aber es wäre trotzdem nicht schlecht, wenn wir uns selbst ein Bild von der Situation im Mondscheinpfad machen würden."

„Stimmt!" Die Oma nickte. Und als sie Gerriths besorgten Gesichtsausdruck sah, fügte sie beschwichtigend hinzu: „Nur schauen. Nichts weiter unternehmen, hörst du? Nur mal nachsehen."

„Dann ist es also abgemacht. Wir fliegen jetzt zum Mondscheinpfad!", rief Gangolf und war im nächsten Augenblick aus einem Fenster ins Freie entschwunden.

Kai schnappte sich Sandra und flog ihm nach. Gutta folgte mit der Großmutter.

„Ich bleibe aber dabei“, murmelte Gerrith, als er als Letzter Richtung Fenster in die Dunkelheit schwebte, „das ist keine gute Idee … Das kann doch alles nur in einer Katastrophe enden. Ganz bestimmt. Und dann ist das Geschrei wieder groß. Nächstes Mal mache ich das nicht mehr mit.“

Er flog zum Dachbodenfenster hinaus und schloss es sachte hinter sich.

DER PAKT DER VAMPIRJÄGER

„Lasst uns in dem Baum dort landen“, sagte Kais Oma und zeigte auf eine Eiche. Ganz vorsichtig leiteten sie den Sinkflug ein und landeten schließlich auf einem dicken Ast der Baumkrone. Nicht weit von ihnen entfernt stand das reetgedeckte Haus von Rufus Wankelmann. Aus allen Fenstern drang Licht nach draußen und ab und zu huschten schwarze Schatten hinter den Butzenscheiben vorbei.

„Da, seht ihr?“ Sandra deutete auf eines der Kellerfenster. Flackerndes Licht schien heraus. In regelmäßigen Abständen wurde es stärker und nahm dann wieder ab. Nach einer Weile wurde das Pulsieren des Lichtes schneller und schneller, seine Strahlen immer gleißender, sodass es fast in den Augen schmerzte. Dann, mit einem Mal, schien das Licht geradezu in die Nacht hinaus zu explodieren, so hell wurde es. Kai und die Vampire hielten sich schützend die Hände vor die Augen.

Plötzlich war wieder alles dunkel. Die Finsternis hatte das Haus verschluckt. Stille.

Oben in der Baumkrone wagten sie kaum zu atmen.

Als in einem Zimmer des Hauses ein Licht eingeschaltet wurde, fuhr Gerrith so stark zusammen, dass er fast vom Ast fiel.

„Pass doch auf!“, zischte seine Schwester.

Kai packte sie am Arm. „Seid still. Da kommt jemand!“

Sie starrten zum Haus hinüber und sahen, wie die Tür geöffnet wurde. Einige Gestalten traten über die Türschwelle und huschten den kleinen Pfad entlang, der vom Haus wegführte. Sie öffneten quietschend das Tor des rostigen Eisenzauns, der Wankelmanns Heim umgab, und verschwanden in der Dunkelheit. Kurze Zeit später heulten Motoren auf und einige Autos verließen den Mondscheinpfad.

„Ihr habt ein großes Opfer für die Sache gebracht“, rief da plötzlich eine Stimme. Sie kam von der Haustür und Kai erkannte sie sofort. Es war die Stimme von Rufus Wankelmann.

„Wir sehen uns morgen. Seid pünktlich!“

„Jawohl, Herr. Pünktlich, Herr. Wir bereiten alles für Eure Ankunft vor.“ Auch diese dumpfe

Stimme kannte Kai nur zu gut. Sie gehörte Thomas, Wankelmanns üblem Gehilfen.

Die Haustür schnappte wieder zu und Thomas kam mit einer weiteren Person den Weg zum Tor entlanggelaufen. Kai schluckte, als er diese andere Gestalt sah. Es war der Knochenmann, den er vor einigen Tagen mit Gutta in Wankelmanns Keller getroffen hatte.

Doch irgendetwas war anders.

Kai kniff die Augen zusammen.

Dann fiel es ihm auf. Bandagen! Sowohl Thomas als auch der Knochenmann trugen eine Bandage.

„Und? Tut's noch weh?", fragte das Skelett.

„Geht so …", brummte Thomas und schaute auf seinen verbundenen Arm, den er in einer Schlinge trug. „Und selbst?"

„Hm …" Das Skelett blickte an sich hinunter und befühlte den Verband um seinen Brustkorb. „'n bisschen vielleicht. Du weißt ja, seit mir mein Fleisch abhandengekommen ist, habe ich ein wenig Schwierigkeiten mit dem Fühlen. Da ist man ja froh, wenn man überhaupt mal etwas spürt." Es klopfte mit einer Hand auf den Brustkorb. „Ja, doch … jetzt merke ich schon was." Es lachte rau.

Thomas und der Knochenmann gingen an der Eiche vorbei und waren nach einer Weile nicht mehr zu sehen. Es herrschte Totenstille. Ein leichter Wind wehte durch das Blätterdach. Wankelmanns Haus wirkte ruhig und friedlich.

Dann stand er da. Einfach so. Mitten auf dem Weg. Keiner hatte gesehen, wie er dorthin gekommen war: ein seltsamer Mann in einem langen Mantel mit hochgestelltem Kragen und breitkrempigem Schlapphut. Er hatte die Hände in den Manteltaschen vergraben und regte sich nicht. Er stand einfach nur da.

Die Freunde in der Baumkrone erstarrten. Gerrith wurde ganz schlecht vor Angst und krallte seine Finger in Kais Arm. Kurt, der auf Kais Schulter hockte, zog seinen Rabenkopf ein und legte die Federn ganz eng an den Körper. Wieland von Wünschelsgrund, der schlimmste Vampirjäger, dessen Name allein jedem Vampir das Blut in den Adern gefrieren ließ, stand vor ihnen.

Es schien eine Ewigkeit, in der nichts geschah. Der Wind spielte mit Wielands Mantel. Als der Mond hinter ein paar Wolken hervorlugte, fiel sein fahles Licht auf den Weg und die regungslose Gestalt Wielands warf einen lang gezogenen, verzerrten Schatten. Wieland blickte kurz zum Mond hinauf. Er wandte sich um und entfernte sich ein paar Schritte vom Haus, blieb dann aber plötzlich

wieder stehen. Ganz langsam drehte er den Kopf und schaute hoch in die Krone der Eiche.

Kai hatte das Gefühl, sein Herz würde aufhören zu schlagen. Wünschelsgrund war nur einen Steinwurf von ihnen entfernt und sah direkt auf ihr Versteck.

Bitte, lieber Gott, lass ihn einfach weiterlaufen … Bitte …, schoss es ihm durch den Kopf. Gleichzeitig spürte er einen feurigen Schmerz an seinem Arm. Gerrith krallte sich so sehr an ihm fest, dass Kai das Gefühl hatte, seine Nägel schnitten sich in sein Fleisch. Er hätte schreien mögen, so weh tat es.

Wieland stand auf dem Weg und rührte sich nicht. Kai hatte den Eindruck, als taste er mit seinen Blicken jeden Zentimeter des Baumes ab, als versuchte er, das dichte Blattwerk zu durchdringen. Einmal glaubte Kai sogar, zwei glutrote Augen unter dem Hut aufblitzen zu sehen. Im fahlen Licht des Mondes schien es sogar, als sei Wielands Mund zu einem hämischen Grinsen verzogen. Vielleicht spürte er, dass sie hier oben in der Baumkrone saßen. Kai schluckte. Das konnte doch wohl nicht sein. Schließlich war Wieland kein Vampir und konnte daher in der Dunkelheit schlecht sehen. Und dennoch ging etwas Bedrohliches von diesem Mann aus, als hätte er übernatürliche Kräfte.

Schließlich schritt Wieland ganz langsam und ohne sich ein weiteres Mal umzudrehen, den Weg entlang. Dann war er nicht mehr zu sehen.

Lange Zeit wagte niemand, sich zu bewegen. Erst Gerriths tiefer Seufzer löste die Anspannung.

„Ist er auch wirklich weg?" Gangolf schob einige Zweige beiseite und blickte auf den Weg hinunter.

„Ich guck mal eben nach." Kurt stieß sich von Kais Schulter ab und flatterte davon, so leise er konnte. Kurze Zeit später landete er wieder vor Sandra auf einem Ast. „Die Luft ist rein", krächzte er. „Weit und breit nichts zu sehen."

„Dann ganz schnell weg hier", flüsterte Gerrith, fasste Kais Oma unter den Armen und erhob sich in den Nachthimmel.

Während des Fluges zurück zur Giselotta-Kirche fiel kein einziges Wort. Kai musste die ganze Zeit an das glühende Rot in Wielands Augen denken und an das beklemmende Gefühl, das dieser Mann in ihm hervorrief und das ihm auch jetzt noch eine Gänsehaut bereitete. Er fühlte sich erst besser, als sie durch das Fenster in sein neues Zuhause in der Giselotta-Kirche schwebten.

Die Nacht war noch nicht sehr weit vorangeschritten, aber die Vampirgeschwister verabschiedeten sich bald. Kai war deswegen nicht böse auf sie. Auch ihn hatte die Begegnung mit Wieland von Wünschelsgrund durcheinandergebracht. Als die drei fort waren und auch Kurt zurück in sein Nest geflogen war, legten Kai, Sandra und die Großmutter noch zwei Matratzen auf den Boden und bezogen die Betten. Sandra legte sich neben Kais Sarg, die Oma richtete ihr Nachtlager unter einer Heiligenfigur.

„Gute Nacht, ihr beiden", sagte er leise, als auch er es sich gemütlich gemacht hatte. Dann schloss er sanft die beiden Deckelteile seines Sarges. Eine Zeit lang lag er noch wach da und hörte, wie Sandra und seine Oma leise miteinander sprachen. Dann endlich, mit dem Klang ihrer Stimmen im Ohr, schlief er ein.

DIE HÖHLE DER KREATUREN
11. TAG

„Aufwachen!“ Mit einem lauten „Rumms!“ wurden beide Teile des Sargdeckels aufgerissen. Kai schlug erschrocken die Augen auf. Der Schein der Kerzen, die den Dachboden der Giselotta-Kirche erhellten, blendete ihn. Ein Gesicht beugte sich über ihn. Es war das Gesicht seiner Großmutter.

„Kriech schnell aus deinem Sarg, es ist was passiert!“, sagte sie.

„So? W… was denn?“ Kai rieb sich den Schlaf aus den Augen. Er hatte furchtbar seltsame Dinge geträumt. Sein Magen meldete sich mit einem dumpfen Grummeln, als er sich an einzelne Traumbilder erinnerte. Stoff. Lose flatternder Stoff. Und der eiskalte, seelenlose Blick von toten Augen.

Seltsam – diesen Traum hatte er doch schon einmal gehabt.

„Na, hopp jetzt! Kurt hat uns etwas zu erzählen!“ Seine Oma half ihm aus dem Sarg und schloss den Deckel hinter ihm. Sie gingen zu Sandra und den Vampirgeschwistern. Vor ihnen hüpfte der Rabe Kurt auf einer Holzkiste völlig aus der Fassung geraten auf und ab und schlug dabei heftig mit den Flügeln.

„Ohne Worte, ich sag es euch. Ohne Worte!“

„Was ’n los?“, fragte Kai und gähnte.

Sandra stupste ihm mit dem Ellenbogen in die Seite. „Kurt wollte nicht eher anfangen zu erzählen, bis alle da sind“, flüsterte sie, während der Rabe noch immer aufgeregt auf der Kiste herumhüpfte.

„Leute, was ich soeben gesehen habe, glaubt ihr mir nie!“, fing er schließlich an und reckte seinen Schnabel hoch in die Luft. „Aaalso … ich fliege so durch die Nacht. Wie ihr wisst, mache ich das manchmal, wenn ich etwas nachdenken will. Obwohl ich nicht so gut sehen kann, wenn es dunkel ist. Aber, na ja. Ich flattere also mal hierhin und mal dorthin und denke darüber nach, wie ich mein Nest umbauen will.“

„Kurt!“ Gutta verdrehte die Augen.

„Entschuldigt. Ich schweife schon wieder ab, stimmt’s? Nun gut. Wie gesagt, ich flog durch die Nacht und fand mich irgendwann im Wald wieder. Wie ich da hingekommen bin … keine Ahnung. War zu sehr in Gedanken versunken. Es ist schließlich keine leichte Aufgabe, sein Nest zu renovieren, das könnt ihr mir glauben."

„Kurt!"

„Entschuldigt ... Jedenfalls flog ich so über den Baumkronen, da sah ich es. Ein Licht! Es schimmerte schwach durch das Blätterdach zu mir herauf. Ich war natürlich neugierig. Wo sollte denn mitten im Wald plötzlich ein Licht herkommen? Ich also im Sturzflug auf den nächstbesten Ast und nachgeschaut."

„Und?"

„Das Licht kam aus dem Untergrund."

„Wie? Aus dem Untergrund?" Die Großmutter verschränkte die Arme.

„Na ja, aus dem Erdboden eben. An dieser Stelle im Wald ist es sehr felsig, wisst ihr. Und aus einer der vielen Felsspalten dort drang das Licht nach draußen."

„Komisch ..." Sandra kniff grübelnd die Augen zusammen.

„Noch komischer ist, was dann geschah", fuhr Kurt fort. „Aus dem Felsen kamen nämlich zwei Männer heraus."

„Zwei Männer?"

„Ja, auf einmal standen sie da."

„Sehr seltsam", sagte Gutta.

„Und wie! Wenn ich euch jetzt sage, wer das war, dann werdet ihr es nicht für möglich halten.“

„Na los, sag schon!“

„Ich glaube, wir können es uns denken“, warf die Oma ein.

„Rufus Wankelmann und Wieland von Wünschelsgrund!“, krächzte Kurt triumphierend.

„Ehrlich?“

„Wenn ich es euch sage!“

„Haben Rufus und Wieland auch miteinander gesprochen?“, fragte die Großmutter.

„Oh ja, das haben sie. Ich habe mir auch extra gemerkt, was sie gesagt haben.“ Kurt räusperte sich. Dann hüpfte er auf die linke Seite der Truhe und sprach mit tiefer Stimme: „Ich bin nicht sehr zufrieden, Rufus. Bei Weitem nicht zufrieden. Es müssten schon viel, viel mehr sein.“

Danach hüpfte er in einem großen Satz auf die rechte Seite. Seine Stimme wurde rau und dunkel.

„Ich werde Anweisung geben, dass noch schneller gearbeitet wird. Ich werde die Schichten verdoppeln.“

Sofort sprang Kurt zurück nach links.

„Der große Tag rückt näher, Rufus, das weißt du. Bis dahin brauchen wir mindestens doppelt so viele. Also, sieh zu, dass du das hinbekommst.“

Kurt flatterte mit den Flügeln und rannte auf seinen dürren Rabenbeinen wieder nach rechts.

„Macht euch keine Sorgen. Wir werden es rechtzeitig schaffen."

Außer Atem hastete Kurt zurück auf die linke Seite.

„Das kann ich dir nur raten."

Kurt hustete. „So viel habe ich mitbekommen. Dann ist Wieland von Wünschelsgrund plötzlich weg gewesen." Er stockte, legte seinen Kopf leicht zur Seite und sagte leise: „Seltsam … Jetzt fällt mir auf, dass ich gar nicht gesehen habe, wie er weggegangen ist. Na ja …"

„Und was dann?", forschte Gutta weiter.

„Dann?" Kurt blickte sie fragend an. „Dann nichts. Rufus verschwand wieder in der Felsspalte, rief etwas, was ich nicht verstehen konnte, und das war's. Ich blieb noch einige Minuten auf meinem Ast sitzen, um sicherzugehen, dass die Luft rein war, und bin dann direkt hierhergeflogen."

Sandra drehte nachdenklich eine Haarsträhne um den Zeigefinger. „Die hecken da bestimmt was ganz Fieses aus."

„Und eins ist euch doch klar." Kais Oma blickte in die Runde. „Der große Tag, von dem Wieland gesprochen hat, ist natürlich die Konferenz der IVK."

Es war, als ob ein eisiger Wind durch das Dachgeschoss der Kirche wehte. Jeder von ihnen wusste, dass die Großmutter Recht hatte.

„Nur, wovon sie noch nicht genug haben, das ist mir ein Rätsel."

„Wir müssen unseren Eltern Bescheid sagen", flüsterte Gerrith. Er schien noch bleicher als sonst.

„Ach, und was genau willst du ihnen erzählen?" Gangolf schaute ihn mit großen Augen an. „Dass irgendetwas am Tag der IVK-Versammlung passieren wird? Nicht sehr informativ, wenn du mich fragst. Nein, Leute, so läuft das nicht. Wir Vampire müssen ganz genau wissen, was unser Feind vorhat, wenn wir uns richtig wehren wollen." Er breitete die Arme unter seinem Umhang aus, sodass er aussah wie eine riesige schwarze Fledermaus. Dann hob er vom Boden ab, bis er neben einer der steinernen Skulpturen schwebte. „Was ist? Kommt ihr? Wir haben etwas zu erledigen."

„Er will doch nicht wirklich ..." Gerrith blickte Hilfe suchend zu seiner Schwester.

„Natürlich will ich", rief Gangolf. „Wir fliegen zu dieser Stelle im Wald und schauen uns an, was Kurt entdeckt hat. Dann werden wir wissen, wovor genau wir unsere Eltern und die anderen Vampire bei der Versammlung der IVK warnen müssen."

Ohne ein weiteres Wort flog er zu Oma Flammersfeld, ergriff sie und schwebte mit ihr aus einem der Fenster.

Einer nach dem anderen folgte, bis nur noch Gerrith auf dem Dachboden stand. Er sah sich kurz um und schüttelte dann den Kopf. „Das geht doch niemals gut“, flüsterte er und erhob sich dabei langsam in die Luft. „Das kann gar nicht gut gehen … Ist doch viel zu gefährlich. Aber auf mich hört ja keiner.“

Die Nacht war angenehm. Der warme Wind strich sanft über ihre Haut. Mond und Sterne hüllten die Landschaft unter ihnen in ein freundliches, blasses Licht. Sie flogen hoch über dem Wald, der sich scheinbar endlos über Hügel und sanfte Täler ausbreitete. An manchen Stellen lugten Seen aus dem Bäumemeer hervor, in denen sich glitzernd die Sterne spiegelten. Hier und da reckte sich ihnen der Turm einer alten Burg entgegen.

Kurt hatte sich auf Kais rechter Schulter niedergelassen und gab Anweisungen, in welche Richtung zu fliegen war. Dabei hüpfte er jedes Mal so heftig auf und ab, dass Kai ins Trudeln geriet.

„Bei dieser Ruine müssen wir links … links!“ Kurts Flügel klatschte in Kais Gesicht. Kai hatte alle Mühe, nicht aus dem Gleichgewicht zu kommen und abzustürzen.

„Hör auf, so auf mir rumzuspringen!“, rief er, drückte Sandra fester an sich und drehte seinen Körper etwas. Schnell hatte er das Gleichgewicht wiedergefunden. „Und nimm gefälligst deinen Flügel aus meinem Gesicht.“

Doch der Rabe tänzelte aufgeregt auf seiner Schulter herum. „Dort ist es, seht ihr? Dort unten ist es!“, rief er.

Kai verlangsamte seinen Flug und blieb schließlich in der Luft stehen. Ein paar Sekunden später schwebten auch Gangolf mit Oma Flammersfeld, Gerrith und Gutta neben ihm.

Kurt zeigte mit einem Flügel auf eine Stelle unter ihnen. Eine dünne Lichtlinie schlängelte sich dort über den Boden und schimmerte zwischen den Baumkronen zu ihnen herauf.

Gutta legte den Zeigefinger auf die Lippen, bedeutete den anderen, ihr zu folgen, und segelte langsam auf das Licht zu. Kurz vor den Baumkronen stoppte sie, überlegte kurz und ließ sich dann lautlos in den Ästen eines knorrigen Kastanienbaums nieder. Ganz vorsichtig, als ob sie auf Glas landen würden, schwebten auch die anderen auf den Baum hinab und setzten sich neben sie. Ge-

bannt schauten sie auf das, was sich unter ihnen befand.

Der felsige Boden war von unzähligen Spalten und Rissen durchzogen. Aus einer besonders breiten Ritze strahlte helles Licht in die Nacht. Es kroch als glänzendes Band über die Steine und verschwand schließlich hinter einer kleinen Anhöhe. Dort schien es sich fortzusetzen, denn jenseits dieser Anhöhe schimmerte es ebenfalls hell. Die angestrahlten Bäume wirkten wie Riesen, die ihre Arme in den Himmel reckten. Auch aus vielen kleineren Spalten leuchtete ein schwacher Schein, den sie aus der Luft nicht hatten erkennen können. Wie ein Spinnennetz legte sich das Gewebe aus Licht über den Boden. So etwas hatte bisher keiner von ihnen gesehen.

Oder gehört. Denn der Untergrund war nicht still. Ein dumpfes, leises Donnern war zu hören. Ein Grollen, das sich durch die Erde unter ihnen zu bewegen schien, durchbrach die Stille der Nacht.

Gerrith wurde leichenblass. „W… was ist das?“, hauchte er.

„Keine Ahnung, das habe ich vorhin noch nicht gehört.“ Kurt sprang von Kais Schulter auf einen Ast.

„Wo hast du Wankelmann in den Felsen verschwinden sehen?“, fragte Oma Flammersfeld.

„Dort drüben.“ Kurt reckte seinen Schnabel in Richtung eines großen Felsens, der von einem breiten, hell leuchtenden Riss durchzogen war.

„Da ist er hineingegangen?“

„Aber ja.“

„Na, dann …“

Gerrith blickte Kais Großmutter mit weit aufgerissenen Augen an. „Dann was?“ Er machte ein Gesicht, als ginge vor ihm gerade die Sonne auf. Er hatte das ungute Gefühl, dass er schon wusste, worauf dieses „Na, dann“ hinauslaufen würde.

„Dann sollten wir da jetzt auch rein“, ergänzte Kais Oma.

Gerrith seufzte tief. „Nicht schon wieder so eine Aktion!“

„Hast du eine bessere Idee, Angsthase?“ Gangolf klopfte seinem Bruder auf die Schulter. „Kais Oma hat Recht. Wir müssen einfach wissen, was da unter der Erde ist.“

Für einen kurzen Moment schauten sie sich alle schweigend an. Dann richtete Gutta ihren Blick fest auf Kai, Sandra und die Großmutter. „Ihr müsst da nicht mit.“

„Ist klar“, sagte Oma Flammersfeld.

„Keiner weiß, was uns da drinnen erwartet. Es könnte gefährlich werden.“

„Ich bin auf alle Fälle mit dabei." Kais Stimme war ruhig, aber bestimmt. „Schließlich betrifft es mich auch … irgendwie."

Gutta nickte.

„Aber ihr … ihr solltet hier auf uns warten." Kai blickte besorgt in Sandras grüne Augen. Er spürte ihre Angst. Und dann, für den Bruchteil einer Sekunde, erschrak er. Er schloss kurz die Augen und horchte in sich hinein. Das konnte nicht sein … Das konnte doch nicht sein. Er durchsuchte jeden Winkel seines Herzens nach Mitgefühl. Nach echtem, wahrem Mitgefühl. Wieder und wieder sagte er in Gedanken das Wort: Mitgefühl. Mitgefühl … Aber alles, was er in sich finden konnte, war ein leises, lauwarmes Ziehen in der Nähe seines Herzens. Ein Ziehen, das nur noch eine verschwommene Erinnerung an ein Gefühl war, das er doch so gut kannte. Schritt die Verwandlung in einen Vampir in seinem Inneren weiter voran? Kai erinnerte sich daran, dass jeder Vampir eine Eigenschaft, die er als Mensch gehabt hatte, verlor. Bei Gutta und Gangolf war es die Angst gewesen, bei Gerrith eher das Gegenteil. Und er selbst?

Sandra musste gemerkt haben, dass ihn irgendetwas beschäftigte. Sie nahm seine Hand und drückte sie ganz fest.

„Du weißt, dass ich dich nicht alleinelasse", sagte sie leise. „Hier draußen bleiben und auf glühenden Kohlen sitzen? Mit Sicherheit nicht. Versprich mir nur, dass du mir hilfst, wenn es brenzlig wird."

Kai lächelte sie an. Wie könnte es anders sein? Wie könnte er ihr jemals nicht beistehen, wenn Gefahr drohte? Aber sosehr er sich sicher war, dass diese Gedanken aus tiefstem Herzen kamen, er suchte vergeblich das warme, liebevolle Gefühl, das diese Gedanken bestätigte.

„Nein, nein", sagte die Großmutter bestimmt. „Wir gehen alle." Sie wandte sich zu Gangolf um und blickte ihn auffordernd an.

„Ich werde hier Wache schieben", krächzte Kurt und tapste an das vordere Ende eines Astes, der sich weit dem Felsen entgegenstreckte.

Gerrith horchte auf. „Ach, das könnte aber ich vielleicht ..." Weiter kam er nicht, denn eine starke Hand packte ihn im Nacken. Gangolf zog ihn hoch in die Luft.

Breit klaffte der Spalt vor ihnen. Das ausströmende Licht malte einen Streifen auf das Gestein und wirkte wie ein heller Teppich, der in die Unterwelt lockte.

Lautlos landeten sie auf dem steinigen Boden und pressten sich sogleich an den Felsen. Das donnernde und grollende Geräusch aus dem Untergrund war verstummt. Nur Kurts Flügelschlagen war zu hören. Der vorwitzige Kerl war auf seinem Zweig vor lauter Neugier so weit nach vorne gehüpft, dass er das Gleichgewicht verloren hatte. „'tschuldigung!", krächzte er, so leise er konnte, rutschte ein Stück nach hinten und setzte sich dick aufgeplustert wieder hin.

Sandra musste grinsen. Sie mochte den Raben, er war manchmal so herrlich ungeschickt. Auch wenn er gelegentlich zu viel über seinen Nestbau plapperte, so war es doch nie langweilig, wenn er mit dabei war. Als sich ihre und Guttas Blicke trafen, lächelten sie einander zu. Gutta nickte auffordernd und zeigte auf den Spalt, der in den Felsen führte. Sandra antwortete ebenfalls mit einem Nicken und zusammen schlichen die beiden durch den Spalt.

„Es geht los!", flüsterte Gangolf und tippte seinem Bruder auf die Schulter. Der sah gerade voller Neid zu Kurt hinauf. Als Gangolf bereits in dem Felsspalt verschwunden war, seufzte er schwer und folgte ihm auf Zehenspitzen – dann hatte das Licht auch ihn verschluckt.

Eng war es. Und stickig. An den Wänden hingen in regelmäßigen Abständen Gaslampen, deren Zischen sich mit dem leisen Knirschen ihrer Schritte vermischte. Der steinige Weg führte zunächst geradeaus, machte dann einige Schlenker nach links und nach rechts. Als sie mehrere Treppen abwärtsgelaufen waren, führte er wieder geradeaus. Es gab keine Tür und keine Abzweigung – nur die glatten, engen Felswände.

Nach einer Weile sahen sie das Ende des Weges. Er wurde von einem anderen, breiteren und heller erleuchteten Weg gekreuzt. Vorsichtig liefen sie die letzten Meter und blieben dann stehen.

„Wohin jetzt?“, flüsterte Sandra.

Plötzlich fühlte sie Guttas eiskalten Zeigefinger auf ihren Lippen. Sie zuckte zurück. Dann hörte sie es auch. Ein Klicken. Wie Holz, das auf Stein fällt. Und ein Schlurfen, ein Schlurfen von Füßen, die sich über den Grund bewegten. Es kam jemand! Sandra fühlte, wie ihr das Blut in den Kopf schoss und ihre Schläfen zu pochen begannen. Sie lehnte sich fest an die Wand. Mit einer schnellen Bewegung hastete Gangolf zu den zwei nächstgelegenen Gaslampen und pustete sie aus. Sofort wurde es dunkel. Dann drückte auch er sich, so fest er nur konnte, gegen die Felswand.

Das Klicken und die Schritte kamen näher. Dann stand ein Wesen vor ihnen im Gang. Groß und hager. Es war in einen langen braunen Umhang gehüllt, der bis zum Boden reichte. Den Kopf bedeckte eine Kapuze. In der Hand hielt es einen Speer, mit dem es – *klack, klack!* – auf den Boden schlug. Es drehte sich zu ihnen um.

Sandra biss sich auf die Lippen, um nicht zu schreien. Sie wagte nicht zu atmen und presste sich so stark gegen den Stein, als wollte sie in ihm versinken. Aus den Augenwinkeln heraus beobachtete sie, was das Wesen machte. Es stand regungslos da und starrte zu ihnen herüber. Zumindest glaubte sie das, denn die Kapuze der Gestalt war so weit, dass darunter anstelle eines Gesichts nur ein dunkles Loch zu sehen war. Jetzt neigte das Wesen den Kopf leicht zur Seite. Ob es sie entdeckt hatte? Oder sich wunderte, wieso das Licht erloschen war? Sandra ließ ihre Hand über den kühlen Fels gleiten. Irgendwo neben ihr stand Kai. Als sich ihre Finger berührten, umklammerte sie fest seine Hand.

Aus der Kapuze ertönte ein dumpfes, grollendes Gurren, das sich anhörte, als käme es nicht aus diesem dürren Wesen vor ihnen, sondern aus dem massigen Körper eines Riesen. Die Gestalt klackte noch einmal mit dem Speer auf den Boden, dann drehte sie sich um und marschierte aus ihrem Blickfeld.

Sandra atmete tief durch, wischte sich den kalten Schweiß von der Stirn und ließ Kais Hand wieder los.

„Ich dachte, jetzt ist es aus“, sagte sie mit zitternder Stimme. „Was war das, um alles in der Welt?“

„Keine Ahnung.“ Kai blickte zu seiner Großmutter. „Geht’s dir gut?“

„Ja, alles in Ordnung, nur fürchte ich, dass dieses Ding – was immer es auch war – wiederkommen wird.“

Gangolf nickte zustimmend und schielte vorsichtig um die Ecke. „Die Luft scheint jetzt rein zu sein. Kann nichts sehen“, sagte er leise und winkte die anderen aus dem dunklen Weg in den großen, beleuchteten Gang hinaus.

„Lasst uns da langgehen!“ Er deutete links in den Korridor. Sie schlichen flink über den Steinboden und bogen an der nächsten Gabelung rechts ab, wo sie auf einen weiteren großen Gang stießen. Die Gaslampen standen hier nicht nur in kleinen Nischen, sondern hingen auch an schweren Eisenringen von der Decke herab. Ihr leises Zischen klang, als würden Schlangen im Gestein hausen.

„Wie weit wollt ihr denn noch?“, fragte Gerrith,

der hinter allen herlief und sich immer wieder ängstlich umschaute.

„Wir haben doch noch gar nichts gesehen“, sagte Gutta.

„Bitte? Also, mir hat eigentlich schon gereicht, was wir bis jetzt gesehen haben.“

„Und was möchtest du unseren Eltern erzählen?“ Gutta blieb stehen und drehte sich zu ihrem Bruder um. „Dass hier in unterirdischen Gängen Kreaturen in Kutten rumlaufen?“

Gerrith nickte.

„Das reicht aber nicht. Ich sage dir, irgendwo hier unten hecken Wieland und Wankelmann etwas Großes aus. Etwas, was wir finden müssen. Das müssen wir unseren Eltern und den anderen berichten. Und nichts weniger.“

Schweigend gingen sie weiter. Nach ein paar Metern entdeckte Kai eine dicke, schwarze Spinne, die es sich auf einem Stein bequem gemacht hatte. Er blickte neugierig über die Schulter. Ob Sandra sie sehen würde? Doch sie lief an der Spinne vorbei. Kai musste schmunzeln und erinnerte sich an die Spinne Ludwig, die bei Schreinermeister Siebenschein auf dem Türrahmen gesessen hatte. Sandra hat sich so vor ihr gefürchtet, dass sie sich nicht über die Schwelle getraut hatte.

Plötzlich packte ihn jemand am Kragen.

„Was stehst du da noch rum?“ Gangolf zerrte ihn in eine enge Spalte. Schon hörte Kai das Klicken und eines der Wesen marschierte an ihnen vorbei. Die Kutte wippte bei jedem seiner Schritte und der weite Stoff wehte hinter ihm her.

„Das war aber knapp!“, sagte Gangolf vorwurfsvoll. „Du musst schon etwas besser aufpassen!“

„Entschuldigung!“ Wie ein kleiner Junge, den man bei etwas Verbotenem erwischt hatte, senkte Kai den Blick zu Boden.

Sie setzten ihren Weg fort. Die Luft war feucht und roch so modrig, dass es Sandra und der Großmutter fast den Atem raubte.

„Das ist ja fürchterlich! Fault hier irgendwas?“, zischte Sandra und schrie im selben Augenblick laut auf.

„Pssst! Bist du wahnsinnig?“, fauchte Gutta.

„Entschuldigung, aber ich bin in etwas reingelaufen.“

„Reingelaufen? Wo rein?“

„Weiß nicht, ich kann ja fast nichts sehen hier. Es war lang und glitschig.“

Gutta schaute sich um und begann leise zu kichern. „Keine Sorge“, sagte sie. „Ist nichts Schlimmes. War nur ein langer Bartflechtenfaden, der von der Decke hängt.“ Sie streckte den Arm aus, ließ einige Wassertropfen der feingliedrigen Pflanze auf ihr Handgelenk fallen und verrieb sie. „Mmmh, gutes Aroma“, flüsterte sie und hielt das Handgelenk unter ihre Nase. „Klasse Parfüm, fast besser als Moosparfüm!“

„Wenn du meinst …“ Sandra zwängte sich an Gutta vorbei und ging weiter den Weg entlang, der enger und enger wurde. Schließlich hatten sie alle Mühe, sich durch den Spalt zu quetschen.

Als ein feiner Lichtschein das Ende des Ganges ankündigte, atmeten sie erleichtert auf. Endlich raus aus dieser stickigen Spalte!, dachte Sandra und war froh, als ihr ein frischer Luftzug über das Gesicht strich.

Gangolf streckte als Erster die Nase vorsichtig aus dem Gang. „Sieht gut aus, kommt!“, flüsterte er und winkte die anderen zu sich.

Sie betraten einen großen Platz. Auch hier zischten Gaslampen. Ihr helles Licht ließ das beigefarbene Gestein funkeln. Es schien, als ob überall kleine Diamanten in den Wänden steckten, die geheimnisvoll glitzerten. Doch keiner der Freunde hatte ein Auge dafür. Sie standen regungslos in der Mitte des Platzes und starrten auf eine riesige Glasscheibe, die in den Fels eingelassen war.

„Teufel auch!“ Gangolf ging einen Schritt näher an die Scheibe heran und spähte in den schwach beleuchteten Raum, der dahinter lag. Dort standen fein säuberlich nebeneinander aufgereiht unzählige Glasbehälter. Jeder dieser Behälter war gefüllt mit einer bläulich schimmernden Flüssigkeit, in der … Sandra presste sich die Hand vor den Mund und unterdrückte einen Schrei. Mit weit aufgerissenen Augen trat sie neben Gangolf und starrte auf das Etwas, das in der Flüssigkeit lag. Was war das? Ein Mensch?

Es sah wie ein Skelett aus. Doch seine Knochen waren mit einer dunklen, lederartigen Haut überzogen.

Sandra schauderte. „Was ist das?“, hauchte sie.

„Vielleicht eine Mumie?“ Kai stellte sich zu ihr. „Aber die Haut ist so glatt und straff. Sieht gar nicht nach Mumie aus“, sagte er.

„Nein, das sind keine Mumien.“ Sandra winkte ab. „Die sehen ganz anders aus.“

„Also, sehr hübsch sehen weder echte Mumien noch diese Dinger hier aus“, bemerkte Kai.

„Hübsch?“ Sandra schaute ihn entgeistert an. „Die sehen grauenhaft aus! Dagegen würde jede Mumie einen Schönheitswettbewerb gewinnen!“

Mit einem Mal flackerte das Licht zweier Lampen im Raum hinter der Glasscheibe auf und bewegte sich zwischen den Glaskästen hindurch. Kai, Sandra und die anderen sprangen schnell hinter einen Felsen, der einige Meter von ihnen entfernt aus dem Boden ragte, und schielten vorsichtig zur Glasscheibe hinüber.

Wie Irrlichter tänzelten die Lampen umher. Als sie sich einem Behälter an der Scheibe näherten, erkannte Kai Thomas und den Knochenmann, die beiden Gehilfen von Rufus Wankelmann. Sie schoben etwas vor sich her, das wie eine Trage aussah. Bei einem der Wesen blieben sie stehen. Der Knochenmann drückte auf einen Knopf und das Wasser, in dem das Wesen lag, sprudelte kurz auf. Dann stellte sich Thomas an das eine Ende des Glaskastens, der Knochenmann an das andere. Sie fassten die Kreatur an Armen und Beinen und hievten sie auf die Trage. Kurze Zeit später schoben die beiden die Trage aus dem Raum.

„I... ich glaube, ich will hier raus“, flüsterte Gerrith und sah zu dem leeren Glasbehälter hinüber.

„Nichts da“, fauchte Gangolf ihn an. „Wir sind hier noch nicht fertig!“ Er kam hinter dem Felsen hervor und musterte eine Treppe, die rechts von ihm nach oben führte. „Hier hoch – oder lieber dort lang?“, fragte er und zeigte auf einen schmalen

Gang, der zwischen dem Raum mit den Knochenwesen und der Treppe im Gestein klaffte. Ohne auf eine Antwort zu warten, stiefelte er los und verschwand darin.

Der Boden war feucht und glitschig. Sandra konnte kaum etwas erkennen, denn sie hatten die einzige Wandlampe in diesem Gang bereits hinter sich gelassen.

„Halt dich an meinem Umhang fest", riet Kai, der vor ihr lief.

Sandra streckte die Hand aus und krallte ihre Finger in den Stoff. „Ich beneide dich gerade sehr um deine Vampiraugen", flüsterte sie und rückte näher an ihn heran.

Kai musste schmunzeln. „Ich könnte dich ja anknabbern, dann bekommst du auch welche!", sagte er, wofür er jedoch sogleich einen Stups in den Rücken erntete.

Sie kamen auf einen weitläufigen Platz, der von Lampen auf Vorsprüngen und in Felsnischen erhellt wurde. Das Gestein war dunkel, an einigen Stellen sogar tiefschwarz. Überall lösten sich Wassertropfen von den feuchten Felswänden und fielen in kleine Pfützen.

Sandra schauderte. Dieser Ort strahlte etwas Bedrückendes, Düsteres aus. Einige der Steine, die aus den Wänden herausragten, sahen aus wie Köpfe, die sich an langen Hälsen aus dem Fels reckten. Ihre Gesichter schienen sich im Lampenschein zu bewegen. Sie zuckten und zitterten, als ob sie sich unter großen Schmerzen winden würden. Sandra schloss die Augen und wandte sich von den Schattenbildern ab. Als sie die Augen wieder öffnete, blickte sie auf eine schwere Holztür, über der ein Schild mit der Aufschrift „Vorratskammer – Galerie" angebracht war.

„Schaut mal hier", flüsterte sie und zeigte auf das Schild. „Was sie da wohl aufbewahren?"

„Lass doch mal nachsehen!" Gangolf huschte an ihr vorbei. Noch bevor Gerrith ihn daran hindern konnte, hatte er die Tür einen Spaltbreit geöffnet und war in den Raum hineingeschlüpft.

„Warum muss er immer so unvorsichtig sein?", zischte Gerrith empört und holte gerade zu einer Schimpftirade aus, als Gangolf seine Hand durch die Tür streckte und die anderen hektisch zu sich winkte.

Sie traten auf eine Galerie, die eine große Halle säumte.

„Das müsst ihr euch ansehen", sagte Gangolf, während hinter ihm leise die Tür ins Schloss fiel. Er schlich geduckt zu einem grob gearbeiteten Steingeländer. „Kommt!"

Kai und die anderen duckten sich und huschten zu ihm.

„Was um alles in der Welt ist denn ..." Kai blickte zwischen zwei Säulen der Balustrade in die Halle hinunter. Dort standen zahllose Kreaturen in Reih und Glied nebeneinander. Sie waren in weite Kutten gehüllt, aus denen nur der haarlose, mit ledriger Haut umspannte Schädel hervorsah. Jede von ihnen hielt einen Speer in der rechten Hand.

„Das sind ja Unmengen!", flüsterte Sandra und ließ ihre Augen über das Meer von Kutten und Speeren gleiten.

„Sie sehen aus wie tot. Keiner rührt sich", wisperte Gutta.

„Vielleicht schlafen sie ja", meinte Gerrith.

„Im Stehen?"

„Na ja ..."

„Pssst! Da!" Oma Flammersfeld hielt Gerrith die Hand vor den Mund.

Unter ihnen betraten Thomas und das Skelett die Halle und bahnten sich mit der Trage ihren Weg durch die Reihen der Kuttenwesen.

„Hier?", fragte Thomas.

„Nein, nicht so weit nach vorne. Du hast Wankelmann doch gehört. Die Neuen kommen immer in die hinteren Reihen, nie nach vorne. Kapiert?“ Das Skelett steuerte zielstrebig auf einen leeren Platz zu, der etwas am Rande war. Dort setzten sie die Trage ab, packten die daraufliegende Kreatur und stellten sie mit einem kräftigen Ruck auf die Beine.

„Hast du an den Fetzen gedacht?“

„Ja, natürlich.“ Thomas streckte dem Knochenmann ein ordentlich zusammengelegtes Stück Stoff entgegen. Das Skelett riss es ihm wortlos aus der Hand und faltete es ungeduldig auseinander.

„Blöde Arbeit, findest du nicht?“, beschwerte es sich, während es der Kreatur die Kutte anlegte. „Und wo ist der Alte eigentlich schon wieder? Hier fehlt doch noch was!“

In diesem Augenblick öffnete sich eine Tür an der gegenüberliegenden Wand und Herr Siebenschein betrat den Raum. Oben auf der Galerie wechselten Kai und seine Oma fragende Blicke. Was hatte der Sargmacher hier zu suchen?

„Das mit dem Alten hab ich gehört, du Klappergerüst!“, donnerte Siebenschein beleidigt und schob seinen dicken Bauch durch die Reihen der Kuttenträger. Dabei vermied er sorgfältig, einen von ihnen anzurempeln. „Müsst ihr die eigentlich so eng stellen?“, beschwerte er sich und hob die Hand, in der er einen Speer hielt. „Eine Unverschämtheit ist das. Kommt ja keiner mehr richtig durch …“ Er stieß aus Versehen gegen eines der Wesen, das ein tiefes Grummeln von sich gab und beachtlich schwankte, aber stehen blieb.

„Entschuldigung. Ach, wieso rede ich eigentlich mit dir? Begreifst doch eh nichts.“ Siebenschein verdrehte genervt die Augen und zwängte sich an dem Wesen vorbei. Schließlich stand er bei Thomas und dem Skelett.

„Hier“, sagte er und drückte der neuen Kreatur den Speer in die rechte Hand.

„Sieht gut aus, oder? Ist auch auf Hochglanz poliert!“ Siebenschein zeigte auf den Speer und grinste Thomas und den Knochenmann fröhlich an. Diese jedoch zeigten keinerlei Regung.

„Ach, was erwarte ich auch Anerkennung für meine Kunst!“ Er schüttelte den Kopf und begann, sich seinen Weg zurück zur Tür zu bahnen. „Perlen vor die Säue ist das hier, echt“, moserte er, trampelte aus dem Raum und warf knallend die Tür hinter sich zu. Thomas und das Skelett lachten lauthals und verließen kurz darauf ebenfalls den Raum.

Sofort legte sich eine bleierne Stille über die Vorratskammer. Kai blickte in die Halle und wartete auf ein Geräusch. Irgendeines. Das Klacken eines Speeres. Ein Wort. Das Atmen eines Wesens. Doch er vernahm nichts als diese große Stille ...

Plötzlich fühlte er Sandras Hand auf der Schulter. „Wir müssen den Vampiren berichten, was hier geschieht“, flüsterte sie.

„Unbedingt!“ Oma Flammersfeld nickte zustimmend, ohne den Blick von den Kreaturen zu nehmen. „Wankelmann und Wieland machen das hier sicher nicht zum Zeitvertreib.“ Sie schlich zur Tür zurück. „Lasst uns von hier verschwinden, bevor Leben in die da kommt.“

AUSGANG^3

„Hier geht's nicht raus“, sagte die Großmutter.

„Wieso? Hier ging's doch auch rein!“ Gangolf schob sich an seiner Schwester vorbei und stellte sich hinter Oma Flammersfeld.

„Stimmt. Aber auf dieser Seite der Tür ist keine Klinke.“

„Keine Klinke? Komisch ...“ Er schaute über ihre Schulter. „Wer macht denn so was?“, fragte er und zog erstaunt die Augenbrauen hoch. „Na gut, dann müssen wir es da drüben versuchen!“ Er zeigte auf eine Tür an der gegenüberliegenden Wand.

Während sie vorsichtig die Galerie entlanghuschten, murmelte Gerrith: „Menschen sind unpraktisch. Irgendwie sind sie unpraktisch ...“

Tatsächlich besaß die Tür auf der anderen Seite eine Klinke. Gangolf drückte sie behutsam hinunter und steckte den Kopf durch den schmalen Spalt.

„Die Luft ist rein“, zischte er und öffnete die Tür

ein wenig weiter. Sie traten auf einen breiten Gang hinaus.

„Alle Achtung!“ Gangolf schloss hinter Gerrith, der als Letzter die Vorratskammer verließ, leise die Tür und blickte an den steilen Felswänden hoch. „Das nenne ich aber mal eine hohe Decke!“

„War auch ’ne Heidenarbeit!“, schnarrte da plötzlich eine Stimme neben ihnen.

Sie schnellten herum.

„’n Abend allerseits!“, sagte die fremde Stimme und klang dabei betont freundlich.

Gangolf stellte sich rücklings vor die anderen und streckte die Arme aus, so als wollte er sie beschützen. „Bleibt ganz dicht bei mir“, zischte er. „Da vorne ist was!“

„Natürlich ist da was. Ich bin da!“, sagte die Stimme. Sie war dunkel und hatte dennoch etwas Fiependes an sich.

Gangolf stellte sich kerzengerade hin und streckte die Brust raus. „Wer oder was bist du?“

„Also, ich darf doch sehr bitten!“ Ein ohrenbetäubend helles Piepsen durchzog den Gang. „Ich mag ja in letzter Zeit einiges mitgemacht haben, aber es ist doch wohl immer noch gut zu erkennen, was ich bin.“ Die Stimme klang nun ziemlich beleidigt.

Gangolf stockte kurz und rückte dann eine Gaslampe so zurecht, dass ihr Licht den Gang erhellte. Einige Meter von ihnen entfernt hing eine riesige Fledermaus kopfüber an einem Steinvorsprung.

„Und? Erkennen Sie mich nun?“, fragte die Fledermaus und drehte sich demonstrativ von einer Seite auf die andere. „Länglicher Körperbau, dazu Schwingen aus Haut …“

Sie flatterte kurz mit den Flügeln …

„… und extragroße, äußerst effektive Horchlappen …“

Sie kicherte und drehte die Ohren wie ein Radar hin und her.

„Was mag ich wohl sein? Hm? Für den, der’s als Erster weiß, gibt’s ein Gläschen frisch gezapftes Blut!“ Sie lachte laut auf, was sich jedoch eher wie ein helles Hüsteln anhörte.

„Jaja, schon gut.“ Gangolf blickte zu Boden. „Hatte dich nicht gleich gesehen“, murmelte er.

Die Fledermaus betrachtete sie mit ihren großen runden Augen. „Mein Name ist übrigens Gerlinde“, sagte sie. „Ihre brauchen Sie mir gar nicht erst zu nennen, ich bin furchtbar schlecht mit Namen. Außerdem werden wir sowieso nicht lange das Vergnügen haben.“

„Wie meinst du das?“, fragte die Oma.

„Wie ich das meine?“ Gerlinde stieß einen hohen Ton aus und räusperte sich. „Hach, es geht schon los ... Aber vielleicht bleibt uns noch ein wenig Zeit.“ Sie schaute Oma Flammersfeld an und sagte: „Ich verrate Ihnen, wie ich das meine. Sehen Sie, normalerweise hänge ich nicht hier in diesem ungemütlichen Gang rum. Ich habe ja schließlich Sinn für das Schöne. Und deshalb halte ich mich sonst eher ein wenig weiter nördlich auf, so etwa in dieser Richtung und dann links.“ Gerlinde deutete den Gang hinunter in die Dunkelheit. „Eines Abends, ich verfolgte da gerade meinen Mitternachtssnack, eine schöne große, saftige Motte, stand plötzlich diese Frau vor mir.“

„Eine Frau?“

„Richtig. Sie stand einfach so da. Und vor allem mitten im Weg. Gut, ich hätte vielleicht auch etwas besser aufpassen können, aber muss man denn mit allem rechnen? Ich bitte Sie! Eine Menschenfrau! Hier! Mitten auf dem Weg!“ Gerlinde schnalzte empört mit der Zunge. „Unglücklicherweise verfing ich mich in ihren Haaren. Peinlich eigentlich. Ist ja sonst nicht so meine Art und ist mir auch schon seit Ewigkeiten nicht mehr passiert, aber ach Gottchen, was hat die sich aufgeregt! Ich kann Ihnen sagen!“ Gerlindes Stimme wurde lauter. „Hat die mich doch glatt verzaubert! Einfach so! Finden Sie das nicht auch etwas frech?“ Die letzten Worte schrie sie geradezu.

„Pssst, nicht so laut!“, fauchte Gutta sie an. „Wenn dich jemand hört!“

Gerlinde schluckte und räusperte sich abermals. „Entschuldigung“, sagte sie und es war deutlich zu merken, dass sie die allergrößte Mühe hatte, ihre Stimme leise zu halten. „Aber es geht schon los. Wo also war ich stehen geblieben? Ach ja, richtig. Bei dieser Menschenfrau. Nachdem sie mich verzaubert hatte, wuchs ich auf das Vielfache meiner normalen Größe. Das muss Ihnen doch aufgefallen sein …“ Sie blickte an sich hinunter und schüttelte den Kopf. „Schauen Sie sich doch nur diese uferlose Figur an! Da sind doch gar keine Proportionen mehr erkennbar! Und das mir … Drei Nächte geht das jetzt schon so und zwei weitere kommen noch. Herrje, ich darf gar nicht daran denken! So kann ich mich doch bei den Meinen nicht blicken lassen. Also habe ich beschlossen, an diesem Vorsprung hier hängen zu bleiben, bis der Zauber wieder vorbei ist. Aber wissen Sie, was das Schlimmste ist? Dass ich reden muss.“

„Wieso? Du hättest uns doch nicht ansprechen müssen“, wunderte sich Sandra.

„Eben doch! Das ist ja Teil des Zaubers. Ich wundere mich ja schon über Ihre schlechte Beobachtungsgabe." Gerlinde kratzte sich hinter einem Ohr. „Ihnen dürften normalerweise nicht so viele Fledermäuse über den Weg fliegen, die Ihre Sprache sprechen." Sie seufzte tief. „Und das mir! Wo wir Fledermäuse doch gar nicht gern sprechen. Na ja, noch zwei Nächte. Aber das muss dieses Biest gewusst haben, als es mich verzaubert hat. Und nun muss ich also mit allem und jedem reden, das größer ist als ein Mistkäfer und hier vorbeikommt. Grässlich ist das, grässlich! Haben Sie sich schon mal mit Ihrem Abendessen unterhalten, bevor Sie es verschluckt haben? Oder mit einer Kanalratte, die Ihren Weg gekreuzt hat? Nein? Seien Sie froh." Sie wedelte mit einer Krallenhand, damit alle sahen, wie ernst es ihr war.

„Nun, dann gehen wir doch am besten weiter, dann hast du wieder deine Ruhe", entgegnete Kais Oma.

„Sehr fürsorglich von Ihnen." Gerlinde schüttelte sich und stieß einen grellen Schrei aus. „Es gibt da noch einen Haken", sagte sie und ihre Stimme wurde wieder lauter. „Ich werde Sie leider in wenigen Sekunden verraten müssen. Wenn Sie Ihren Abgang also ein wenig beschleunigen wollen, wäre

Ihnen eventuell noch ein erfolgreiches Entkommen möglich!“

Gerrith horchte auf. „Du musst uns verraten?“

„Auch Teil des Zaubers, tut mir wirklich leid. Bei allem, was größer ist als ein durchschnittlicher Straßenköter, muss ich leider laut werden und Alarm schlagen.“ Gerlinde schluckte. „Ich bemühe mich ja schon die ganze Zeit, diesen Drang zurückzuhalten, aber ich befürchte, gleich ist es so weit!“ Sie öffnete ihr Maul und stieß ein schrilles Pfeifen aus. „Dabei verabscheue ich Lärm zutiefst! Aber ich sage immer zu mir: Gerlinde, sage ich, nur noch zwei Nächte, dann bist du damit durch. Aber jetzt …“ Sie schüttelte sich noch einmal heftig, als wollte sie sich von nervigem Ungeziefer befreien, und brüllte dann so laut, dass es in den Ohren schmerzte. „Gehen Sie – schnell! Ich kann es nicht mehr zurückhalten. Schnell! V… viel Gl… Glüüück!“ Schließlich brach es aus ihr heraus. „Alarm! Alarm! Alarm!“, schrie sie und begann, hohe Klicklaute auszustoßen.

Sandra hielt sich die Ohren zu. Kai fasste sie schnell um die Taille. „Der Gang ist hoch genug“, rief er und stieß sich vom Boden ab. „So sind wir schneller!“ Wie ein Pfeil schoss er durch die Luft und ließ Gerlinde hinter sich. Nach einer Weile machte der Gang einige Kurven. In einer besonders scharfen Rechtskurve sauste Gangolf, der die Großmutter in den Armen hielt, an ihnen vorbei. Der Stoff seines Umhangs flatterte heftig hinter ihm her.

„Da vorne ist Licht!“, rief er und steuerte direkt darauf zu. Kurz bevor er es erreicht hatte, bremste er ab, blieb in der Luft stehen und wartete auf Kai und seine Geschwister.

„Eine Treppe!“, flüsterte er und zeigte auf die Mitte eines Platzes, von dem eine breite Wendeltreppe nach oben führte.

„Müssen wir die nehmen?“, fragte Gerrith.

„Keine Ahnung. Aber die Richtung stimmt: nach oben!“

„Okay, dann los!“ Kai holte Schwung und zählte leise: „Eins, zwei … drei“ und düste über den Platz, direkt auf die Treppe zu. „Jetzt nicht die Arme ausstrecken“, sagte er zu Sandra und schraubte sich entlang der Wendeltreppe nach oben, wo er ein wenig holprig auf dem Boden aufsetzte und Sandra aus seiner Umklammerung freigab.

„Hier wird es etwas zu niedrig zum Fliegen“, sagte er, als auch die anderen die Treppe heraufgeflogen waren, und deutete in den vor ihnen liegenden Gang.

„Da wollen wir lang?“ Gerrith riss die Augen auf und starrte in das düstere Loch, aus dem ihnen ein kühler Wind entgegenwehte. „Da haben mir die Gänge unten aber besser gefallen.“

„Die führen dich aber nicht wieder ins Freie“, entgegnete sein Bruder und zog ihn mit sich in den Gang hinein. „Außerdem dürften da jetzt schon einige Kuttenwesen rumlaufen, so wie diese Gerlinde gebrüllt hat.“

Der Weg führte durch dunkles, glänzendes Gestein. Ab und zu wurde es von dicken Wurzelsträngen durchstoßen, die sich um Gesteinsbrocken klammerten und den Bäumen an der Oberfläche Halt gaben. An einigen der frei liegenden Wurzeln hingen kleine Lampen. Andere waren einfach auf Steine gestellt worden, die aus der Wand ragten.

„Sehr viel bringen die aber nicht“, sagte Sandra und untersuchte eine der Lampen etwas genauer, um herauszufinden, ob sie das Licht heller drehen konnte. „Hm, geht nicht.“

„Hier ist es mir zu düster“, flüsterte Gerrith.

„Wundert mich nicht, Angsthase“, spottete sein Bruder und klopfte auf eine dicke Baumwurzel. „Wir sind auf jeden Fall knapp unter der Oberfläche. Irgendwo müsste es hier doch auch einen Ausgang geben.“

Er nahm eine der Gaslampen und drückte sie Sandra in die Hand. „Damit du besser sehen kannst", sagte er.

Sie kamen an einigen Abzweigungen vorbei, wo sich stockfinstere Tunnel ins Erdreich bohrten. An anderen Stellen kreuzten hell erleuchtete Gänge, die sie behutsam auf Zehenspitzen überquerten. Schließlich führte ihr Weg wieder bergab. Immer wieder kamen sie an Türen vorbei, die sie vorsichtig zu öffnen versuchten. Doch sie waren alle verschlossen.

„Schade", sagte die Großmutter, als sie wieder einmal vergebens an einer Tür gezogen hatte. „Probieren wir's also bei der nächsten da vorne!" Sie schlich weiter zu einer Holztür, in deren Mitte sich eine Luke befand. Diese war aber von innen verschlossen.

„Das sieht doch genau nach dem aus, was wir suchen, oder?" Sie zeigte auf ein Schild, das über der Tür hing. „Ausgang^3", stand darauf.

„Ausgang hoch drei? Komischer Name." Gerrith rieb sich verwundert das Kinn.

„Ist doch egal. Solange es das ist, was wir suchen …" Kai fasste den Eisenring, der an der Tür baumelte, und zerrte und drückte an ihm. Die Tür knackte und gab ein wenig nach innen nach.

„Was ist? Mach sie auf!“

„Geht nicht. Klemmt irgendwie …“

Er stemmte sich mit seinem ganzen Körper gegen das Holz und drückte, so fest er nur konnte. Dabei fiel sein Blick auf eine schwarze Gestalt, die sich im Gang bewegte. Lautlos schritt sie den Weg entlang und trat dann in den Schein einer Lampe.

Die Kreatur starrte zu ihnen herüber. Die Haut des kahlen Schädels, die wie altes, gegerbtes Leder wirkte, glänzte, als sei sie von einem feinen Schweißfilm überzogen. Wo Ohren und Nase sein sollten, befanden sich nur kleine Löcher. Die Augen hatten keine Lider, sodass die Augäpfel wie Kugeln in ihren Höhlen saßen. Das Wesen verzog die schwärzlichen Lippen zu einem kaum merklichen Grinsen, dann riss es den Mund auf und fauchte Kai an. Ein fürchterlicher Gestank nach fauligem Fleisch schlug ihm entgegen.

Gangolf blickte über die Schulter und zischte Kai zu: „Beeil dich mit der Tür!“ Das Wesen knirschte einige Male mit den Zähnen. Dann riss es den Speer in seiner Rechten herum und richtete ihn auf Gerrith, der ihm am nächsten stand.

Gerrith schrie auf. „Jetzt wäre ein guter Augenblick für die Tür, Kai“, bibberte er und rückte ganz nah an seine Schwester heran.

Das Wesen warf den Kopf in den Nacken und stieß wieder ein lautes Fauchen aus – und es bekam Antwort! Weiter hinten im dunklen Gang ertönten ein tiefes Gurren und das Klacken von Holzspeeren. Dann ein Fauchen und das Rauschen von Stoff, und schließlich traten noch mehr Kreaturen ins Licht.

In diesem Moment gab es einen lauten Knall. Kai hatte sich mit seinem ganzen Gewicht gegen die Tür geworfen, die nun endlich ächzend nachgab.

„Alle rein hier, schnell!", rief er und schob einen nach dem anderen über die Schwelle. Er selbst hastete als Letzter durch die Tür und schaffte es gerade noch, sie mit Gangolfs Hilfe zuzuschieben, bevor die Körper der Kreaturen gegen das Holz donnerten. Sie fauchten und brüllten und trommelten mit den Fäusten gegen die Tür.

Kai, Sandra und die Vampirgeschwister hielten von innen dagegen, während Oma Flammersfeld einen Balken anschleppte, der neben der Tür in einer Ecke gestanden hatte.

„Hier", stöhnte sie. „Das sollte uns etwas Zeit verschaffen!" Sie legte den Balken in Eisenhaken, die im Holz des Rahmens befestigt waren. Auf diese Weise verriegelte sie den Eingang.

„Das wird sie nicht lange aufhalten", sagte Gutta

und blickte sorgenvoll auf die Tür, die unter dem Ansturm der Kreaturen ächzte und sich beachtlich bog. „Jede Minute zählt!“

Sie liefen die Stufen einer Treppe hinab und standen alsbald in der Mitte eines riesigen, runden Raumes, dessen raue Wände sich über ihnen zu einer Kuppel wölbten. In zahlreichen Nischen loderten Lampen und selbst unter der Kuppel hingen einige an Eisenringen, die aus dem Fels ragten. Ihr Licht malte kleine Kreise auf das bräunliche Gestein, der Rest der Kuppel lag im Halbschatten.

Kais Oma schaute nach oben und drehte sich langsam um sich selbst. Ihre Schuhe schoben sich dabei durch Sand. „Sieht einer so was wie einen Ausgang?“, fragte sie.

„Gar nichts …“ Kais Augen tasteten jeden Zentimeter des Raumes ab. Er versuchte in jeden noch so kleinen Spalt zu blicken – vergebens.

„Das ist schlecht … gaaanz schlecht!“ Gerrith zeigte auf die Tür, wo eines der Wesen die Luke aufgestoßen hatte und nun mit seinem Speer wild in der Luft herumfuchtelte. Die anderen warfen sich ohne Unterlass gegen das Holz, das bereits tiefe Risse bekommen hatte.

„Ich schau mal da oben nach“, sagte Kai und schwebte unter die Kuppeldecke.

In diesem Augenblick krachte das Holz auseinander. Der Balken polterte die Stufen hinunter und landete mit einem dumpfen Schlag im Sand. Stücke der Tür knallten gegen die Wand und die Beschläge sausten wie Geschosse durch die Luft.

Die Kreaturen strömten in den Raum. Wie eine dunkle Welle rollten die weiten Umhänge über die Stufen, im Nu verteilten sich die Angreifer über den Platz. Kai raste im Sturzflug auf Sandra zu, schnappte sie und flog mit ihr in einen Bereich unter die Decke, zu dem kaum Licht drang.

„Gangolf, Gerrith, hierher!“, brüllte er und sah, wie Gangolf im Vorbeifliegen seine Oma packte. Sofort flatterte er zu Kai hinauf.

„Wo ist Gutta?“

„Hier bin ich!“ Ein paar Meter von ihnen entfernt schwebte sie unter der Decke. Gerade wich sie einem Speer aus, der haarscharf an ihr vorbeisauste und gegen den Fels knallte. Er sauste zu Boden, wo er mit der Spitze im Sand stecken blieb.

Der gesamte Raum unter ihnen war nun angefüllt mit den Kuttenwesen. Kai war sich sicher, dass die Gestalten sie hier unter der Kuppel sehen konnten, denn sie schauten direkt zu ihnen nach oben und immer wieder zischten Speere nur knapp an ihnen vorbei.

Plötzlich schrie Sandra auf. „Da! Seht! Sie kommen hoch!“, rief sie und zeigte auf die Wand neben der Tür, wo sich eine dunkle Masse aus knöchrigen Gestalten mit Zehen und Fingern in das Gestein krallte. Wie eine Schar Insekten schoben sie ihre Körper über den Fels und schon nach kurzer Zeit hatten die Ersten die Kuppel erreicht.

Gerrith schlug die Hände vors Gesicht. „Unser Ende!“, stammelte er. „Ich hab’s ja gewusst. Hab ich’s nicht gesagt? Ich hab es gesagt!“

Gutta fauchte ihn an. „Gerrith, hör auf!“

„Aber ich ... aaah!“ Gerrith riss seinen Umhang herum und stob mit einem Salto durch die Luft zu seiner Schwester. „Da!“, rief er und zeigte auf eine dunkle Ecke. „Da ist was!“

„Hallo? Haaallo!“ Aus der Ecke krächzte eine ihnen wohlbekannte Stimme. „Seid ihr hier?“

„Kurt? Kurt, bist du das?“

„Wer sonst?“

„Wo bist du?“

„Na, hier!“ Das Flattern von Flügeln war zu hören. „Seht ihr mich nicht?“

Jetzt entdeckten sie Kurts Oberkörper, der über einen Felsvorsprung ragte.

„Kurt! Du bist es wirklich!“ Gutta klatschte in die Hände.

„Natürlich, oder habt ihr gedacht, ich bin ein Geist? Wobei … meine Tante Klara hat ja stets felsenfest behauptet, sie kenne einen Geist. Sie sagte, er käme immer nachmittags zum Tee …“

„Kurt!“

„’tschuldigung!“

„Weißt du, wie es hier rausgeht?“

„Natürlich, ich bin ja auch reingekommen.“

„Wärst du dann so freundlich und würdest uns den Weg nach draußen zeigen? Die Typen da sind uns nämlich unangenehm nah!“ Gutta zeigte auf die Kuttenwesen.

„Das war eigentlich mein Begehr. Ich habe auf meinem Baum plötzlich so einen Krach aus der Erde kommen hören und dachte mir: Deine jungen Freunde könnten in Schwierigkeiten stecken. Sieh doch mal nach … Hoppla!“ Ein Speer krachte neben ihm gegen den Stein. Er streckte einen Flügel aus und rief: „Heftet euch mir an die Schwingen!“ Dann ließ er sich aus dem Loch fallen, drehte eine kleine Kurve und flatterte in die Felsöffnung zurück. Kai und die anderen hechteten hinter ihm her, begleitet vom wütenden Fauchen der Kuttenwesen.

Die frische Luft war wie ein Geschenk. Kai nahm ein paar kräftige Atemzüge und lächelte Kurt an, der es sich auf seiner Schulter bequem gemacht hatte. Unter ihnen krochen die Kuttenwesen wie Ameisen aus der Erde und schwärmten in den Wald aus.

„Vielen Dank, Kurt“, sagte Kai liebevoll. „Du hast uns da unten gerade das Leben gerettet!“

„I wo! Nicht der Rede wert, ich bitte dich!“ Kurt drehte geschmeichelt den kleinen Rabenkopf zur Seite. „Wir sind doch Freunde. Da macht man so was.“

DIE ENTSCHEIDUNG

Gesine von Greifendorf legte die Hände auf das Fenstersims und trommelte mit den Fingern auf den Stein. Sie sah in den Burghof, wo die Vorbereitungen für die große Versammlung der IVK in vollem Gange waren. Gerade schwebten einige Vampire am Fenster vorbei und lächelten ihr zu. Sie trugen Eisenschalen in den Händen, die sie mit Feuerholz bestückten und im Burghof verteilten.

„Ein größeres Unglück hätte uns gar nicht passieren können", sagte sie und wandte sich den anderen im Raum zu.

„Wieland von Wünschelsgrund und dieser Rufus Wankelmann. Einfach fürchterlich!" Tiefe Sorgenfalten gruben sich in Gesines Gesicht. „Unsere armen Kinder. Gottfried, stell dir doch nur mal vor, was da alles hätte geschehen können!" Sie warf ihrem Mann verzweifelte Blicke zu. Kai konnte Tränen in ihren Augen sehen. „Andererseits", und hier drehte sie sich zu Gutta, Gangolf und Gerrith, „andererseits haben wir euch schon tausendmal gesagt, dass ihr nicht immer so unüberlegt eure Nase in alles stecken sollt."

„Aber gnädige Frau, verfallen Sie doch bitte nicht in Panik." Herr von Brabant, der belgische Abgesandte, fuhr sich durchs Haar. „Wer weiß, vielleicht übertreiben die lieben Kleinen ja auch etwas." Seine Stimme klang herablassend, als er von den „lieben Kleinen" sprach.

„Ach, und was ist mit mir? Übertreibe ich Ihrer Meinung nach auch?" Die Großmutter versuchte erst gar nicht, ihren Ärger zu unterdrücken.

Doch der Abgesandte ignorierte sie. „Und dann dieser Vogel. Entschuldigen Sie, aber was versteht schon ein Vogel?" Er lachte verächtlich auf, wofür er bitterböse Blicke von Kurt erntete.

„Merkt ihr? Es geht schon wieder los. Herr von Brabant spielt jegliche Gefahr herunter." Pelle ging zu Kurt, der auf Kais Schulter saß, und kraulte ihn am Kopf. „Du Armer! Wie man hier über dich spricht!"

„Pah!" Der belgische Abgesandte machte eine abweisende Geste. „Also, nun entschuldigen Sie aber mal! Vielleicht laufen bei Ihnen in Norwegen ja komische kleine Trolle rum, aber hier gibt es nur

Menschen und Vampire. Basta! Knöcherne Kreaturen, die in unterirdischen Gängen rummarschieren. Dass ich nicht lache!“

„Lachen Sie lieber nicht zu früh, mein lieber Herr von Brabant.“ Der Vampirvater stellte sich vor den Delegierten und sah ihm tief in die Augen. „Sie sollten nie die Kräfte des größten Vampirjägers aller Zeiten unterschätzen“, sagte er mit leiser, dunkler Stimme. „Wenn er und Rufus Wankelmann ihr Wissen über Vampire miteinander teilen, kann das sehr gefährlich für uns werden.“ Er schob sein Gesicht ganz nah an Bertram heran, der auf einmal erschreckt wirkte. „Haben Sie schon mal etwas von den Knochenkriegern gehört, Bertram?“

Der belgische Botschafter wich einige Schritte zurück. „N… nein“, stammelte er.

Vom Fenster ertönte ein erschreckter Aufschrei. „Gottfried! Das meinst du doch bitte nicht im Ernst!“

„Wieso nicht, meine Liebe? Hast du dir das noch nicht gedacht?“ Gottfried von Greifendorf sah kurz zu seiner Gattin und musterte dann eindringlich den Abgesandten. „Finde ich aber komisch, dass

Ihnen die Knochenkrieger kein Begriff sind. Schließlich haben sie anno ’15 ganz besonders schlimm bei Ihnen gewütet.“

„Ach ja?“

„Natürlich! Sie können mir doch nicht ernsthaft erzählen, Sie hätten noch nie etwas vom Knochenkampf bei Waterloo gehört, der größten Auseinandersetzung aller Zeiten zwischen Vampiren und Vampirjägern?“

Bertram riss die Augen auf. „Knochenkampf bei Waterloo?“

Gottfried von Greifendorf schaute verdutzt drein. „Grundgütiger Beelzebub, lieber Bertram! Ich bin über alle Maßen erstaunt. Sie haben wirklich keine Ahnung! 1815 schlug doch Napoleon, der Kaiser der Franzosen, eine große Schlacht bei Waterloo.“

„Ach so, die meinen Sie.“ Die Gesichtszüge des Belgiers entspannten sich deutlich. „Die Schlacht bei Waterloo kenne ich selbstverständlich. Napoleon hat sie verloren.“

„Verloren?“ Der Vampirvater fasste sich an den Kopf. „Er hat sie ganz und gar nicht verloren. Gewonnen hat er sie. Gewonnen! Ich rede doch nicht von diesem Menschenkram. Ts, ts, ts …“ Er schaute Bertram fast mitleidig an. „Also passen Sie auf: Napoleon Bonaparte war nicht nur Kaiser von Frankreich, sondern auch Vampirjäger! Tagsüber schlug er seine Schlachten gegen die Menschen, doch nachts kämpfte er gegen Vampire.“

„Bitte?"

„Wenn ich es Ihnen sage! Er ließ ganze Heerscharen von Knochenkriegern erschaffen, mit denen er schließlich 1815 bei Waterloo gegen die Vampire in den Kampf zog."

„Und er hat gewonnen?", fragte Bertram nach.

„Ja, leider. Es war fürchterlich, wirklich. Wissen Sie, Knochenkrieger sind gefühllose Nachtwesen, die nur eines kennen: den Kampf gegen Vampire. Sie können mir glauben, es war ein harter Kampf ... Die Vampire wurden schließlich vernichtend geschlagen und flüchteten in alle Himmelsrichtungen. Allerdings", und bei diesen Worten grinste Gottfried von Greifendorf triumphierend, „allerdings war Napoleon durch seine nächtlichen Aktivitäten so müde, dass er am nächsten Tag die Schlacht gegen seine menschlichen Feinde verlor!"

„Pah! Geschieht ihm ganz recht, diesem Rüpel!", keifte die Vampirmutter, die mittlerweile noch viel blasser wirkte als sonst. „Glücklicherweise hat es nicht viele Vampirjäger gegeben, die Knochenkrieger erschaffen konnten. Denn dazu braucht man mehr als nur ein umfassendes Wissen über Vampire."

„Richtig. Man benötigt Kenntnisse der schwarzen Magie", ergänzte ihr Mann.

Die Vampirin legte eine Hand auf die Stirn. „Ach herrje, das fehlte uns gerade noch." Sie wankte durch den Saal auf ihren Mann zu und hielt sich an seiner Schulter fest. „Wenn Rufus und Wieland das geglückt sein sollte, dann … Ich darf gar nicht daran denken!"

Bei dem Wort „schwarze Magie" horchte Gangolf auf. „Was haben diese Knochenkrieger denn mit schwarzer Magie zu tun?", fragte er, wofür er ein missfallendes Kopfschütteln seiner Mutter erntete.

„Also, Gangolf, ich bitte dich! Das lässt in mir ja mal wieder die Frage aufkommen, weshalb wir euch eigentlich in die Schule schicken. Ihr habt diese … Dinger … doch gesehen."

Gangolf nickte.

„Meinst du wirklich, so etwas wird geboren? Nein, so etwas wird erschaffen, mein Bester. Das heißt, wenn man weiß, wie."

Schlagartig war Gangolfs Neugier geweckt. Die Knochenkrieger mochten ihm zwar nach dem Leben getrachtet haben, aber dass man sie erschaffen konnte, fand er zutiefst faszinierend. „Na klar, solche tollen Sachen lernen wir natürlich nicht in der Schule", flüsterte er unglücklicherweise so laut, dass es seine Mutter hören konnte.

„Tolle Sachen? Teufel auch, Junge! Die sollen euch nicht beibringen, wie man Knochenkrieger ausbrütet. Aber dass ihr noch nicht von ihnen gehört habt …“ Sie kniff misstrauisch die Augen zusammen. „Wahrscheinlich hast du mal wieder nur nicht aufgepasst.“

„Ja, ja …“ Gangolf verdrehte die Augen. „Und was haben sie nun mit schwarzer Magie zu tun?“, versuchte er es ein weiteres Mal.

„Kein Vampir und schon gar kein Mensch könnte die Knochenkrieger erstehen lassen“, erklärte seine Mutter. „Dazu braucht man eine Hexe, die sich der dunklen Seite der Magie verschrieben hat.“

„Oder einen Zauberer!“, fiel ihr Per Polar ins Wort.

„Richtig. Auf jeden Fall muss es ein Meister seines Faches sein, denn Knochenkrieger herzustellen, ist eine hohe Kunst. Der Zauberer im Dienst Napoleons konnte mehrere solcher Wesen in einer Nacht erschaffen.“ Sie seufzte. „Ich frage mich nur“, fuhr sie dann fort und strich sich mit der Hand über das Kinn, „ich frage mich nur, woher Wankelmann und Wieland eine Hexe genommen haben.“

„Oder einen Zauberer!“

„Oder den.“ Die Vampirfrau blickte verwirrt zu Per hinüber. „Seit dem Mittelalter hat es hier weit und breit weder eine Hexe noch einen Zauberer gegeben. Die Menschen haben sie damals gnadenlos verfolgt und auf dem Scheiterhaufen verbrannt. Es ist unseres Wissens keiner übrig geblieben. Diese Zunft gilt seither als ausgestorben."

„Offensichtlich stimmt das nicht", sagte Kais Vater, der die ganze Zeit über besorgt zugehört hatte. „Halten wir doch mal fest: Was die Kinder und meine Mutter gesehen haben, könnten genau diese Knochenkrieger gewesen sein. Wenn dem so ist, dann haben Wieland und Wankelmann eine Hexe oder einen Zauberer gefunden, der sie erschaffen kann." Hier machte er eine Pause und blickte in die Runde. „Wahrscheinlich stellt er gerade in diesem Moment weitere dieser Monster her, während wir uns hier den Kopf zerbrechen."

„Das ist nicht bewiesen!", protestierte Bertram von Brabant. „Herr Flammersfeld, Sie verbreiten unnötig Angst. Was soll das?"

Kais Vater blieb ruhig. „Ich bin nur der Meinung, dass wir vorsichtig sein sollten. Morgen Nacht ist schließlich die große Versammlung."

„Eben!" Pelle warf dem Belgier giftige Blicke zu. „Ich verstehe nicht, wieso Sie das alles so leichtnehmen. Sie sind doch auch in Gefahr. Oder glauben Sie vielleicht, lieber Herr von Brabant, die Knochenkrieger lassen ausgerechnet Sie am Leben – wenn sie den Befehl haben, uns anzugreifen?“

„Angreifen? Ts … so ein Quatsch.“ Bertram schüttelte den Kopf und schwieg.

„Dieser Mann macht mich noch wahnsinnig. Konnten die Belgier uns keinen anderen schicken?“ Per schnaubte vor Zorn. „Was meinen Sie wohl, weshalb Wieland und Rufus die Knochenkrieger erschaffen?“

„Mit Sicherheit doch nicht, um uns anzugreifen!“ Bertram verschränkte die Arme vor der Brust. „Hier wird doch völlig übertrieben, ich bitte Sie!“

„Auf welchem Planeten leben Sie bloß?“ Per lief wie ein aufgeschrecktes Huhn durch den Raum.

„Die Versammlung kann jedenfalls nicht mehr verschoben werden. Auf keinen Fall. Alle Teilnehmer sind bereits angereist“, sagte Gottfried von Greifendorf und in seiner Stimme schwang echte Sorge mit.

„Dann bleibt nur eins. Wir müssen dafür sorgen, dass diese Krieger unschädlich gemacht werden und dass keine neuen mehr entstehen können“, sagte Sandra.

„Sehr richtig! Dieser Gedanke ging mir auch schon durch den Kopf“, rief Per. Er und Pelle nickten einander heftig zu.

„Äh … kleine Frage: Wen meinst du mit ‚wir'?" Kai hatte eine ungute Vorahnung.

„Uns." Sandra zeigte auf Kai, die Vampirgeschwister, Oma Flammersfeld und sich selbst.

Sofort entstand ein aufgeregtes Stimmengewirr. Gerrith schrie vor Schreck ein lautes „Uns?", und Pelle und Per schnatterten hektisch irgendetwas auf Norwegisch, was bestimmt etwas Nettes und Fürsorgliches war, aber von niemandem verstanden wurde.

„Ihr Kinder? Auf gar keinen Fall, nein!", rief die Vampirmutter.

„Sandra, das kommt nicht infrage", sagte Kais Vater und strich ihr über den Kopf.

„Wer soll es denn sonst tun?" Sandras Stimme blieb sanft, aber bestimmt. „Die Greifendorfs und die anderen Vampire müssen sich um die Versammlung kümmern. Sie, Herr Flammersfeld, müssen auch dorthin. Schließlich wird Ihr Jahresbericht erwartet."

Kais Vater nickte stumm.

„Außerdem war keiner außer uns dort unten. Wir kennen uns in diesem Labyrinth aus Gängen und Höhlen zumindest schon ein bisschen aus."

„Da hat sie allerdings Recht", sagte die Großmutter.

„Wir können doch die Kinder da nicht hinschicken.“ Die Vampirmutter tippte sich wild mit dem Zeigefinger gegen die Stirn.

„Ich werde sie selbstverständlich begleiten.“

„Sie? Warum sollten Sie sich in eine so große Gefahr begeben, Frau Flammersfeld? Nein, das ist eine Angelegenheit der Vampire, nicht der Menschen. Ich möchte auf keinen Fall, dass Sie, Sandra oder Kai Ihr Leben aufs Spiel setzen.“ Auf Kais verwunderten Blick hin fügte sie hinzu: „Ja, ich meine auch dich, Kai. Auch du bist noch ein Mensch … irgendwie.“

Kai fühlte Wut in sich aufsteigen. Wie konnte Frau von Greifendorf das sagen? Auch wenn er noch etwas von dem Menschen Kai in sich trug, so war vieles an ihm schon Vampir. Was war er also? Mensch oder Vampir? Von beidem ein bisschen? Manchmal wusste er es selbst nicht so genau. Aber eins war ihm klar: Er wollte für die Sache der Vampire kämpfen! Für die Sache seiner neuen Freunde. Für seine Sache.

„Ich gehe!“, sagte er mit fester Stimme, die keinen Widerspruch duldete.

Die Vampirmutter starrte ihn mit aufgerissenen Augen an. „Aber Kind …“

„Ich glaube, unser junger Freund hier hat sich

entschieden, Gesine“, fiel ihr der Vampirvater ins Wort. Er legte Kai eine Hand auf die Schulter. „Das ist sehr mutig von dir, Junge!“

„Das ist sehr dumm, wenn ihr mich fragt“, polterte seine Frau. „Schlimm genug, dass wir unsere Kinder gehen lassen sollen.“ Sie schluchzte. Per und Pelle versuchten sie zu beruhigen.

„Bist du dir auch ganz sicher, mein Sohn?“, fragte Kais Vater mit zitternder Stimme.

Kai sah ihm in die Augen und nickte.

Sein Vater nahm ihn in die Arme. „Pass aber gut auf dich auf, hörst du? Ich wüsste sonst nicht, was ich Mama erzählen soll“, flüsterte er ihm ins Ohr und lächelte liebevoll.

Gerrith lehnte derweil an der rauen Steinwand und machte ein betrübtes Gesicht.

„Was ist denn los?“, fragte seine Schwester neben ihm.

„Ich … aber sag's den anderen nicht, ja? Ich habe Angst.“

Gutta grinste. „Das ist doch nichts Neues, Gerrith. Hey, komm, du schaffst das schon. So wie neulich, als du Gundel in der Walpurgismühle gerettet hast.“

„Meinst du?“

„Ja. Außerdem sind wir doch bei dir.“

Gerrith lächelte. Er freute sich über die Worte seiner Schwester, aber wenn er an das dachte, was ihnen in den unterirdischen Gängen alles passieren konnte, fühlte er sich kein bisschen besser.

Währenddessen hatte Kai Sandra beiseitegenommen. „Das könnte gefährlich werden“, sagte er.

„Es wird für mich genauso gefährlich wie für dich oder jeden anderen von uns.“

„Eben. Die Knochenkrieger werden nicht unterscheiden, ob du Mensch oder Vampir bist.“

„Das weiß ich doch.“

Sie schwiegen eine Weile und jeder wich den Blicken des anderen aus. Schließlich sagte Sandra: „Ich werde dabei sein, Kai. Ich will es so. Ich lasse dich nicht allein.“ Dann lächelte sie entschlossen. „Können wir jetzt zurück zu deiner Kirche?“

Während des Fluges zur Giselotta-Kirche fiel kein einziges Wort. Gangolf trug die Großmutter, Gutta und Gerrith folgten ihm. Kai flog in einigem Abstand hinter ihnen und drückte Sandra ganz fest an sich. Er schaute zu, wie der Wind ihre roten Haare zerzauste. Ein Lächeln huschte über sein Gesicht und er schwor sich, alles zu tun, damit ihr unten bei den Knochenkriegern nichts geschehen würde.

Aber was wäre, wenn ihr doch etwas zustieße? Bei dem Gedanken erschrak Kai. Er fühlte nur ein kleines, dumpfes Drücken in der Magengegend. Sonst nichts. Nur … Gleichgültigkeit. Er wusste, dass das nicht sein konnte, dass es nicht stimmte und dass es auch nicht richtig war. Und genau das machte ihm solche Angst.

UNTER VAMPIREN
12. TAG

Die Nacht war sternenklar. Auf einem Hügel, in einem dunklen Meer aus Bäumen thronte die hell erleuchtete Burg. Hier fand die internationale Konferenz der IVK statt.

Als Kai, Sandra und die Oma auf dem Burghof eintrafen, herrschte bereits reges Treiben. Vampire in langen Umhängen liefen im Innenhof umher und unterhielten sich in den verschiedensten Sprachen. Sie hielten neugierig inne, als die Menschen den Hof entlangkamen. Sandra war fest überzeugt, dass sich die Augen mancher Vampire plötzlich weiteten und die Gier in ihnen aufblitzte, als sie an ihnen vorbei gingen.

Aus den Fenstern hingen große, bunte Fahnen, auf denen Wappen abgebildet waren. Sie wehten im Wind. Unten im Hof knisterten die Feuer in großen, flachen Eisenschalen. Fackeln, Kerzen und Laternen leuchteten überall.

„Freunde der Nacht!“ Opa Gismo stand vor ihnen auf einer Treppe. Mit ausgestreckten Armen kam er die Stufen herab auf sie zu.

„Ich freue mich, euch wiederzusehen“, sagte er in seiner vollendet höflichen Art und gab Kai und Sandra die Hand. „Das gilt natürlich ganz besonders für Sie, gnädige Frau.“ Er trat zur Großmutter und deutete einen Handkuss an. Als seine Lippen ganz nahe an ihrem Handrücken waren, spürte sie die eisige Kälte, die von ihm ausging.

Kai musste schmunzeln. Wie schon vor einigen Tagen, als Opa Gismo sich nach seiner Befreiung aus Wankelmanns Klauen von seiner Oma verabschiedet hatte, so war er auch jetzt ganz sicher, dass sie errötete, als er ihr diesen Handkuss gab.

„Ich hoffe, dass ihr unbehelligt geblieben seid?“, fragte er und deutete auf die umstehenden Vampire. „Es gab strikte Anweisung, niemanden zu beißen.“ Er warf einen Blick auf Sandras Hals und grinste. „Aber es sieht ganz so aus, als hätten sich alle dran gehalten.“

Sandra trat ganz nahe an ihn heran. „Die schauen uns nur so komisch an“, flüsterte sie.

„Das darfst du ihnen nicht verübeln, mein Kind. Sie riechen, dass ihr Menschen seid. Das weckt … ähm … Bedürfnisse.“ Opa Gismo lächelte.

„Wie ich sehe, haben Sie bereits Vorkehrungen getroffen“, sagte Oma Flammersfeld und deutete auf die Zinnen der Burgmauer. Dort marschierten Vampire mit Lanzen auf und ab und beobachteten die Umgebung.

„Nun, Ihre Nachrichten haben die Stimmung hier, wie soll ich sagen, etwas getrübt. Für den Fall, dass Wieland und Wankelmann uns zu nahe kommen wollen, müssen wir gewappnet sein“, sagte Opa Gismo. Und wie um seinen Worten Nachdruck zu verleihen, flog in diesem Moment ein Vampir mit einer Lanze dicht über ihre Köpfe hinweg und landete auf einem der Burgtürme.

„Kommt, gehen wir in den Versammlungsraum! Man möchte sich dort von euch verabschieden.“ Opa Gismo führte sie die Treppe hinauf durch eine schwere Holztür in das Burginnere.

Sie kamen in die Eingangshalle, in der ein riesiger Kronleuchter hing. Zwei Vampire schwebten vor ihm und zündeten die zahlreichen Kerzen an. Mit einem fröhlichen „Guten Abend, Ian! Hallo, Mikka!“ ging Opa Gismo an ihnen vorbei. Die beiden Vampire beantworteten seinen Gruß mit einem freundlichen Nicken.

Sie stiegen eine Treppe hoch und kamen zu einer hohen Flügeltür, die von zwei Vampiren bewacht wurde. Als sie Opa Gismo sahen, traten sie beiseite und öffneten die schwere Tür. Die Freunde betraten den Versammlungsraum.

In dem Raum hatten sich bereits einige Untote zusammengefunden. Es herrschte ein buntes Durcheinander von großen und kleinen Vampiren, jungen und alten. In kleinen Grüppchen standen sie beieinander, plauderten und prosteten sich mit großen Kelchen zu. Sandra schauderte, als sie sah, wie sich zwei Vampirinnen mit einem lauten „Schlukkul!" begrüßten, ihre Kelche aneinanderstießen und einen tiefen Schluck nahmen. Als sie die Gefäße wieder absetzten, wurden ihre Augen für einen Moment lang katzenartig schmal. Ihre Lippen waren benetzt mit etwas Dickflüssigem, etwas Rotem, mit … Sandra wandte angewidert den Blick ab. Blut …

„Diadema, es ist ein Traum, dich zu sehen", sagte die eine.

Diadema lachte erfreut. „Ganz meinerseits, liebste Lamentira! Wie lange mag es wohl her sein? Eine ganze Ewigkeit, scheint mir." Sie fielen einander mit einem lauten Freudenschrei in die Arme. Als sie Sandra entdeckten, steckten sie zunächst die Köpfe zusammen und tuschelten etwas, dann grinsten sie breit, riefen ein lautes „Huhu!" zu ihr hinüber und prosteten ihr mit den Blutkelchen zu.

Etwas weiter hinten waren einige Vampire damit beschäftigt, einen Wandteppich anzubringen, der so groß war, dass er von der hohen Decke des Raumes bis zum Boden reichte. Gerade versuchten sie ihn glatt zu streichen, und Kai erkannte auf dem Teppich die Portraits vieler Vampire und Vampirinnen.

Opa Gismo hatte Kais fragenden Blick bemerkt und sagte: „Das sind alle Vorsitzenden, welche die IVK je hatte.“ Er zeigte auf ein Bild ganz unten in der rechten Ecke des Teppichs. „Siehst du? Das da ist der amtierende Vorsitzende, Gottfried von Greifendorf!“

„Schaut mal die da“, sagte die Oma und deutete auf ein paar Vampire, die unter ihrem Umhang eine bunte Jacke trugen. An den Füßen hatten sie Schnabelschuhe aus braunem Leder und auf dem Kopf trugen sie spitze Mützen mit roten, blauen und gelben Mustern. „Die sehen ja interessant aus.“

„Ja, nicht wahr?“, sagte Opa Gismo. „Das sind unsere samischen Freunde aus dem fernen Lappland.“

Neben den Samen standen zwei blonde Vampire, die ihnen zuwinkten. „Hei!“, riefen sie, stellten ihre Kelche auf einem Tisch ab und kamen zu ihnen herüber.

„Schön, dass ihr da seid“, sagte Per. „Habt ihr euch schon ein wenig umgesehen? Gefällt es euch?“

„Die beiden sind für die Dekoration zuständig“, flüsterte Opa Gismo schnell.

„Dieses Mal haben wir uns ganz besondere Mühe gegeben, was, Per?“, sagte Pelle und stupste seinen Freund in die Seite. „Schwierige Zeiten verlangen ein aufmunterndes Ambiente, das hat schon meine Großtante Petrolia immer gesagt.“

Sie durchquerten zusammen den Versammlungssaal und kamen schließlich in einen Nebenraum, in dem die Vampirgeschwister, deren Eltern und Kais Vater bereits auf sie warteten.

„Nun ist es also so weit.“ Gesina schloss die Tür hinter ihnen und tupfte sich mit einem Taschentuch eine Träne von der Wange.

„Aber, aber, Gesine.“ Der Vampirvater strich seiner Frau beruhigend übers Haar. „Sie werden es schaffen, glaub mir.“

Es herrschte einen Moment Ruhe. Nur das Feuer im Kamin knisterte. Als jemand ans Fenster klopfte, zuckte Kai zusammen.

„Ich mach auf.“ Pelle ging zum Fenster und öffnete es. Draußen auf dem Sims saß Kurt. Er plusterte sich auf, schüttelte sich und legt die Federn wieder an.

„Da bin ich!“, krächzte er. „Darf ich?“

„Nur zu.“ Pelle machte eine einladende Handbewegung.

Der Rabe flatterte zum Kamin und ließ sich dort auf einem Vorsprung nieder. „Können wir dann? Ich wäre so weit.“

„Du gehst auch mit?“, fragte Kai.

„Aber selbstverständlich. Was für ’ne Frage. Ich lasse euch doch nicht alleinc da hinfliegen. Ach, übrigens“, Kurt sah zu Per und Pelle, „ich habe eben diesen unverschämten Belgier durch den Wald rennen sehen. Habt ihr ihn endlich von der Versammlung ausgeschlossen?“

„Bitte?“ Der Vampirvater horchte auf. „Ausgeschlossen? Nicht dass ich wüsste.“

„Wer weiß schon, welcher Teufel den wieder geritten hat“, sagte Opa Gismo und schüttelte den Kopf. „Aber was interessiert der Belgier …“ Er wandte sich den Kindern und der Oma zu. „Gehen wir lieber noch mal den heutigen Abend durch.“

„Ganz richtig. Der heutige Abend!“ Gottfried von Greifendorf stellte sich an den Kamin und blickte ernst in die Runde. „Es gibt ein paar Dinge, die ihr wissen müsst, um die Knochenkrieger auszuschalten.“ Seine Stimme wurde ernst. „Um diese Wesen zu erschaffen, benötigt die Hexe oder der

Zauberer zweierlei Sachen: zum einen echte Knochen und echte Haut für den Zauber, zum anderen das Buch der dunklen Magie. Beides müsst ihr zerstören."

„Das dürfte kein Problem sein", prahlte Gangolf.

„Oh, so einfach ist das nicht, mein Junge. Jeder Magier wird sein Zauberbuch mit allen Mitteln bis aufs Blut verteidigen, denn zwischen ihm und seinem Buch besteht eine ganz besondere Bindung. Diese Bindung wächst mit jedem Jahr, mit jedem Jahrzehnt, in dem er sein Buch besitzt und nutzt. Sie ist es, die ihm immer stärkere Kräfte verleiht und ihn befähigt, auch so schwierige Zauberwerke wie die Erschaffung von Knochenkriegern auszuführen. Sie leitet ihn in die höheren Sphären der dunklen Magie. Nimmt man ihm sein Buch, so nimmt man ihm große Teile seiner Zauberkraft."

„Er kann dann gar nicht mehr zaubern?", fragte Sandra.

„Doch, das kann er. Aber aller höherer Zauber, für den er die enge Verbindung zu einem Zauberbuch benötigt, ist für ihn lange Zeit unerreichbar. So lange, bis er eine neue, intensive Bindung zu einem anderen Zauberbuch geknüpft hat." Er ging zu einem Tisch und schenkte sich aus einer Karaffe

Blutlikör in ein Glas. „Schlukkul!“, prostete er den anderen zu, leerte das Glas in einem Zug und stellte es auf den Tisch zurück.

„Du siehst also, mein Junge“, hob er wieder an und blickte zu Gangolf, „kein Magier wird dir sein Zauberbuch so mir nichts, dir nichts einfach zur Zerstörung überlassen. Und dann wäre da noch etwas: Ihr müsst auch die Knochenkrieger zerstören.“

Gerrith riss die Augen weit auf und schaute seinen Vater an, als hätte ihn soeben eine Bibel am Kopf getroffen. „Bitte?“

„Keine Sorge, nicht alle. Gegen die, die bereits ausgewachsen sind, werdet ihr nicht viel unternehmen können. Ich meine diejenigen, die noch nicht vollendet sind. Ihr habt sie in ihren Brutkästen gesehen. Wenn ihr aber diese Brutkästen irgendwie unbrauchbar machen könntet …“

Die Vampirmutter verbarg ihr Gesicht in den Händen. „Die armen Kinder!“, schluchzte sie. „Wie sollen sie das nur alles schaffen?“

„Na, na, Gesine.“ Ihr Mann nahm sie in den Arm. „Sie werden es schaffen, glaube mir.“

„Na schön. Haut und Knochen, Zauberbuch und Brutkästen.“ Gangolf wandte sich zu Kai, Sandra, der Oma und seinen Geschwistern. „Das kriegen wir hin, oder?“

Kai wich seinem Blick aus. Er wunderte sich, woher Gangolf diese Selbstsicherheit nahm. Er fragte sich, ob sein neuer Freund sich der Gefahren bewusst war, die auf sie lauerten.

„Das ist mein Gangolf, so kenne ich ihn!“ Opa Gismo legte ihm eine Hand auf die Schulter. „Und macht euch um uns keine Sorgen“, fügte er hinzu. „Wir haben Wachen aufgestellt. Sollten Wieland und Wankelmann uns heute Nacht mit ihren Knochenkriegern einen Besuch abstatten wollen, werden sie uns nicht unvorbereitet antreffen.“

Gerrith streckte zaghaft einen Zeigefinger in die Luft. „Äh, Leute ...“, sagte er leise, doch weiter kam er nicht.

Sein Großvater stellte sich in die Mitte des Raumes und unterbrach ihn. „Ich denke, es ist Zeit aufzubrechen“, sagte er und zeigte auf eine Uhr, die neben Kurt auf dem Kaminsims stand. „Es ist bereits spät.“

Verzagt ließ Gerrith die Hand wieder sinken und blickte trübsinnig zu Boden. Erst als er Sandras Arm um seine Schultern spürte, sah er wieder auf.

„Du hast Recht, Gismo, alter Freund“, sagte Kais Vater, ging zu seinem Sohn und umarmte ihn ganz fest. „Ich wünsche euch alles Glück der Welt“, flüsterte er ihm ins Ohr und gab ihm einen Kuss auf die Wange.

„Danke." Kai atmete tief ein. „Bis später, ich verspreche es dir", sagte er, aber er wusste, dass dies seinen Vater nicht beruhigen konnte. Gern hätte er ihm etwas Liebevolles zum Trost gesagt. Aber was? In ihm war nur Kälte.

Die Vampirmutter schluchzte, während sie sich von ihren Kindern verabschiedete, und warf ihrem Mann und Opa Gismo erzürnte Blicke zu, als diese von „Mut" und „wichtiger Mission" sprachen.

Schließlich öffneten Per und Pelle das Fenster und klopften jedem Glück wünschend auf die Schulter. Die Freunde flatterten in die Nacht hinaus: Gutta und Gerrith, Gangolf mit Oma Flammersfeld sowie Kai, der nicht nur Sandra in den Armen trug, sondern auch Kurt auf seiner Schulter. Ohne sich ein weiteres Mal umzudrehen, flogen sie ihrer schwierigen Aufgabe entgegen.

DER ABSTIEG

Überall knisterte und knackte es. Ab und zu huschte eine dunkle Gestalt unter ihnen vorbei. Der beißende Geruch von Knoblauch hing in der Luft. Oma Flammersfeld schob einige Zweige beiseite und zeigte auf den Spalt, durch den sie gestern in das Labyrinth aus Höhlen und Gängen eingestiegen waren. Dort standen Knochenkrieger Wache und Knoblauch baumelte in dicken Strängen um den Eingang herum. Ab und zu verließen ein paar Kuttenwesen die Höhlen und andere marschierten eilig hinein.

Gerrith schaute durch das Blätterdach des Kastanienbaums und folgte mit seinem Blick einem Knochenkrieger, der im Unterholz herumstapfte und gerade mit seinem Speer in einen dichten Busch hineinstieß.

„Glaubt ihr, wir sind hier oben auch wirklich sicher?“, flüsterte er, als der Knochenkrieger nun direkt auf den Baum zukam, auf dem sie sich versteckten.

„Denke schon“, sagte Gangolf, der den Krieger auch entdeckt hatte. „Was macht der da?“

„Pssst, er kommt!“ Gutta hielt ihm die Hand vor den Mund. Der Knochenkrieger blieb vor ihrem Baum stehen und starrte auf den Stamm. Er legte den Kopf leicht zur Seite, kam einen Schritt näher heran und krallte seine Finger in die Rinde. Langsam, ganz langsam, zog er seinen dürren Körper über das Holz nach oben. Gerrith stupste seine Schwester an, die ihm mit einer Handbewegung bedeutete, Ruhe zu bewahren.

Der Knochenkrieger war die Hälfte des Stammes emporgekrochen, als er innehielt. Blitzschnell hob er eine Hand und ließ sie auf den Stamm niedersausen. Interessiert betrachtete er etwas, was er in der Hand hielt. Es war etwas Kleines mit vielen Beinen, das sich in seinem Griff wand. Schließlich stopfte sich der Knochenkrieger das Tier mit einem tiefen, gurrenden Geräusch in den Mund. Dann rutschte er auf den Boden zurück und marschierte davon.

„Puh!“ Gerrith atmete erleichtert aus. „Und ich dachte schon, jetzt ist’s aus!“

„Typisch!“, raunzte sein Bruder.

„Ist da drüben auf der Lichtung nicht der Schacht,

durch den wir gestern entkommen sind, Kurt?" Sandra zeigte auf eine etwas weiter abseits gelegene Stelle.

„Ja", antwortete der Rabe.

„Wenn wir da reinkämen, wüssten wir immerhin, wo wir uns befinden und welche Gänge wir nehmen müssen."

„Schon. Aber zumindest wir kommen dort nicht durch", sagte Gangolf. „Da liegt so viel Knoblauch, dass es reicht, um alle Vampire dieser Welt abzuschrecken."

„Oooch, wenn das alles ist." Kurt stieß sich von Kais Schulter ab.

„Kurt! Um Satans willen, bleib hier!" Gutta griff nach ihm, doch er segelte bereits auf die Knoblauchknollen zu. Ein paar Meter von ihnen entfernt landete er im Gras, machte sich ganz flach und kroch auf seinen kleinen Rabenbeinen an den Knoblauch heran. Mit ein, zwei kräftigen Schnabelstößen sammelte er einige Stränge auf und zog sie mit aller Kraft durch das Gras vom Eingang des Schachtes weg.

Dann schaute er sich vorsichtig um. In einiger Entfernung hatten sich gerade zwei Knochenkrieger getroffen. Sie gestikulierten und wiesen mit den Speeren in verschiedene Richtungen. Als sie einmal wegsahen, nutzte Kurt die Gunst der Stunde und rannte zum Knoblauch zurück. Schnell packte er alle übrigen Stränge und zerrte sie über den Boden. Er schien sich dabei etwas übernommen zu haben, denn er hatte so viel Knoblauch im Schnabel, dass er ihn beinah nicht mehr halten konnte. Der ganze Vogel verschwand hinter den Knollen. Mit großer Mühe zerrte und zog er daran herum. Gerade als er sie bei den anderen abgelegt hatte, drehten sich die Knochenkrieger wieder um und jeder ging seines Weges. Einer kam direkt auf Kurt zu, der sich sofort duckte, doch der Krieger bog nach rechts ab und verschwand im Wald.

„Der Eingang ist jetzt frei", krächzte Kurt stolz, als er wieder auf Kais Schulter gelandet war. „Allerdings ..."

„Allerdings was?"

„Allerdings haben sie eine Falltür angebracht und sie mit einem Vorhängeschloss gesichert!"

„Vorhängeschloss? Kein Problem!" Die Großmutter zog ihr rabenschwarzes Taschenmesser, das auf beiden Seiten mit einem blutroten Vampirgebiss versehen war, aus einer Tasche ihres Kleides und klappte etwas auf, was wie ein Zahnstocher aussah. „Damit sollten wir es knacken!"

Sie schauten sich kurz um und schwebten dann

im Schutz der Bäume bis zu der Lichtung, wo sie sanft im Gras landeten und zu der Falltür schlichen.

„Dann wollen wir mal.“ Kais Oma machte sich am Schloss zu schaffen.

Währenddessen blickte sich Gerrith ängstlich um. Hinter jedem Baum und in jedem Schatten glaubte er schon einen Knochenkrieger lauern zu sehen. Und überhaupt dauerte ihm das, was Oma Flammersfeld da machte, viel zu lange. Er war sehr erleichtert, als sie endlich „So, geschafft!“ flüsterte und vorsichtig die Falltür öffnete.

„Hier!“ Die Großmutter steckte das Taschenmesser wieder ein und drückte Gerrith das Schloss in die Hand. „Das können wir von innen wieder dranhängen, dann kommen schon mal keine bösen Überraschungen von oben!“

Gangolf spähte in das Loch, das vor ihnen im Boden gähnte. „Da unten ist ein schwaches Licht“, sagte er. „Ich schau mal, ob die Luft rein ist.“ Er schwebte langsam durch den Eingang. Es dauerte nicht lange und er steckte den Kopf wieder aus der Erde. „Alles klar, wir können!“, flüsterte er, schnappte sich Kais Oma und war sofort wieder unter der Erde verschwunden. Einer nach dem anderen folgte ihm. Gerrith, der als Letzter hinabsegelte, schaute sich noch einmal nach allen Seiten um und schloss dann lautlos die Falltür über sich. Mit einem leisen Klick! schnappte das Vorhängeschloss ein.

Der Raum unter ihnen war still und verlassen. Kai sah zum Eingang, wo eine neue Holztür eingesetzt worden war. Es wirkte ganz so, als sei gestern nichts in dieser Höhle geschehen. Nur das Licht leuchtete schwächer, denn es waren weniger Lampen da als in der Nacht zuvor.

Sie blieben einen Moment in einer düsteren Nische in der Luft stehen und setzten dann zum Sinkflug an. Direkt vor der Holztür kamen sie auf dem Boden auf.

Gutta legte das Ohr ans Holz und horchte. „Alles ruhig da draußen!“, flüsterte sie und ihre Finger griffen nach dem Eisenring.

„Nun mach schon auf!“, drängte Gangolf.

„Geht nicht!“ Gutta zog kräftiger, doch die Tür bewegte sich keinen Millimeter. „Ich glaube, wir sind eingeschlossen!“

„Eingeschlossen?“ Gangolf schob sie zur Seite. „Lass mich mal versuchen.“ Er umfasste das Eisen und zog, so stark er konnte. Doch nichts geschah. Dann entdeckte er das Schlüsselloch, das unter dem Ring saß. Er beugte sich vor und schaute hindurch.

„Tatsache!“, schnaubte er. „Da steckt sogar der Schlüssel auf der anderen Seite.“

„Ich hab’s ja gewusst!“ Gerrith vergrub das Gesicht in den Händen. „Die Mission endet bereits im ersten Raum! Wir scheitern an einer verschlossenen Tür!“

„Moment!“ Kurt flatterte auf Gangolfs Schulter, neigte den Kopf und beäugte das Schloss. „Hm … aha … soso …“, murmelte er, stieß leise Krächzlaute aus und blickte abwechselnd auf das Türschloss und das Guckfensterchen, das in der Mitte der Tür saß. „Alles klar!“, rief er schließlich. „Ich habe einen Plan!“ Er drehte sich zu den anderen um. „Glücklicherweise geht diese Luke da“, er deutete mit einem Flügel auf das kleine Fenster, „nach innen auf. Einer von euch wird sie also öffnen. Sodann werde ich mich durch die Öffnung zwängen.“ Kurts Stimme klang nun so, als würde er einen militärischen Schlachtplan ausrufen. „Das müsste gehen. Ich habe zwar in letzter Zeit etwas zugenommen, aber na ja.“ Er sah an sich hinunter. „Ich gebe zu, langsam sieht man es auch, aber für einen Raben in meinem Alter bin ich noch ganz gut in Form.“

„Kurt!“

„’tschuldigung! Also. Ich werde dann versuchen

mit meinem Schnabel diesen Schlüssel im Schloss herumzudrehen. Dann könnt ihr raus. Na, ist das ein Plan?“ Er freute sich so sehr über seine Idee, dass er aufgeregt auf Gangolfs Schulter rumhüpfte.

„Wir haben wohl keine andere Wahl. Los, versuchen wir's!“ Oma Flammersfeld öffnete die Luke und Kurt flog auf ihren Arm, den sie direkt davor platzierte. Er hielt sich mit einer Kralle am Rand der Öffnung fest und schob vorsichtig den Kopf in den Gang. „Keine Sterbensseele da!“, flüsterte er und zog das andere Bein nach.

„Oh! Oh!“

„Was? Was ist?“ Kais Oma beugte sich vor die Luke.

„I… ich … Gottchen, wie peinlich!“

„Kurt, was ist?“

„Ich sag's ja nur ungern, aber ich glaube, ich stecke fest!“ Er zuckte und zerrte und versuchte sein Hinterteil durch die Öffnung zu zwängen. „I… ich schaffe es nicht“, sagte er und seine Stimme klang sehr niedergeschlagen.

„Warte, da hilft nur ein altes Hausmittel.“ Oma Flammersfeld legte eine Hand an seinen Bürzel, rief „Achtung!“, dann drückte sie kräftig zu und mit einem ploppenden Geräusch war Kurt – *zack!* – aus der Öffnung verschwunden. Von draußen hörten sie Flügelschlagen, er hatte sich offenbar schon an die Arbeit gemacht.

Während alle anderen gespannt auf die Tür blickten, stand Gerrith vor den Stufen, die in den Raum hinabführten. Er betrachtete das Farbenspiel des Lichts auf dem Fels, die Schatten, die über den Stein huschten, mal in die eine Richtung, mal in die andere. Gerrith versuchte, sich eine Melodie zu ihren Tanzschritten auszudenken. Sein Blick fiel auf die Decke an der gegenüberliegenden Wand, wo die Schatten sich gerade so bewegten, dass es besonders gut zu der Musik passte, die ihm durch den Kopf ging. Er grinste zufrieden und wippte mit einem Fuß zum Takt der Melodie. Doch plötzlich erstarrten seine Gesichtszüge und die Musik in seinem Kopf verstummte schlagartig.

Wie konnte das sein?

Er kniff die Augen zusammen und schaute noch einmal auf die Stelle, wo die Schatten sich besonders gleichförmig bewegten. Sein Blick fiel auf die beiden Gaslampen, die dort hingen. Die Flammen brannten ruhig und friedlich vor sich hin. Wie konnte es also sein, dass sich die Schatten bewegten?

Auf einmal fuhr er vor Schreck zusammen. Er raste zur Tür, schob seinen Bruder beiseite und rief: „Kurt, Kurt wie weit bist du da draußen?“

„Hab's gleich!", krächzte der Rabe zurück.

„Warum so hektisch?", fragte Sandra.

Gerrith packte sie an den Schultern und drehte sie um, sodass sie in den Raum schaute.

„Siehst du das?", zischte er und zeigte auf eine Wand. „Sie sind hier! Sie sind hier!"

Sandra sah sofort, was Gerrith meinte. Es war, als bewegte sich der Felsen, als gleite lautlos Stein über Stein. Die nackten Körper der Knochenkrieger schoben sich an der gegenüberliegenden Wand über den Fels. Mit Fingern und Zehen krallten sie sich in die Steinritzen und krochen langsam auf sie zu, so wie Raubtiere, die sich ihrer Beute sicher sind.

Sandra ließ ihren Blick über Wände und Kuppel gleiten. „Oh, mein Gott", stöhnte sie und taumelte einen Schritt zurück. Überall um sie herum pressten sich die ausgemergelten Leiber reglos an das Gestein. Das Braun ihrer Haut verschmolz mit dem der Felsen und nur das gelblich Weiße der Augäpfel verriet ihre Gegenwart. Jedes Mal, wenn ein Knochenkrieger an einem anderen vorbeikroch, kam Bewegung in den dürren Körper. Er löste sich wie von Geisterhand vom Fels und fügte sich in die Masse derjenigen ein, die auf die Tür zurobbten.

Sandra rüttelte an der Tür. „Beeil dich, Kurt. Sie sind hier! Die Knochenkrieger sind hier drinnen!"

„Waaas?“ Kurts Stimme überschlug sich. „Eine Sekunde, Freunde! Nur eine Sekunde!“ Sein Flügelschlag beschleunigte sich und aus dem Schlüsselloch drang ein helles Quietschen.

Jetzt schrie Kais Oma auf. Über ihr hing ein Knochenkrieger auf dem Felsen und starrte sie aus seinen leeren Augen an. Mit einem Satz war Oma Flammersfeld bei Kai und Sandra und vergewisserte sich mit einem Blick über die Schulter, dass der Krieger ihr nicht folgte.

Es knackte im Schloss. Sandra riss an dem Eisenring und die Tür sprang auf.

„Raus hier, schnell!“, brüllte sie und schob einen nach dem anderen über die Türschwelle.

Die Knochenkrieger reagierten sofort. Ringsum lösten sie sich von den Steinen, ließen sich auf den Boden fallen und rannten auf die Tür zu. Sie fauchten, gurgelten und knirschten mit den Zähnen.

Gangolf lief als Letzter auf den Gang hinaus und warf die Tür hinter sich zu. Schnell drehte er den Schlüssel herum und schrak zurück, als sich die Knochenwesen von innen gegen das Holz warfen.

„Den nehmen wir mit!“ Er zog den Schlüssel aus

dem Türschloss und steckte ihn in seine Umhangtasche.

Sie hasteten den Weg entlang, der sie zu der breiten Wendeltreppe führte. Ab und zu mussten sie sich ducken, um nicht gegen die dicken Baumwurzeln zu stoßen, die das Gestein durchzogen. Kai hatte den Eindruck, dass der Gang noch düsterer und stickiger als gestern war. Nur dort, wo andere Wege den ihren kreuzten, gab es kleine Lichtinseln. An diese Kreuzungen pirschten sie sich besonders vorsichtig heran und horchten, ob aus den anderen Gängen verdächtige Geräusche kamen. Schließlich standen sie an der Wendeltreppe, die zu dem großen Platz führte.

„Wenn unten niemand ist, gleich in den nächsten Gang rein", rief Kai und schnappte sich Sandra.

„Ja." Gangolf fasste die Großmutter unter den Armen und gemeinsam schwebten sie die Treppe hinab.

Als der Platz in ihrem Blickfeld auftauchte, verlangsamten sie ihren Flug und vergewisserten sich, dass niemand ihn überquerte. Dann flogen sie zu einem Spalt in der gegenüberliegenden Wand.

„Ist das auch der richtige Weg?", fragte Gerrith und blickte in den dunklen Gang.

„Denke schon", erwiderte Gangolf. „Es ist zumindest die richtige Richtung!"

Er quetschte sich an seinen Geschwistern vorbei und flüsterte noch: „Da lang!", als es einen lauten

Knall gab und jemand über den Platz schlurfte. Sofort pressten sie sich gegen den Fels.

Aus den Augenwinkeln heraus sahen sie, wie Siebenschein den Platz betrat. Er trug schwer an einem Bündel Speere. Als er auf Höhe der Treppe angelangt war, machte er eine Verschnaufpause. Er griff mit der freien Hand in die Hosentasche, zog ein großes Taschentuch hervor und wischte sich die Stirn. „Was für eine Plackerei!“, murmelte er, steckte das Taschentuch wieder ein, ging einige Schritte weiter und blieb dann plötzlich wieder stehen. Er drehte langsam den Kopf in Richtung der Eindringlinge. Einen Moment lang verharrte er so, dann trat er auf den Gang zu, in dem sie sich befanden.

„Hallo?“ Er stoppte und lugte mit weit aufgerissenen Augen in die düstere Spalte. Kai konnte genau erkennen, wie sich seine Pupillen zu großen, schwarzen Scheiben weiteten. „Hm …“ Siebenschein schüttelte den Kopf. „Ich könnte wetten, da war ein Schatten“, sagte er leise zu sich selbst. „Hallo? Ist da wer?“ Er trat einen Schritt zurück. „War bestimmt wieder eine von diesen Fledermäusen“, murmelte er vor sich hin und wandte sich zum Gehen. „Ich hätte die ja gleich ausgeräuchert. Aber nein, die beiden Herrschaften wollten ja unbedingt ein paar Haustiere haben. Na bitte. Auf mich hört ja eh k… Mist!“ Mit lautem Gepolter fielen seine Speere auf den Boden. „Ich glaub es nicht, auch das noch!“ Er fluchte fürchterlich, bückte sich und begann, sie wieder einzusammeln. Als er damit fertig war, sagte er noch: „Es wird echt Zeit, dass ich für heute Feierabend mache“, und entfernte sich dann mit großen Schritten.

„Diese Aufregung ist nichts für mich“, seufzte Gerrith, löste sich von der Wand und trat in die Mitte des Ganges. „Wenn das so weitergeht, werd ich noch verrückt vor Angst. Wenn wir hier überhaupt jemals wieder rauskommen!“

„Ach, Gerrith! Natürlich kommen wir hier raus“, entgegnete Gutta genervt. „Aber jetzt gehen wir erst mal weiter. Gangolf hat Recht, der Brutraum, wo die Glaskästen stehen, muss in dieser Richtung liegen. Nur noch ein paar Minuten, dann sind wir da!“ Sie packte Gerrith am Umhang und zog ihn mit sich in Richtung Brutraum.

DIE SCHWARZE MAGIE DER CYLINDA CATYLL

Einsam zischten einige Gaslampen im Brutraum und versprühten ein gelbliches Licht. Die Glaskästen standen ordentlich aufgereiht nebeneinander. Sie schimmerten in einem zarten Blau. In jedem dieser Kästen lag ein Knochenkrieger in einer Flüssigkeit, in der hin und wieder kleine Luftblasen aufstiegen. Manche Knochenwesen waren noch sehr klein und wirkten zerbrechlich. Andere wiederum hatten bereits eine stattliche Größe erreicht und fanden beinah keinen Platz mehr in ihren Behältern. Die große Glasscheibe, durch die sie gestern in diesen Raum geschaut hatten, war nun mit schweren Vorhängen verdeckt.

Sandra ließ ihren Blick über das Meer von Behältern gleiten. Ein beklemmendes Gefühl überkam sie, wenn sie daran dachte, dass diese Wesen geschaffen wurden, um anderen den Tod zu bringen. Sie sah zu Kai hinüber, der sich gerade über einen der Brutkästen beugte. Kurt saß auf seiner Schulter, machte einen langen Hals und betrachtete ebenfalls sehr neugierig das ungeborene Wesen.

Auch Kai sollen die Kreaturen umbringen, überlegte Sandra. Kai, den Neu-Vampir, ihren besten Freund. Sie fröstelte bei diesem Gedanken. Woher nur, fragte sie sich, kam dieser ungeheure Hass, den Wankelmann und Wieland gegen die Vampire hegten? Ob die beiden jemals einen Vampir persönlich kennengelernt hatten? Sie blickte zu den Vampirgeschwistern, die vor einer Tür standen und leise diskutierten. Wenn sie ehrlich war, musste sie zugeben, dass sie die drei mittlerweile richtig lieb gewonnen hatte.

„... das wissen die doch auch nicht", hörte sie Gutta sagen.

„Ich frag mal." Gangolf drehte sich um. „He, kommt doch mal eben her!", rief er und winkte sie, Kai und die Großmutter an die Tür, vor der er mit seinen Geschwistern stand.

„Weiß einer von euch, was das da bedeutet?", fragte er und zeigte auf einige seltsame Symbole, die oberhalb des Türrahmens in den Stein gemeißelt waren. Dreiecke, Kreise und Sterne leuchteten dort schwach in einem hellen Grün.

Oma Flammersfeld trat einen Schritt vor. „So

etwas habe ich lange nicht mehr ..." Sie fuhr die Symbole mit dem Zeigefinger nach.

„Kannst du damit etwas anfangen?", fragte Kai.

„Nun, zuletzt habe ich etwas Ähnliches an der Universität gesehen. Aber wenn mich nicht alles täuscht, sind das Zeichen dunkler Magie."

„Dunkler Magie!?", wiederholte Gerrith beeindruckt und untersuchte etwas genauer ein schneckenähnliches Zeichen.

„Ja. Was immer sich hinter dieser Tür befindet, ist durchdrungen von schwarzer Magie." Ein feiner Strahl grünen Lichts folgte ihrem Finger, als sie ihn von den Symbolen zurückzog.

„Dann ist das garantiert der Raum, den wir suchen. Der Raum der Hexe oder des Zauberers." Sandra sah zu, wie sich das glitzernde Licht, das dem Finger der Großmutter gefolgt war, auflöste.

Sie blickten einander an. „Bereit?", fragte Oma Flammersfeld leise und als alle zustimmend nickten, drückte sie langsam und vorsichtig die Klinke hinunter. Lautlos öffnete sich die Tür einen Spalt. Warme, stickige Luft drang aus dem Raum. Es roch nach Rauch und Kräutern. Oma Flammersfeld steckte behutsam den Kopf durch die Öffnung und spähte in das Zimmer. „Scheint leer", zischte sie und schlüpfte hinein. Die anderen folgten ihr.

Das Licht war gedämpft. In einer Ecke prasselte ein Kaminfeuer und in ein paar Nischen standen Laternen, deren Kerzen flackerten. Über die Länge einer Wand spannte sich ein hohes Regal, das über und über mit Büchern beladen war. Selbst auf dem Boden stapelten sich die Bände zu hohen Türmen. Er war mit Teppichen und Fellen bedeckt, die jeden Schritt der Freunde dämpften. An der anderen Wand stand ein Schrank aus dunklem, schwerem Holz. Daran grenzte ein Schreibtisch, der nicht ganz bis an das Mauergestein herangeschoben war. Neben dem Kamin war ein Tisch, auf dem sich noch Becher und Teller befanden. Brot, Käse und Speck lagen auf einem Brett und aus einer Teekanne stieg feiner Dampf auf. Es schien so, als habe vor Kurzem noch jemand an diesem Tisch gesessen. In der Mitte des Raumes stand ein weiterer Tisch, der etwas größer war als der neben dem Kaminfeuer. Ein weites Stück Stoff schwebte über ihm. Schwarz und faltig hing es wie von Geisterhand gehalten in der Luft. Darunter lag ein besonders dickes, in schwarzes Leder gebundenes Buch.

„Spürt ihr das auch?“, fragte Oma Flammersfeld leise, nachdem sie sich in die Mitte des Zimmers geschlichen hatten. „Von dieser Stelle geht eine starke Energie aus.“ Sie tippte mit der Kuppe des

Zeigefingers leicht gegen den Stoff. Plötzlich hörten sie eine durchdringende Stimme, die von irgendwo außerhalb zu ihnen in den Raum drang.

„Bitte, bitte … Ich dränge mich ja nicht auf", keifte die Stimme, die eindeutig einer Frau gehörte. „Holen Sie sich doch jemand anderen. Aber ich sage Ihnen gleich, besser kann der es auch nicht!" Schritte näherten sich polternd. Sofort zerrte Kai Sandra hinter einen Bücherstapel. Gerrith und Gangolf segelten auf den breiten Schrank und legten sich flach auf den Bauch, während sich Gutta und die Großmutter hinter dem Schreibtisch versteckten. Da wurde neben dem Kamin eine Tür aufgerissen.

„Eine Frechheit ist das, wirklich. So eine Frechheit!" Eine Frau stürzte in den Raum und warf wütend die Tür hinter sich zu. Sie ging zum Esstisch und schnappte sich ein großes Stück Käse, in das sie wutentbrannt hineinbiss. „Wie schtellen schie schich dasch vor?", fragte sie, während sie kaute. „Isch und zschu langscham! Pah! Wasch meinen die eigentlisch, wasch isch hier mache?" Sie biss noch einmal ab und warf den Rest des Käsestücks entnervt auf einen Teller. Es sprang zurück und landete mit einem leisen Platsch! auf dem Teppich. „Na, toll!" Sie hob den Käse auf und legte ihn vor ein

Loch in der Wand. „Hier, meine Kleine. Dir wenigstens soll es gut gehen."

Sofort kam ein Mäuschen aus dem Loch heraus, schnüffelte an dem Leckerbissen und schleppte ihn dann mit einem zufriedenen Quieken in seine Mäusewohnung.

„Mehr, mehr ... immer wollen sie mehr. Es geht eben nicht so schnell." Die Frau ging zu dem Tuch, das über dem Tisch in der Luft stand, und riss es weg. Vor ihr schwebte ein bleicher Knochen, der sich langsam um sich selbst drehte. Daneben befand sich ein Stück Haut, das, wie von unsichtbaren Fäden gehalten, straff gespannt in der Luft hing.

„Wenn sie denken, sie können es besser, sollen sie es doch selbst machen", schimpfte die Frau, schlug mit einer schnellen Handbewegung das Buch auf und strich ihr langes, schwarzes Kleid glatt.

„Nun denn", sagte sie leise, wischte eine Strähne ihres schwarzen Haares aus dem Gesicht und räusperte sich. „Haltung! Immer schön Haltung wahren! Das wäre ja gelacht! So schnell lässt sich eine Cylinda Catyll nicht unterkriegen!" Sie kramte in einer Tasche ihres Kleides und zog einen Stab heraus. „Dann wollen wir mal ... Damit die Herren endlich zufrieden sind."

Sie las in dem Buch, das sie eben aufgeschlagen

hatte, und folgte dabei den Zeilen mit dem Zeigefinger. Dann riss sie die Hand in die Luft und schwang ihren Zauberstab. Dabei murmelte sie mit düsterer Stimme Wörter, die Kai nicht verstehen konnte. Er hatte aber das seltsame Gefühl, als spräche die Frau ihre Sätze nicht alleine, sondern als käme von irgendwoher noch eine andere, dunkle Stimme, die leise die Wörter Cylinda Catylls wiederholte.

„Extracul!", rief Cylinda schließlich und streckte den Arm aus. Den Zauberstaub hatte sie auf das Stück Haut gerichtet. Doch nichts geschah.

„Was ist, du blödes Hautstück? Mach gefälligst…" Sie tippte es mit der Spitze ihres Zauberstabes an. „Kein Aufmucken jetzt, kapiert?"

„Hach, Cylinda! Wann wirst du es endlich mal verstehen? Das verdammte siebenundzwanzigste Wort in der dritten Zeile!" Kai zuckte zusammen. Er hatte sich nicht getäuscht. Das war die andere Stimme, die er eben gehört hatte.

„Wie bitte? Das verdammte siebenundzwanzigste Wort in der verdammten dritten Zeile? Schon wieder?" Cylinda schnaubte. „Das ist ja zum Junge-Hunde-kriegen, ehrlich. Wieso verspreche ich mich immer ausgerechnet an dieser einen verdammten Stelle? Kapier ich nicht. Kapierst du das?"

„Nö.“

„Na, du bist mir ja ein tolles Zauberbuch. Sehr hilfreich, wirklich.“

Aus dem Buch drang ein heiseres Lachen. „Ich könnte dir einen sehr lohnenden Spruch zur Förderung der Konzentration empfehlen, genau richtig für zwischendurch. Auf Seite 279 hätt ich da was Nettes! Kriegt jeecder hin, ist ein echter Anfängerspruch.“ Es lachte abermals.

„Bah!“ Cylinda blickte aufgebracht auf die Seiten. „Nicht frech werden jetzt! Ich bin hier schließlich im Stress. Da kann so was ja mal passieren.“

„Natürlich, natürlich.“ Das Zauberbuch hüstelte. „Noch mal?“

„Na klar!“

„Gut, dann los.“

Sie murmelten ein weiteres Mal die seltsamen Wörter, bis Cylinda wieder laut „Extracul!“ brüllte und ihren Stab von sich streckte.

Diesmal geschah es. Ein Lichtstrahl schoss aus ihrem Zauberstab und traf auf das Hautstück. Etwas Helles, Rundes, das aussah wie eine kleine Kugel aus gleißend hellem Licht, wanderte den Strahl von der Haut zum Zauberstab entlang und verschwand mit einem ploppenden Geräusch darin. Das Gleiche wiederholte sich bei dem Knochen.

„Siehst du, meine Liebe, geht doch!“, flötete das Buch. „Ein wenig Aufmerksamkeit und schon läuft die Sache.“

„Jaja, wenn ich dich nicht hätte.“ Cylinda strich belustigt über den Einband, worauf das Buch ein leises Schnurren von sich gab.

„Ich weiß …“, flüsterte es.

„So, und du bist der Letzte für heute“, sagte die Hexe und hielt sich die nun leuchtende Spitze ihres Zauberstabes vor die Augen. „Wir zwei Hübschen gehen jetzt noch schnell zum Lebenswasser.“

„Oh, Feierabend?“, fragte das Zauberbuch.

„Für dich schon.“ Cylinda lachte kurz auf und klappte den Buchdeckel zu. Mit federndem Schritt ging sie am Schreibtisch vorbei, hinter dem Gutta und die Großmutter hockten, verschwand im nächsten Raum und schloss die Tür hinter sich.

Oma Flammersfeld schlich sofort zum Schlüsselloch und spähte hindurch. Sie sah, wie Cylinda zu einem Glasbehälter ging und dort den Zauberstab über das leuchtende Wasser hielt. Wieder entstand ein Blitzstrahl. Wo er ins Wasser einschlug, kräuselte sich die Oberfläche. Zwei Lichtkugeln schossen aus der Spitze des Zauberstabes heraus und fielen zischend ins Wasser. Dabei formten Cylindas Lippen Wörter, die Kais Oma nicht erraten konnte.

Dann versiegte das Licht aus dem Zauberstab und die Hexe lachte.

„Nun wachse schön, mein neuer Knochenkrieger!“, rief sie und ging zurück zur Zimmertür. Rasch huschte die Großmutter hinter den Schreibtisch und war kaum dahinter verschwunden, als Cylinda Catyll wieder hereinkam.

„So, das reicht jetzt aber wirklich“, sagte sie und streckte sich. „Und dich brauch ich heute auch nicht mehr!“ Sie zeigte mit dem Zauberstab zur Tür, die in den Brutraum führte. Wo eben noch eine Holztür gewesen war, erschienen nun Mauersteine, die sich wie von Geisterhand bewegt knirschend aufeinanderstapelten. Stein knallte auf Stein und als der letzte die Öffnung verschloss, gab es ein leises Zischen und das neue Mauerteil verwandelte sich in glatten Fels.

„Respekt, Cylinda, Respekt!“ Sie grinste. „Allerdings“, fuhr sie fort und rieb sich das Kinn, „allerdings könnte etwas Grün nicht schaden.“ Und nach einem weiteren Zauberspruch bedeckten feine Bartflechtenfäden und Farne das Gestein. Sie betrachtete ihr Werk und nickte zufrieden. Mit Schwung drehte sie sich um und tänzelte beschwingt aus dem Zimmer.

„Alle Achtung!“ Gangolf erhob sich als Erster

aus seinem Versteck und betrachtete die neu entstandene Felswand. Er klopfte gegen den Stein und zupfte an einem Farnblatt. „Wahnsinn …“, sagte er leise und zog anerkennend eine Augenbraue hoch. „So was Tolles würd ich auch gern können.“ Er stellte sich vor den Tisch, über dem der Knochen und das Hautstück schwebten. „Das war total beeindruckend!“

„Beeindruckend ist was ganz anderes.“ Die Großmutter kroch hinter dem Schreibtisch hervor. „Diese Cylinda Catyll …“

„Du kennst sie?“

„Ja. Sie ist meine Tibetischlehrerin!“

„Im Ernst?“

„Bisher habe ich allerdings nicht gewusst, dass sie eine Hexe ist.“ Oma Flammersfeld ging um den Tisch herum und betrachtete Haut und Knochen. „Woher sie das da wohl haben?“, fragte sie leise.

„Ich glaube, ich weiß es.“ Kai klappte das Buch zu, das er gerade in den Händen hielt und legte es auf den Stapel zurück, hinter dem er sich mit Sandra versteckt hatte. Der alte Wälzer war in schweres Leder gebunden, der Titel war in goldenen Buchstaben aufgedruckt: *Magische Möglichkeiten. Ein Leitfaden der dunklen Magie für Anfänger und Fortgeschrittene.*

„Als wir vorgestern im Mondscheinpfad waren, da kamen Thomas und der Knochenmann den Weg entlanggelaufen, erinnert ihr euch?“

Die anderen nickten.

„Die hatten Bandagen! Beide!“

„Du meinst …“ Gerrith verzog das Gesicht zu einer Grimasse. „Du meinst, dieser Knochen hier ist vom Skelett?“

„Ja!“

„Und der Hautfetzen da von Thomas?“

„Genau das meine ich.“

„Boah, ich glaub, mir wird gleich schlecht.“ Angewidert wandte er sich vom Tisch ab.

„Reiß dich zusammen, mein Bester.“ Gangolf hatte einen seltsamen Glanz in den Augen. „Es ist doch faszinierend, was man aus zwei so kleinen Dingen machen kann.“ Gedankenverloren starrte er auf die schwebenden Objekte.

„Nun, vielleicht.“ Die Großmutter zupfte an seinem Umhang. „Darf ich dich dennoch daran erinnern, dass es diesen Kreaturen ein Vergnügen wäre, dir ihre Speere ins Herz zu bohren?“

„Du hast Recht.“ Gangolf nickte. „Wir haben hier eine Aufgabe zu erfüllen.“ Er streckte eine Hand nach dem Zauberbuch aus. „Fangen wir mit der Keimzelle des Bösen an.“

„Haaalt!“, krächzte etwas Schwarzes und flatterte aufgeregt vor seinem Gesicht herum. „Nicht anfassen!“

Gangolf zuckte zurück. „Kurt, bist du verrückt, mich so zu erschrecken?“

„Entschuldigt bitte meinen eindringlichen Ton.“ Kurt flatterte auf einen hohen Bücherstapel, der leicht zu schwanken begann, als er sich auf ihm niederließ. „Ist ja sonst nicht so meine Art, aber … Haben die Herrschaften nicht etwas vergessen?“

„Was meinst du?“, fragte Gangolf spitz.

„Ich meine, dass wir wahrscheinlich sehr bald sehr schnell von hier verschwinden müssen. Was, wenn dieser Tisch mit einem Alarmzauber geschützt ist? Oder wir nachher im Brutraum entdeckt werden? Oder …“

„Schon gut, schon gut. Ich glaube, wir haben verstanden.“

„Und welchen Ausgang gedenken wir dann zu nehmen?“

Kai schluckte. Kurt hatte Recht. Der Haupteingang wurde streng bewacht und um zu ihrer Einstiegsluke zu gelangen, mussten sie durch die Höhle, in der die Knochenkrieger auf sie lauerten. Auch dieser Ausweg war ihnen versperrt. Die anderen schienen ebenfalls ratlos …

Gerrith begann zu zittern. „Das war's also. Wir sind verloren! Ich sage euch, wir sind verloren. Nie wieder kommen wir hier raus." Er schlug die Hände vors Gesicht. „Unser Leben endet in diesen Höhlen. Wie erbärmlich …"

„Aber junger Freund!" Kurt flatterte auf seine Schulter. „Reiß dich zusammen! Wir sind erst verloren, wenn wir aufgeben. Und das habe ich für meinen Teil jedenfalls noch nicht vor." Er schmiegte seinen Kopf an Gerriths Wange und versuchte, ihn zu beruhigen. „Passt auf, ich habe eine Idee!" Er winkte die anderen mit seinem Flügel heran. „Ich werde nach einem neuen Ausgang für uns suchen. Ihr wartet hier, bis ich wieder da bin, und in der Zwischenzeit …", Kurt plusterte sich auf und schüttelte sein Federkleid, „in der Zwischenzeit bildet ihr zwei Gruppen."

„Wir sollen uns trennen?", erkundigte sich Gutta erstaunt.

„Aber ja! Jede Gruppe erledigt ihre Aufgabe und wir treffen uns dann draußen auf dem Kastanienbaum wieder. Überlegt doch mal! Wir sind viel schneller hier weg, wenn wir uns aufteilen und nicht alles zusammen machen."

„Hm, da ist was dran", sagte die Großmutter.

„Die Hexe hat leider die Tür zum Brutraum zugemauert. Also muss eine Gruppe raus und durch den Eingang auf der anderen Seite in die Brutkammer. Dort kümmert sie sich dann um die Knochenkrieger, die da liegen. Die zweite Gruppe nimmt sich diesen magischen Tisch hier vor." Er zeigte mit dem Schnabel auf das schwebende Hautstück.

„So machen wir das!" Gutta ging zu dem Bücherstapel, auf dem der Rabe saß, und hielt ihm ihren Arm hin. „Gute Idee, Kurt. Komm, ich bringe dich zur Tür." Kurt hüpfte auf ihren Arm und sie gingen zur Tür, die in den Gang hinausführte. „Aber pass bloß gut auf dich auf, hörst du?", flüsterte Gutta, als sie die Tür einen Spaltbreit geöffnet hatte.

„Habe ich vor", entgegnete Kurt. „Glücklicherweise habe ich ja ein unauffällig dunkles Gefieder. Ist eine tolle Tarnung! In meiner Jugend fand ich das ja immer etwas, wie soll ich sagen, ätzend, weil es so gar nichts Besonderes an sich hatte. Aber ich stelle immer wieder fest: Es hat doch sein Gutes! Mein Onkel Seppo, zum Beispiel, der war ja ganz anders! Durch einen dummen Zufall hatte er ein kobaltblaues Gefieder. Könnt ihr euch das vorstellen? Kobaltblau! Das sah sehr cool aus, war aber eben auch extrem auffällig und …"

„Kurt!"

„'tschuldigt! Bin schon weg! Bis gleich!" Er breitete die Flügel aus und kurz darauf segelte er aus ihrem Blickfeld.

„Hoffentlich passiert ihm nichts“, sagte Gerrith, als Gutta die Tür wieder geschlossen hatte. Eine tiefe Sorgenfalte bildete sich auf seiner Stirn.

„Ach was, mach dir keine Sorgen. Unser kleines Genie schafft das schon.“ Gutta strich ihm über die Wange. „Und jetzt“, rief sie und klatschte dabei in die Hände, „teilen wir uns auf!“

Nun redeten auf einmal alle wild durcheinander. Kai bestand darauf, in einer Gruppe mit Sandra zu sein. Diese fand seine Besorgnis zwar rührend, aber keineswegs notwendig. Sie war überzeugt, dass die anderen sie ebenso gut beschützen konnten. Das wiederum bejahte Gangolf lauthals. Gutta warf ein, dass jede Gruppe unbedingt aus Menschen und Vampiren bestehen müsse, damit eine eventuell notwendige Flucht auch durch die Luft erfolgen konnte. Dafür erntete sie Beifall von der Großmutter und erschrockene Blicke von Gerrith, den das Wort „Flucht“ wieder vor Angst schlottern ließ.

Da erhob plötzlich Gutta den Zeigefinger.

„Pssst! Hört ihr das?“, zischte sie.

Die anderen verstummten schlagartig. Dann vernahmen sie es auch. Da war etwas … an der Tür. Ein leises, hohles Geräusch.

Klack! Klack! Klack!

Es hörte auf.

Dann kam es wieder.

Klack! Klack! Klack!

Keiner wagte, einen Mucks zu machen.

Dann schrie Gerrith auf. „Um Teufels willen!“ Er stürmte zur Tür.

„Kurt, bist du das?“

„Nein, hier steht nur noch mein Geist vor der Tür. Mein Körper wurde soeben aufgespießt.“

„Waaas?“

„Herrje, mach endlich die Tür auf! Natürlich bin ich es!“

Gerrith wischte sich kurz mit dem Handrücken über die Stirn und drückte dann die Türklinke hinunter. Kopfschüttelnd stolzierte Kurt in den Raum.

„Wolltet ihr mich da draußen versauern lassen?“, fragte er gekränkt. „Nicht dass da Hunderte von diesen Knochengerüsten hätten vorbeikommen können.“ Er flatterte auf den Esstisch und knabberte mit beleidigter Miene an einem Stück Brot. „Also ehrlich! Ich habe da eine Ewigkeit geklopft!“

„Entschuldige, Kurt! Wir wollten uns in Gruppen aufteilen und haben dich erst gar nicht gehört“, sagte Oma Flammersfeld.

„Aha. Na ja, Schwamm drüber.“ Kurt kratzte sich mit einer Kralle am Hals. „Und“, fragte er dann, „habt ihr eure Gruppen?“

„Ähm … nein.“

„Warum nicht?“

„Wir waren noch in der Diskussion.“

„In der Diskussion? Was gibt es da denn groß zu diskutieren? Also, Leute … Ts! Ts! Ts!“ Er schüttelte den Kopf. „Das ist doch nun wirklich kein Hexenwerk. Kai, Sandra und Gerrith, ihr kümmert euch um das Buch, den Knochen und das Hautstück hier. Gutta, Gangolf, Frau Flammersfeld und meine Wenigkeit nehmen sich die Brutkammer vor.“ Er wippte von einem Bein auf das andere. „So einfach geht das. Noch Fragen?“

„Äh … nein.“

„Schade.“ Kurts Stimme klang irgendwie eingeschnappt. „Sonst hätte ich euch nämlich noch erzählt, dass unser Weg nach draußen ein breiter Lüftungsschacht sein wird, der rechts neben der Vorratskammer in einer Nische beginnt. Ist gar nicht zu verfehlen und führt zu ein paar Büschen, die nicht sooo weit von unserem Treffpunkt, dem Kastanienbaum, entfernt sind. Um übrigens zur Vorratskammer zu kommen, müsst ihr diesen Raum verlassen und euch rechts halten. Dann den zweiten

Gang links und immer geradeaus. Ich meine, nur für den Fall, dass Bedarf an dieser Info besteht ..."

Sandra streichelte ihm über den Kopf. „Tut uns leid, Kurt. Ehrlich."

Der Rabe hüpfte auf ihren ausgestreckten Arm.

„Ein Hoch auf unseren mutigen Freund!", rief Sandra und hielt Kurt in die Höhe. „Ein Hoch auf Kurt! Den besten Raben auf der ganzen weiten Welt!"

DER ZERSTÖRUNG ERSTER TEIL

Bevor sie den anderen durch die Tür folgte, schaute sich Oma Flammersfeld noch einmal nach ihm um. Kai konnte ihre Angst riechen, ihren Zweifel. Ein leichtes Kribbeln überlief ihn: Mitgefühl. Kai schloss kurz die Augen und genoss dieses Gefühl, das er inzwischen nur noch selten verspürte.

„Bis nachher“, flüsterte seine Oma und schloss leise die Tür hinter sich.

Nun ist es also so weit, dachte Kai. Zum ersten Mal waren sie nicht mehr alle zusammen. Er atmete tief durch und drehte sich dann zu Sandra und Gerrith, die vor dem Zaubertisch standen.

„Wir müssen vorsichtig sein, vielleicht gibt es einen Schutzzauber“, sagte Gerrith gerade.

„Vielleicht.“ Kai stellte sich neben Sandra und betrachtete den Knochen, der sich vor ihm in der Luft drehte.

„Wie wäre es denn, wenn …“ Gerrith schob sein

Gesicht ganz nah an das Hautstück heran. „Hm …“, murmelte er und begann, den Raum abzusuchen.

„Kann man dir behilflich sein?“, fragte Sandra.

„Weiß noch nicht. Ich bräuchte …“ Gerrith kam hinter einem Regal hervorgekrochen. Er hielt etwas Längliches in der Hand, was Kai nach genauerem Hinsehen als Schraubenschlüssel erkannte.

„Was willst du denn damit?“, fragte er.

„Also, ich habe eine Idee.“ Gerrith stellte sich vor den Knochen und hielt den Schraubenschlüssel dagegen. „Hm, ja“, flüsterte er. „Müsste passen.“ Dann wandte er sich zu Sandra um. „Ich brauche mal eben deine Hose.“

„Hä?“

„Na ja, nicht die ganze. Nur einen Teil.“

„Einen Teil von meiner Hose?“

„Ja.“ Er räusperte sich. „Passt auf. Und zwar … Aber ihr dürft nicht lachen, ja?“

„Neeein …“

„Wir könnten die Haut durch ein Stück Stoff ersetzen. Und hiermit“, er wedelte mit dem Schraubenschlüssel, „hiermit ersetzen wir den Knochen.“ Er blickte die anderen gespannt an. „Das ist meine Idee.“

„Klingt nach einem Plan, oder?“ Kai schaute fragend zu Sandra, die zustimmend nickte. „Na schön“, sagte er und klopfte Gerrith auf den Rücken. „Dann mach!“

„Wie … ich soll das machen?“

„Logisch, es war doch deine Idee. Da gebührt dir auch die Ehre der Ausführung.“

„Ich dachte, vielleicht möchte einer von euch … Also gut …“

Kleine Schweißperlen traten ihm auf die Stirn, als er sich vor den Tisch stellte und den Knochen mit seinem Blick festhielt. Er streckte beide Arme aus. In der rechten Hand hielt er den Schraubenschlüssel fest umklammert, die linke war bereit, blitzschnell nach dem Knochen zu greifen.

„Und los.“ Mit einer Bewegung, die so schnell war, dass sie nur Kai mit seinen Vampiraugen wahrnehmen konnte, ergriff Gerrith den Knochen, riss ihn aus seiner Position und steckte den Schraubenschlüssel genau dorthin, wo eben noch der Knochen gewesen war. Er wippte ein paarmal hin und her und drehte sich dann langsam und gleichmäßig in der Luft wie zuvor der Knochen.

„Super! Es hat funktioniert. Es hat tatsächlich funktioniert!“ Gerrith strahlte übers ganze Gesicht

und stopfte den Knochen in seine Umhangtasche.

„Dann ist jetzt der Hautfetzen dran.“ Sandra zog ihre Hose aus und reichte sie Gerrith. Dabei fiel ein

Weihwasserfläschchen, das Kais Oma ihr vor einiger Zeit zugesteckt hatte, aus einer der Taschen. „Hoppla!“ Sie bückte sich und hob das Fläschchen auf. „Das wirst du vermutlich nicht brauchen“, sagte sie lachend und drückte Gerrith die Hose in die Hand.

Dieser begann sofort mit seinen scharfen Zähnen am Hosenbein herumzuknabbern und musterte dabei immer wieder das Hautstück. Nach kurzer Zeit gab er Sandra die Hose zurück. An einem Hosenbein fehlte nun ein Stück Stoff, das Gerrith in der Hand hielt und in der Größe mit dem Hautstück verglich.

„Gut“, sagte er leise, „an der oberen linken Ecke ist mein Stück ein wenig größer geraten. Aber ich denke, es müsste gehen.“

„Unglaublich!“ Sandra hatte ihre Hose wieder angezogen und steckte das Weihwasserfläschchen in die Tasche zurück. „Sieht total gleich aus.“

„Bis auf die linke Ecke, schau mal.“

„Ach, ich bitte dich. Das fällt doch gar nicht auf!“ Sie betrachtete das Loch in ihrem Hosenbein. „Hm, das allerdings schon.“

Gerrith grinste. „Ist ja für eine gute Sache.“ Er trat wieder ganz nah zum Tisch und konzentrierte sich. In seiner rechten Hand hielt er nun das Stück

Stoff von Sandras Hose, die linke streckte er dem Hautfetzen entgegen. Dann rief er plötzlich: „Jetzt!" Im nächsten Augenblick hielt er das Hautstück in der Hand und der Hosenstoff schwebte über dem Tisch. Mit einem knisternden Geräusch spannte er sich, sodass es aussah, als würde er von unsichtbaren Fäden straff auseinandergezogen.

„Geschafft!" Sandra machte vor Freude einen Satz in die Luft. „Du bist ein Genie, Gerrith!", rief sie. Kai konnte sich ein Schmunzeln nicht verkneifen, als er sah, wie Gerrith errötete.

„Ach kooomm …" Weiter kam er nicht.

Zuerst klang es wie ein Rauschen. Ein Rauschen von Blättern, von Seiten, die durcheinanderwirbelten. Dann mischte sich ein Knistern darunter, fast wie ein Ächzen, und schließlich schlug das Zauberbuch die Augen auf.

„Was ist denn hier für ein Tumult?" Zwei große Augen schauten unter schweren Lidern aus zerknautschtem Leder hervor, rollten von einer Seite auf die andere und blickten sich um. „Hatte gerade sooo schön geträumt …"

Das Zauberbuch gähnte ausgiebig. In seinem breiten Mund, der unterhalb der Augen in dem Einbanddeckel erschienen war, befanden sich kurze, spitze Zähne. „Hieß es nicht, ich hätte Feierabend?

Hach, es bleibt einem aber auch nichts erspart … Oh!“ Die Augen traten noch weiter hervor und starrten entgeistert auf den Schraubenschlüssel und den Hosenstoff. „Nanu? Was’n das?“ Dann musterte das Augenpaar Kai, Sandra und Gerrith.

„Wer seid ihr denn?“ Die Stimme hallte dumpf im Gewölbe wider. „Habt ihr hier etwa rumgepfuscht?“, fragte das Buch weiter und blickte verwirrt auf Hosenstoff und Schraubenschlüssel. Dann entdeckte es den Hautfetzen in Gerriths Hand. „Aha! Dacht ich’s mir doch! Aber so nicht, meine Herrschaften, so nicht! Ihr tauscht das sofort wieder aus, habt ihr gehört? Wo kommen wir denn da hin? Einer armen Hexe einfach die Zauberutensilien zu klauen, also so was!“ Aus dem Inneren des Buchs drang ein Geräusch, das sich anhörte wie das schnelle, ungeduldige Umblättern von Seiten.

Kai, Gerrith und Sandra rührten sich nicht von der Stelle.

„Was jetzt?“, zischte Sandra in Kais Ohr.

Doch Kai zuckte nur mit den Schultern.

Das Buch starrte sie mit seinen großen Augen an. Als Gerrith das Hautstück in seiner Umhangtasche verschwinden ließ, keifte es: „Halt, halt, mein Lieber! Das rückst du gleich mal wieder raus! Das wird hier noch gebraucht!“

Gerrith schüttelte schweigend den Kopf.

Das Zauberbuch holte tief Luft. „Na gut, ihr habt es nicht anders gewollt!“ Seine Stimme wurde so tief, als käme sie aus dem Innersten der Erde. „Alarm, Alarm, Cylinda, wo bist du?“, brüllte es und in seinem Mund blitzten seine scharfen Zähne auf. „Einbrecher! Cylinda, komm schnell! Sie zerstören deine Arbeit!“

Kai und Gerrith hielten sich die Ohren zu. Sandra griff nach einem dicken Buch, das auf einem Stapel lag, und schmetterte es direkt auf das Zauberbuch.

„Aua!“, rief dieses und machte ein spuckendes Geräusch. Das Buch, das eben noch auf ihm gelegen hatte, flog in hohem Bogen durch den Raum und knallte gegen die Wand. „Frechheit!“ Ein grässliches Fauchen drang aus seinem Rachen.

Kai trat einen Schritt vor, streckte einen Arm aus und wollte das Zauberbuch ergreifen. Aber er zog den Arm sogleich wieder zurück, als das Buch begann, wie wild um sich zu beißen und dabei seine dolchartigen Zähne laut aufeinanderknallen ließ.

„Dein Vater hat uns zwar gesagt, wir sollen das Zauberbuch zerstören. Dass es sich wehren würde, davon hat er nichts erwähnt“, sagte er.

„Tja, wusste ich auch nicht“, antwortete Gerrith.

„Ich dachte: kaputt machen und fertig. Aber das da“, und er zeigte auf das grässliche Maul des Buches, „fasse ich nicht an!“

„Vielleicht hilft dies hier ja?“ Sandra kramte in ihrer Hosentasche und zog das Weihwasserfläschchen hervor.

„Weihwasser? Igitt!“ Gerrith verzog das Gesicht zu einer Grimasse.

Währenddessen schrie das Zauberbuch ununterbrochen „Einbrecher! Diebe! Blinde Zerstörungswut! Zu Hilfe! Cylinda, Cylindaaa!“

„Ich probier's einfach. Mit diesem Geschrei hetzt es uns sonst noch alle Knochenkrieger auf den Hals.“ Sandra öffnete die Verschlusskappe und entfernte den Sprühknopf. Sie trat an das schreiende Buch heran und schüttete fast den gesamten Inhalt der Flasche in sein geöffnetes Maul.

Schlagartig wurde es still.

Regungslos lag das Buch mit weit aufgerissenen Augen da. Aus seinem Mund, der wie ein schwarzes Loch im Ledereinband klaffte, drang ein seltsames Gurgeln.

Zunächst geschah nichts. Doch dann wurde das Gurgeln langsam lauter.

„W… Weihwasser?“, murmelte das Buch und seine Stimme klang nun so sanft und traurig, dass es einem fast leidtun konnte. „War das gerade Weihwasser? Oh, wie konntet ihr nur …“ Das Gurgeln wich einem Blubbern und aus den Mundwinkeln rann etwas Weihwasser den Einband herunter. In der Flüssigkeit schwamm ein großes „A“.

„Was mach ich denn jetzt? Was mach ich denn jetzt?“, zeterte das Buch und seine Augen rollten wild hin und her. Weitere Buchstaben, große und kleine, sowie ein paar Zahlen schwammen nun im Wasser, das über das Leder floss. „Das könnt ihr doch nicht machen … Los, holt es wieder raus! Holt das Weihwasser wieder aus mir raus!“ Aus dem Blubbern wurde ein Sprudeln und Zischen. Ab und zu sprangen Wassertropfen aus seinem Mund und platschten neben dem Buch auf den Tisch. Gerade war ein besonders dicker Tropfen auf der Tischplatte gelandet. Darin schwamm eine schwarze Acht. Schließlich stiegen Wasserblasen aus seinem Maul, in denen vielerlei Buchstaben und Zahlen tanzten. Zunächst war das Weihwasser in dünnen Rinnsalen über das Buch gelaufen, doch jetzt kam ein Schwall aus ihm heraus und durchtränkte das Leder des Einbands. Mit ihm purzelten immer mehr

Schriftzeichen und Ziffern nach draußen. Große und kleine Buchstaben, „A“ und „W“, „F“ und „G“. „Q“ schwammen neben „K“, „P“ neben „B“

und „H“ flossen zwischen dünnen Dreien und fetten Fünfen.

„Ihr Natternbrut!“, gluckste das Buch und hustete, als habe es sich verschluckt. Ein „W“ spritzte dabei auf Sandras Hose. „Cylinda, wo bist du nur?“ Es schrie laut auf, während ein Meer aus Buchstaben aus seinem Inneren quoll, als schwarzer Brei über den Tisch kroch und schließlich auf den Boden klatschte.

„Schüttet das Wasser wieder aus mir heraus, so macht doch!“ In einem seiner Augen tänzelte ein geschwungenes, rotes „R“ über die Pupille. „Noch ist es nicht zu spät. Ich verspreche auch, dass ich euch nicht verraten werde. Aber bitte, holt das Weihwasser aus mir heraus! Hach, was mach ich nur? Was mach ich nur?“ Es stockte und eine ganze Überschrift kroch wie eine Schlange aus seinem

Mundwinkel. „Ach herrje, das Kapitel über die Heilkräuter löst sich auf. Nicht das Kapitel über die Heilkräuter!“ Ein goldgelbes Ahornblatt hüpfte aus seinem Rachen und fiel auf den Boden. „Wenn ihr euch nicht beeilt, ist das Weihwasser gleich beim Inhaltsverzeichnis … Oh nein, zu spät!“

Das Zauberbuch riss seine Augen weit auf. Für einen kurzen Augenblick verharrte es, dann hauchte es ein jammervolles „Cylindaaa …“ und fiel schließlich mit einem tiefen, lauten Stöhnen in sich zusammen. Der Deckel umschloss statt der Buchseiten nur noch eine bräunliche, breiige Masse.

Kai, Sandra und Gerrith standen fassungslos vor den Resten dessen, was einmal Cylinda Catyll die höhere schwarze Magie ermöglicht hatte.

„Also, die Idee mit dem Weihwasser war offensichtlich gar nicht so schlecht“, sagte Kai und beobachtete einen Tropfen aus „H“ und „K“, der sich gerade an der Tischkante bildete. Er fuhr mit der Spitze des Zeigefingers durch den Buchstabenbrei neben dem Ledereinband. Er war warm und klebrig.

„Lass das doch, das ist ja eklig“, protestierte Gerrith und schaute angewidert zur Seite.

„Aber echt!“ Sandra reichte Kai ein Taschentuch, mit dem er sich den Finger abwischte. „Irgendwie kann es einem ja leidtun. Das arme Ding…“ Sie betrachtete den Papierbrei. „Aber immerhin, unsere Aufgabe ist erfüllt. Lasst uns schleunigst von hier verschwinden, bevor diese Cylinda Catyll noch mal auftaucht.“ Sie nahm Kai das Taschentuch wieder ab und steckte es in ihre Hosentasche. „Nichts wie raus und ab zum Treffpunkt. Kommt!“

Im Gang war es still und düster. Gleich hinter der Tür von Cylinda Catylls Zauberstube waren sie nach rechts gegangen, ganz so wie Kurt es ihnen gesagt hatte. Kai hatte die leise Hoffnung gehabt, sie würden hier irgendwo auf die anderen treffen, aber von ihnen war weit und breit nichts zu sehen oder zu hören. Sie bogen den zweiten Weg nach links ein und kamen in einen hohen, weiten Gang. Nachdem sie ihm ein Stück gefolgt waren, stupste Sandra Kai und Gerrith an, legte den Zeigefinger auf die Lippen und zeigte nach oben an die Felsendecke. Dort hingen Fledermäuse wie lange, schwarze Zapfen. Die zarten Flügel umhüllten ihre Körper, sodass nicht viel mehr als ihre spitzen Ohren herausschaute.

„Das sind ’ne ganze Menge, was?“, flüsterte sie.

„Ich will’s gar nicht so genau wissen“, zischte

Gerrith und dachte an Gerlinde. „Die sollen bloß bleiben, wo sie hängen!“

Sie marschierten weiter. Der steinige Boden wich einem Untergrund aus trockenem, festem Lehm. Auf beiden Seiten waren nun in unregelmäßigen Abständen Türen in die Wände eingelassen. Nach ein paar weiteren Metern machte ihr Weg einen Knick nach rechts und führte sie zu einem hell erleuchteten Platz.

Vorsichtig musterte Kai die Fläche vor sich. Von der Decke hing ein riesiger Tropfstein, der bis auf den Boden reichte. Um ihn herum war spiralförmig ein dickes Seil gewickelt, an dem Laternen hingen. Ihr Anblick erinnerte Kai an eine Weihnachtsdekoration. An der gegenüberliegenden Wand befand sich eine Holztür, neben der zwei Gaslampen brannten. Über ihr hing ein Schild mit der Aufschrift „Vorratskammer“. Auf dem Boden konnte Kai deutlich die Abdrücke langer, schlanker Füße erkennen – Spuren von Knochenkriegern. Voller Hoffnung prüfte er, ob da vielleicht auch Schuhspuren waren. Spuren, die von zwei kleinen Vampiren und einem Mädchen stammen könnten. Aber sosehr er seine Vampiraugen auch anstrengte – er konnte keine entdecken.

Da hallte ein ohrenbetäubender Lärm von den

Wänden wider. Es war das schrille, helle Läuten einer Alarmglocke, in das sich eine durchdringende, quäkende Frauenstimme mischte. „Alarm, Alarm! Eindringlinge in der Brutkammer! Alarm!“, wiederholte sie immer und immer wieder in gleichförmigem Ton. Kai, Sandra und Gerrith wechselten schockierte Blicke. Gerrith wurde so blass, dass Sandra es selbst im Halbdunkel des Ganges merkte.

„Okay, alle ganz ruhig jetzt!“ Sandra hob eine Hand.

„Vielleicht sind sie nicht entdeckt worden. Vielleicht sind sie auf dem Weg hierher und man hat nur die zerstörte Brutkammer gefunden“, sagte sie und hatte dabei große Mühe, eine feste Stimme zu behalten. „Wir müssen ruhig Blut bewahren, sonst werden wir unvorsichtig und das wäre gefährlich.“ Doch während sie die anderen zu beruhigen suchte, spürte sie selbst die Angst in sich aufsteigen.

Das kalte, hohe Tönen der Alarmglocke schmerzte in ihren Ohren. Noch ein paarmal mischte sich die messerscharfe Frauenstimme darunter, die immer hektischer „Alarm, Alarm! Eindringlinge in der Brutkammer! Alarm!“ kreischte und schließlich mit sich überschlagender Stimme schrie: „Alle Gruppen, die nicht an der Operation teilnehmen, in sofortige Bereitschaft!“

Auf einmal stoppte die Stimme abrupt und auch die Alarmglocke verstummte. Das Echo verhallte in den Felsgängen, dann war alles wieder totenstill.

„Wir sollten hier nicht stehen bleiben“, flüsterte Kai und blickte sich vorsichtig um. „Es wird bestimmt gleich recht ungemütlich.“

„Der Schacht war doch rechts von der Vorratskammer“, meinte Sandra und schaute zur Holztür hinüber. „Ist die Luft rein?“

Kai nickte.

„Dann los!“ Sie wollte gerade auf den Platz hinaustreten, da versperrte Kai ihr und Gerrith mit seinem ausgestreckten Arm den Weg.

„Wartet!“, zischte er. „Da ist etwas ... ein Geräusch!“ Er drängte sie wieder in den Schutz des Ganges zurück.

„Knochenkrieger?“ Sandras Herz begann zu rasen. Sosehr sie sich auch anstrengte, ihr menschliches Ohr vernahm nichts.

„Ja, ich kann deutlich das Klacken ihrer Speere hören.“

Jetzt hörte auch Sandra etwas. Ein tiefes Fauchen und Knurren kam ihnen entgegen.

„Aus welcher Richtung kommen sie?“

„Kann ich nicht sagen. Das Echo ist so stark, sie scheinen von überall zu kommen.“

„Vorsicht!“ Gerrith zeigte hinter sich in die Dunkelheit. „Da kommt etwas! Duckt euch!“ In diesem Augenblick raste eine Wolke aus dünnen, schwarzen Körpern über sie hinweg. Etwas Kaltes streifte Sandra an der Hand, schrie ihr gellend ins Ohr und verschwand dann mit einem flatternden Geräusch. Sie bedeckte ihre Augen mit den Händen. Durch die Finger sah sie ein Meer von Fledermäusen. Hunderte, Tausende dieser Tiere flogen im Zickzackkurs um sie herum, strömten wie ein Fluss aus schwarzen Leibern auf den Platz und bogen links in einen Gang ein.

Auf einmal riss sie jemand mit sich.

„Was stehst du hier noch rum?“, fauchte Kai sie an. „Willst du, dass sie dich entdecken?“ Er zeigte in den Gang, wo Knochenkrieger die Fledermäuse, die ihnen entgegenflatterten, mit Händen und Speeren beiseiteschlugen. „Los, da rein!“ Er stupste sie zur Tür der Vorratskammer, wo Gerrith bereits auf sie wartete.

„Aber der Schacht ist doch ...“, protestierte Sandra und deutete in die andere Richtung.

„Geht nicht, von dort kommen sie auch. Also, rein jetzt!“

„Da rein? In die Vorratskammer?“

„Weißt du etwas Besseres?“ Kai packte sie und

schleifte sie mit sich durch die Tür. Gerrith folgte ihnen, zog schnell die Tür zu und drehte den Schlüssel herum, der im Schloss steckte.

„Puh, geschafft. Ich dachte schon, jetzt kriegen sie uns“, seufzte er, atmete schwer aus und drehte sich zu Kai und Sandra. „Ohne diese Fledermäuse … Uh!“

Gerrith wurde kreidebleich und sank gegen die Tür. „Ach du grüne Neune!“, zischte er. Vor ihnen befanden sich unzählige Knochenkrieger. Wie leblose Figuren standen sie in Reih und Glied, hatten ihnen den Rücken zugewandt und starrten stumm geradeaus. Aus ihren weiten Kutten schauten nur die bräunlichen Schädel heraus. Jeder umklammerte mit der rechten Hand einen Speer.

„Waren es das letzte Mal auch schon so viele?“, flüsterte Gerrith in Kais Ohr. Kai schüttelte nur den Kopf und legte einen Zeigefinger auf den Mund. Er schaute sich um und deutete auf eine kleine Tür an der gegenüberliegenden Wand. Gerrith und Sandra nickten ihm zu. Sie pressten ihre Körper fest an die Felswand und rutschten, ohne die Krieger aus den Augen zu lassen, Schritt für Schritt langsam an der Wand entlang.

Sandra blickte abwechselnd von den Knochenkriegern zur Tür. Je näher sie dieser Tür kamen, desto leichter wurde ihr ums Herz. Was immer sie hinter der Tür erwarten mochte, es konnte nicht schlimmer sein als die Anwesenheit dieser schrecklichen Kreaturen.

Gleich … gleich hatten sie es geschafft. Es fehlten nur noch ein paar Schritte. Wenn nur kein Krieger sich jetzt umdrehte … Kai, der voranging, musste doch schon fast mit den Fingern die Klinke erreichen können. Sie sah, wie er den Arm ausstreckte. Lautlos öffnete er die Tür und schlich in den dahinterliegenden Raum. Sandra machte einen schnellen Satz und folgte ihm. Gerrith trat als Letzter über die Schwelle, schloss vorsichtig die Tür und lehnte sich gegen sie.

„Wenn die uns erwischt hätten …“ Er wischte sich mit dem Ärmel den Schweiß von der Stirn. „Aber wir mussten ja auch ausgerechnet in die Vorratskammer.“

„Wo hätten wir uns denn sonst verstecken sollen?“, fragte Kai spitz.

„Ich mein ja nur.“ Gerrith stieß sich von der Tür ab. „Wo sind wir hier wohl?“

Der ganze Raum war mit hohen Kleiderständern gefüllt, auf denen dicht an dicht Kutten hingen, wie sie die Knochenkrieger trugen. Alle hatten die gleiche Größe und das gleiche dunkle Braun.

„Sieht nach einer Kleiderkammer aus", flüsterte Sandra, ging zwischen zwei Ständern entlang und fuhr dabei mit der Hand durch die Kutten. „Die hätten wenigstens für ein bisschen mehr Licht sorgen können. Ist ziemlich düster hier." Sie drehte am Rädchen einer Lampe, die in einer Nische stand. Sofort wurde es heller. „Na also, geht doch."

„Das sind ja Unmengen von Kutten", sagte Kai und dachte mit Schaudern daran, für wie viele Knochenkrieger sie wohl sein mochten. Seine Oma und die anderen fielen ihm wieder ein. Er hoffte so sehr, dass sie es geschafft hatten, aus dem Brutraum zu entkommen.

„Ist da wer?" Irgendwo wurden Kleiderbügel auseinandergeschoben. „Hallo?" Jemand kam zwischen den Ständern auf sie zu. Sandra riss drei Kutten von den Bügeln, drückte Kai und Gerrith zwei davon in die Hand und gab ihnen ein Zeichen, sie überzuwerfen. Im nächsten Augenblick wurden direkt vor ihrer Nase die Kleiderbügel mit einem kräftigen Ruck beiseitegeschoben und ein großer, schwarzhaariger Mann stand vor ihnen. Es war Bertram von Brabant, der belgische Botschafter.

„Sieh einer an, wen haben wir denn hier?" Er klopfte mit den Fingern an die Stange eines Kleiderständers. „Ihr seid ganz schön spät dran für die

Einkleidung.“ Er musterte ihre viel zu langen Ärmel und die riesigen Kapuzen, die ihre Gesichter verhüllten.

„Wieso hat euch dieser Siebenschein noch nicht mit Speeren ausgestattet? Muss man hier eigentlich alles selbst machen?“ Er schüttelte den Kopf. „Es geht gleich los. Zu welcher Einheit gehört ihr?“

Er bekam keine Antwort.

„Sprechen klappt noch nicht so, was?“, knurrte Bertram. „Ts, jetzt stecken sie schon Halbfertige in die Einheiten. Also, so was …“ Er ging zu einem Schrank, öffnete ihn und griff nach drei Speeren. „Eine Schande ist das“, schnarrte er und drückte Kai, Sandra und Gerrith je einen davon in die Hand. „Eine echte Schande. Nur, auf mich will ja keiner hören. Typisch. So, und nun aber Marsch!“ Er ging zur Eingangstür, riss sie auf und winkte sie in die Vorratskammer. „Na los, hopp, hopp! Nicht so langsam! Und schön hinten anstellen und ruhig sein, klar?“ Er schubste sie unsanft über die Schwelle.

Aus der vordersten Reihe kam ein Knochenkrieger angelaufen und musterte die Neuankömmlinge.

„Halbfertige!“, schnarrte der Belgier verächtlich.
„Die gehören wohl noch zu eurer Einheit. Ganz nach hinten mit ihnen!“ Er drehte sich um, ver-

schwand wieder in der Kleiderkammer und knallte die Tür hinter sich zu.

Der Knochenkrieger neigte den Kopf etwas zur Seite, schob das Gesicht ganz nah an sie heran und starrte sie argwöhnisch an. Mit einem tiefen Gurren machte er sich schließlich davon und begab sich zurück auf seinen Posten. Nun bildeten Kai, Sandra und Gerrith die letzte Reihe der Armee aus Knochenkriegern.

Alle schienen, wie aus Stein gemeißelt. Keiner der Knochenkrieger bewegte auch nur den kleinen Finger.

So reglos, als seien sie tot, dachte Kai, als er unter seiner Kapuze hervorsah. Er wagte einen verstohlenen Blick zur Seite, wo Gerrith stand. Der arme Kerl schlotterte so sehr, dass seine ganze Kutte zitterte.

„Hey“, zischte er ihn an, „hör auf, so mit den Zähnen zu klappern. Sonst fällt dir noch dein Speer aus der Hand.“

„I… ich ha… hab aber sol… solche Angst.“

„Reiß dich um Teufels willen zusammen, das darf keiner sehen!“

„W… werd’s vers…suchen.“ Gerrith blickte verzweifelt zu Sandra, die ihm aufmunternd zuzwinkerte. Sie blickten jedoch wieder wie all die anderen

Krieger starr nach vorn, als auf der Empore Schritte zu hören waren.

„Es ist soweit!“ Eine dunkle Stimme hallte durch den Raum. Sie war so durchdringend und klang so unheimlich, dass es Sandra kalt den Rücken hinunterlief. Vorsichtig schielte sie unter ihrer Kapuze hervor zum Geländer. Dort standen Rufus Wankelmann und Wieland von Wünschelsgrund. Letzterer war dicht an die Brüstung getreten und nickte zufrieden, als er seinen Blick über die Schar der Knochenkrieger gleiten ließ. Dabei blitzten seine Augen hin und wieder rot wie glühende Kohlen unter der breiten Hutkrempe hervor.

„Die große Nacht ist nun gekommen!“ Wieland zeigte mit einer ausholenden Geste auf seine Krieger. „Eure Nacht ist gekommen. Die internationale Konferenz der Interessenvereinigung der Vampire von Kleinfriedhöfen hat begonnen!“ Bei den letzten Worten schwoll die Stimme fast zu einem Brüllen an und seine Kämpfer antworteten ihm mit dem rhythmischen Aufstampfen ihrer Speere. „In eurer Geschicklichkeit, in eurem Kampfgeist liegt nun das Gelingen unserer Mission. Kämpft, kämpft und seid siegreich. Nieder mit den Vampiren!“

Die Krieger fielen mit einem markerschütternden, gurgelnden Fauchen in seine Rede ein, begleitet vom dumpfen Stampfen ihrer Speere. Immer noch rührten sie sich keinen Zentimeter von der Stelle. Da begann plötzlich der Boden unter ihren Füßen zu beben.

Gerrith schrie vor Schreck laut auf, was glücklicherweise in dem Getöse nicht weiter auffiel. Der ganze Raum erzitterte. Feiner Sand und Bartflechtenfäden rieselten von der Decke auf sie nieder. Kai und Sandra umklammerten fest ihre Speere. Vor der ersten Reihe der Knochenkrieger, dort, wo sich besonders viele Erdklumpen und kleine Steine von der Decke lösten und herabfielen, tat sich auf einmal das Gestein auf. Die Felswand versank unter ohrenbetäubendem Lärm in der Erde. Als sie ganz verschwunden war, gähnte nur noch ein riesiges Loch im Fels und gab den Blick auf den Wald frei.

Es wurde totenstill. Die Krieger standen reglos da wie Zinnsoldaten auf einem Spielfeld. Rufus und Wieland blickten zufrieden auf sie herab. Über Wankelmanns Gesicht huschte ein selbstgefälliges Grinsen.

„Jetzt!", donnerte Wieland und richtete sich kerzengerade auf. Seine ausgestreckte Hand wies in die

die Dunkelheit des Waldes. „Keine Gnade für Vampire!"

Sofort ging ein Ruck durch die Knochenkrieger.

Eine Reihe nach der anderen setzte sich in Bewegung und marschierte geräuschlos wie eine Geisterarmee hinaus in die Finsternis. Kai, Sandra und Gerrith folgten in der letzten Reihe.

Auf der Empore wandten sich Rufus und Wieland zum Gehen. Dabei blickte sich Wieland noch einmal um und sah die drei kleinen Kuttenwesen am Ende der Formation.

„Halbfertige", flüsterte er und stupste Rufus an. „Halbfertige mit …" Er streckte seine Nase etwas vor, weitete die Nasenflügel und atmete tief ein. „Mit … einem ziemlich seltsamen Geruch." Er und Rufus grinsten einander an und verließen dann ohne ein weiteres Wort die Galerie.

DER ZERSTÖRUNG ZWEITER TEIL

Kurt landete zielsicher auf der Schulter von Kais Oma und machte es sich bequem. „Hier um die Ecke, dann geradeaus, noch mal um die Ecke und dann ist da schon die Tür zur Brutkammer."

„Aha", schmunzelte Kais Großmutter. „Keine Knochenkrieger unterwegs?"

„Nicht einer!"

„Seltsam, aber umso besser für uns."

„Von mir aus kann's auch dabei bleiben", flüsterte Gutta.

„Angst?", neckte Gangolf.

„Du nicht?" Sie schaute ihren Bruder an, dessen Lippen sich zu einem hämischen Grinsen verzogen hatten. „Pah! Tu doch nicht so heldenhaft!" Sie gab ihm einen Klaps auf den Rücken und machte eine abweisende Handbewegung.

Sie schlichen vorsichtig um eine Ecke, folgten dem Gang und bogen dann noch einmal um eine

Ecke. Schließlich standen sie tatsächlich vor der Tür, über der das Schild mit der Aufschrift „Brutkammer“ hing.

Gangolf fasste die Klinke. „Hoffentlich ist sie nicht … Oh nein!“

„Was? Was ist?“ Gutta schluckte. „Ist sie etwa abgeschlossen?“

„Nö.“ Gangolf drückte den Griff hinunter, zog die Tür auf und winkte seine Schwester und Oma Flammersfeld in die Kammer. „Kleiner Scherz am Rande“, murmelte er und lachte, wofür er von Gutta einen Stoß in die Rippen bekam.

„Jetzt wird es erst richtig spannend.“ Gangolf zog sachte die Tür wieder hinter sich zu und drehte den Schlüssel im Schloss herum. Mit einem prüfenden Blick vergewisserte er sich, dass das hohe Fenster des Raumes noch immer mit den schweren Vorhängen abgedunkelt war und sie von außen nicht gesehen werden konnten.

„Schaut mal, das ist der Krieger, den Cylinda vorhin erst geschaffen hat!“ Die Großmutter zeigte auf einen Glaskasten in der Mitte des Raumes, in dem ein Knochenkrieger lag, der etwa so groß wie Gutta war. Seine leeren Augen starrten zur Decke.

„Bist du sicher?“ Gangolf lief durch die Reihen der Brutbehälter zu Oma Flammersfeld.

„Absolut. Ich habe sie doch durch das Schlüsselloch beobachtet. Sie hat genau hier gestanden und mit dem Zauberstab Lichtkugeln ins Wasser geschossen."

„Wahnsinn!" Gutta trat zu ihnen und ging um den Behälter herum. „Wie kann der so schnell gewachsen sein?"

„Gute Ernährung wahrscheinlich", krächzte Kurt. „Wie meine Urururoma Gertel immer zu sagen pflegte: Gut gegessen ist halb gewachsen!"

„Ach was!"

„Aber ja! Sie selbst hielt sich immer für das beste Beispiel ihrer Theorie. Sie war nämlich etwas kleinwüchsig, wisst ihr … Das hat sie immer auf die schlechte Ernährung in ihrer Kindheit geschoben."

„Deine Urururoma war also ein Gnomrabe?"

„Ja, wieso? So etwas gibt es auch bei Raben!", trompetete Kurt. „Sie hat dann in ihrem späteren Leben immer vorzüglichst gespeist. Das Beste war ihr gerade gut genug. Deswegen ist sie wahrscheinlich auch so alt geworden." Er stockte kurz und fuhr dann in verträumtem Ton fort: „Ach ja, die gute Oma Gertel. Eine Liebe war das, ehrlich. Leider starb sie auf etwas unschöne Weise …"

„So? Darf man fragen, wie?", wollte Gangolf wissen.

„Sie starb beim Popcornmachen."

Nun horchte auch die Großmutter auf. „Bitte?"

„Sie hatte einmal bei Menschen beobachtet, wie sie Popcorn herstellten. Diese springenden weißen Dinger fand sie ausgesprochen witzig und wollte sie unbedingt probieren. Also beschloss sie, selbst Popcorn zu machen und besorgte sich Maiskörner."

„Aber ein Rabe kann doch keinen Herd bedienen? Zum Popcornmachen muss man den Mais aber erhitzen!"

„Natürlich hatte sie keinen Herd. Aber sie war ja nicht auf den Kopf gefallen, unsere Oma Gertel. Also schlüpfte sie mit ihren Maiskörnern unter die Motorhaube eines Autos, das gerade erst geparkt worden war. Ich hörte noch, wie sie sagte, da sei es so richtig schön heiß, das hätte ihr vor Kurzem erst ihr Nachbar, der Marder Matze, erzählt."

„Das klingt mir aber noch nicht sehr gefährlich, wenn ihr mich fragt", sagte Gutta.

„War es auch nicht. Tödlich war erst der andere Wagen, der auf das Auto fuhr, in dem meine Oma ihr Popcorn machte."

„Oh, verstehe! Die Arme!"

„Ja, traurige Zeiten waren das damals. Traurige Zeiten."

„Du meinst also, es liegt an der Ernährung, dass

unser Freund hier schon so weit entwickelt ist?“ Oma Flammersfeld deutete auf den Knochenkrieger.

„Es könnte natürlich auch irgendein Zauber sein. Aber ich tippe auf die Nahrung!“ Kurt verließ die Schulter der Großmutter und begab sich auf einen Erkundungsflug durch die Brutkammer.

Oma Flammersfeld ließ ihren Blick gedankenverloren durch den Raum schweifen. Was für eine Welt, dachte sie beim Anblick all der Wesen in den Behältern. Wozu das alles? Nur um Tod und Zerstörung in die Welt zu bringen!

„Kurt könnte Recht haben!“ Gutta stand vor der Wand und zeigte auf ein kleines Schild, auf dem in schwarzen Lettern „Nährflüssigkeitszufuhr“ stand. Unterhalb des Schildes, knapp über dem Boden, ragte eine Vorrichtung aus dem Fels, an der ein dicker Schlauch angeschlossen war. Daneben stand ein metallenes Rädchen heraus. Gutta folgte dem Schlauch mit dem Zeigefinger. Er verlief durch die ganze Brutkammer bis an die gegenüberliegende Wand. In regelmäßigen Abständen zweigten dünnere Schläuche ab, die zu je einem Glaskasten führten.

„Sieh mal einer an …“ Die Großmutter fuhr sich durch das ergraute Haar. „Das wäre doch was …“

„Was meinst du?“, fragte Gangolf.

„Ach, mir schoss da nur gerade eine Idee durch den Kopf. Wir könnten natürlich einen Knochenkrieger nach dem anderen unschädlich machen. Das würde allerdings lange dauern und könnte Alarm auslösen. Richtig?“

„Richtig.“

„Aber wir könnten sie auch alle auf einmal ausschalten!“

„Wie soll das denn gehen?“

Die Oma zeigte auf die Schläuche. „Damit! Wir müssten etwas in die Flüssigkeit kippen. Etwas, was sie mit Sicherheit schachmatt setzt. Das würde sie alle zur gleichen Zeit erreichen und ... krrrch!“ Sie fuhr sich mit dem Zeigefinger über den Hals.

Gangolf klatschte in die Hände. „Ja, eine super Idee! Nur, was könnten wir in die Schläuche schütten?"

„Tja, das ist die Frage." Die Großmutter blickte sich um. „Wir bräuchten etwas, was giftig für die Monster ist. Das wird hier kaum einfach so rumstehen."

„Meinst du so etwas wie Schlangengift?", rief Kurt von irgendwo her. Seine Stimme klang seltsam dumpf.

„Wäre zumindest einen Versuch wert."

„Natter oder Viper?"

„Eine Mixtur wäre nicht schlecht …"

„Vielleicht noch ein wenig Alkohol dazu?"

„Alkohol? Als Ergänzung nicht übel!" Die Großmutter lachte. „Kurt, in dir steckt ja ein richtiger kleiner Giftmischer!"

„In mir nicht. Aber in diesem Kämmerchen hier steht alles voll mit dem Zeug."

„Was für ein Kämmerchen?"

„Ihr müsst euch schon hierherbemühen", krächzte Kurt energisch. „Ich kann die Sachen schlecht zu euch rollen."

Sie folgten Kurts Stimme und standen kurz darauf vor einer kleinen Holztür, die einen Spaltbreit geöffnet war. In dem Hohlraum dahinter raschelte es. „Hier wäre auch noch Klapperschlange … Und was ist das? Oh! Apfelkompott! Lecker!“

„Wo in aller Welt bist du denn da, Kurt?“ Gangolf riss das Türchen auf.

Der Rabe hockte auf einem Regal, das in eine Nische eingelassen war, und hüpfte zwischen Flaschen, Einmachgläsern und anderen Behältnissen herum.

„Eine etwas ungewöhnliche Zusammenstellung, Klapperschlangengift und daneben Apfelkompott. Ach ja, hier“, er stolzierte in eine Ecke des Hohlraums, „hier stehen lauter Weinflaschen, seht ihr? Sogar nach Regionen sortiert: Mosel, Saar, Pfalz, Bergstraße … Alle Achtung, da war jemand ordentlich! Ich schätze eine gewisse Ordnung, wisst ihr ja!“ Er beäugte sehnsüchtig das Glas, auf dem „Apfelkompott“ stand, flatterte dann aber pflichtbewusst zurück auf die Schulter der Großmutter.

„Dieses Zeug schickt uns der Himmel“, jauchzte diese. „Los, jeder schnappt sich Schlangengift und Wein, so viel er tragen kann. Und dann auf zum Nährstoffschlauch!“ Sie räumten fast das gesamte Regal leer und trugen die Gläser und Flaschen zu der Vorrichtung an der Wand.

„So“, sagte die Oma, nachdem sie alles auf dem Boden abgestellt hatten. „Jetzt muss es sehr schnell gehen. Ich drehe erst mal das Rad hier zu. Damit stoppt man bestimmt die Flüssigkeitszufuhr." Sie krempelte die Ärmel ihres Kleides hoch und drehte an dem Rädchen, bis es sich nicht mehr weiterbewegen ließ. „Nun muss der Schlauch vom Stutzen. Wenn er ab ist, schütten wir alles in ihn hinein."

Gutta und Gangolf nickten.

Kais Oma holte tief Luft. Ihre Finger näherten sich dem Verschluss und fassten ihn so vorsichtig, als ob er aus feinstem Glas wäre. Dann rief sie: „Jetzt!", und drehte mit schnellen Handbewegungen den Schlauch ab. Eine dunkelblaue Flüssigkeit trat heraus und rollte sich sofort in schwach leuchtende Kügelchen zusammen, die munter über den Boden kullerten. Gutta und Gangolf schraubten Gläser und Flaschen auf und schütteten den teuflischen Inhalt in den Zentralschlauch. Das Gemisch aus Wein und Gift verschwand glucksend darin. Als sie die letzte Flasche geleert hatten, schraubte Oma Flammersfeld den Schlauch wieder an dem Stutzen fest und drehte das Rad auf.

Eine unheimliche Stille legte sich über die Brutkammer, während Gutta, Gangolf, Oma Flammersfeld und Kurt gebannt die Glaskästen beobachteten. Feine Luftperlen stiegen auf, schlängelten sich um die Körper der Knochenkrieger und zerplatzten lautlos an der Wasseroberfläche.

Plötzlich schrie Gangolf auf. „Da! Es geht los!“ Er zeigte auf den Brutkasten, der direkt vor ihnen stand. Ein dunkler, fliederfarbener Nebel kroch dort auf einmal über den Boden des Glases und breitete sich aus. Er wälzte sich über den Grund und waberte schließlich an die Scheiben, wo er sich wie eine Welle aufbäumte, um dann in sich zusammenzufallen. Die Luftblasen wirbelten die Wolke auf und verteilten sie im gesamten Becken, das nun lila schimmerte.

„Hier drüben tut sich auch etwas!“ Gutta ging zu einem anderen Kasten, der etwas weiter in der Mitte stand. Sie betrachtete die Nebelschwaden, die sich mit dem Wasser vermischten. Mittlerweile tauchte ihre Mixtur in immer mehr Glasbehältern auf und verfärbte das Wasser.

„Es funktioniert! Das Gift verteilt sich“, sagte Gangolf aufgeregt.

„Hoffen wir, dass es auch wirkt!“ Kais Oma sah zu, wie eine weitere Reihe von Brutkästen eine lila Färbung annahm, als sich das Wasser in einem Behälter neben ihr plötzlich zu bewegen begann. Der Knochenkrieger darin zitterte. Zunächst war es nur ein schwaches Vibrieren, welches das Wasser kräuselte. Doch dann wurde es stärker und stärker und schließlich bebte der Krieger so, als ob Strom durch ihn hindurchfließen würde. Im nächsten Moment schoss er mit dem Oberkörper aus dem Wasser und stieß ein markerschütterndes Fauchen aus. Seine Hände verkrampften sich, die Finger krümmten sich nach innen und die Nägel schnitten in die ledrige Haut. Auch aus den anderen Brutkästen schnellten nun die Krieger empor. Viele fauchten und gurgelten, andere zitterten wie außer Kontrolle geraten, ohne einen Laut von sich zu geben. Nach einer Weile glitten die Ersten still und schlaff ins Wasser zurück und sanken auf den Boden ihrer Brutkästen. Kreatur um Kreatur verstummte. Zuletzt plätscherte nur noch aufgewühltes Wasser gegen die Scheiben der Behälter. Bis auch dieses Geräusch versiegte und wieder eine unwirkliche Stille einkehrte.

„Sind sie …" Gutta schluckte.

„Tot? Glaub schon." Die Oma ging vorsichtig an einen der Glaskästen heran und betrachtete den darin liegenden Körper. „Sieht zumindest so aus."

„Das war aber echt … eklig." Gangolfs Stimme zitterte.

„Total!" Gutta schauderte. Sie hatte das Gefühl, als liefen lauter Ameisen auf ihr herum, so kribbelte ihre Haut.

Die Großmutter legte die Hände auf Guttas und

Gangolfs Rücken. „Unsere Aufgabe hier ist erledigt. Kommt, verschwinden wir."

„Nichts lieber als das." Gutta wandte ihren Blick von den toten Knochenkriegern ab.

Auf einmal rüttelte es an der Tür.

„Was?", ertönte es von draußen.

„Zugeschlossen", polterte eine zweite Stimme.

Die Großmutter zeigte hastig auf einen Glasbehälter, der dicht neben der Tür stand. Gutta und Gangolf nickten, huschten eilig dahinter und duckten sich. Kurt drängte sich zwischen sie. In diesem Moment wurde die Tür aufgestoßen.

„So geht das, mein Lieber."

Durch das violette Wasser hindurch sahen sie, wie das Skelett hereinkam, Thomas folgte ihm. „Hat halt nicht jeder so dürre Knochenfinger, die er zum Schlossknacken benutzen kann", grummelte er missgelaunt.

„Pah, Neidhammel!" Das Skelett lachte rau und laut. „So, jetzt lass uns mal nachsehen, was hier los ist." Es machte ein paar klackende Schritte durch den Raum. „Wo ist denn dieser blöde Anschluss für den Nahrungsschlauch?"

„Na, da drüben!" Thomas zeigte geradeaus auf den Felsen.

„Ah ja!" Der Knochenmann ging zu der Wand

und betrachtete die Anschlussstelle. „Hm, sieht ja eigentlich alles ganz in Ordnung aus.“ Er beugte sich ein wenig weiter nach unten. „Wieso hat das System dann Alarm geschlagen?“

Hinter ihrem Glaskasten schauten sich Gutta, Gangolf und Oma Flammersfeld mit weit aufgerissenen Augen an.

„Keine Ahnung“, sagte Thomas. „Vielleicht spinnt ja auch das System.“

„Ach herrje, was ist denn das?“ Das Skelett richtete sich wieder auf und hielt eine Flasche in die Luft.

„Und schau mal!“ Thomas zeigte auf einen der Brutkästen. „Das Wasser ist ganz lila!“

„Waaas? Lila?“ Das Skelett rannte zu ihm. „Ach, du grüne Neune! Der ist ja kaputt!“

„Kaputt?“

„Ja, kaputt!“ Er gab Thomas einen leichten Klaps auf den Hinterkopf. „Schau doch mal seine Augen an! Ganz trübe.“

Gutta spürte, wie jemand mit der Fingerspitze auf ihre Schulter trommelte. Sie blickte zur Seite und sah ihren Bruder auf die geöffnete Tür neben ihnen deuten.

„Jetzt oder nie!“, zischte er.

Gutta nickte und schlich in gebeugter Haltung

aus der Tür hinaus. Gangolf und Oma Flammersfeld folgten dicht hinter ihr.

Sie hörten noch, wie das Skelett rief: „Ja, glaubt man das denn? Die sind ja alle hin! Schnell, Thomas, drück den Knopf für den Generalalarm. Los!" Sogleich gellte eine höllisch laute Frauenstimme in ihren Ohren.

„Alarm, Alarm! Eindringlinge in der Brutkammer! Alarm!"

„Alarm, Alarm! Eindringlinge in der Brutkammer! Alarm!"

„Alarm, Alarm! Eindringlinge in der Brutkammer! Alarm!"

„Wir müssen dort entlang! Folgt mir!" Kurt versuchte, gegen den Lärm anzukrächzen. Sie rannten um eine Ecke und kamen in einen breiten, spärlich beleuchteten Gang. „Bleibt dicht an der Wand!", rief er. Die anderen folgten ihm.

Von überall her drang das dumpfe Fauchen der Knochenkrieger und das Klacken ihrer Speere zu ihnen. Türen wurden zugeschlagen. Irgendwo splitterte Glas. Das Skelett rief den Knochenkriegern etwas zu.

„Ist es noch weit?", japste Gutta und erhaschte im Vorbeirennen einen Blick auf eine Tür, über der das

Schild „Vorratskammer“ angebracht war. „Ich habe das dumme Gefühl, sie kommen von allen Seiten.“

„Frag nicht so viel, lauf lieber schneller!“ Gangolf schnappte ihre Hand und zog sie mit sich.

„Warum fliegen wir nicht einfach?“, keuchte Oma Flammersfeld völlig außer Atem.

„Deswegen!“ Gutta zeigte an die Decke, wo dicke Knoblauchknollen von den Steinen baumelten.

Kurt flog mittlerweile so hoch, dass seine Federn fast den Knoblauch berührten. „Ich schau mal eben nach, wie's weiter vorne aussieht!“, rief er und war verschwunden. Innerhalb von Sekunden aber kam er mit kräftigen Flügelschlägen zurück. „Halt! Da kommen welche! Da kommen welche!“ Er setzte sich auf die Schulter der Großmutter.

„Dort hinten war eine Tür, gehen wir da hin!“, schlug Gutta vor.

„Keine sehr hübsche Idee. Die Damen, der Herr ... Guten Abend!“ Aus dem Halbdunkel löste sich eine Gestalt. Gutta, Gangolf und Oma Flammersfeld drückten sich vor Schreck dicht an die Felswand. Vor ihnen trat Herr Siebenschein in das Dämmerlicht einer Gaslampe.

„Ist das nicht die charmante Dame, an deren Adresse ich vor einiger Zeit einen meiner Särge liefern durfte?“, fragte er ruhig mit einem Lächeln.

„Darf ich fragen, was Sie hier machen? Dies ist immerhin ein eher ungewöhnlicher Ort für einen Abendspaziergang."

Er musterte die Großmutter scharf mit seinen gelben Augen, und als ganz in ihrer Nähe das Grollen eines Knochenkriegers zu hören war, fügte er leise hinzu: „Sie wirken allerdings etwas verängstigt." Ein hämisches Grinsen umspielte seine Lippen. Er winkte sie schweigend zu sich und trat einen Schritt zurück in die Dunkelheit. Ein knarrendes Geräusch verriet ihnen, dass er eine Tür geöffnet hatte.

„Was jetzt?" Gutta schaute ihren Bruder und Oma Flammersfeld an.

„Haben wir denn eine Wahl?", fragte die Großmutter und so folgten sie Siebenschein in die Finsternis. Kaum hatten sie den Gang verlassen, eilten dort, wo sie eben noch gestanden hatten, die ersten wütenden Knochenkrieger vorbei.

„Willkommen!" Siebenschein schloss sachte die Tür. Er nahm eine Fackel aus einer Halterung an der Wand und steckte damit weitere an, die in Abständen an der Felswand befestigt waren. Der Raum war klein und niedrig, die Wände aus grob behauenem Stein. Auf seiner rauen Oberfläche zuckten die Schatten der Fackelflammen.

Siebenschein stützte sich auf einen Speer, der an der Wand gelehnt hatte, dann begann er mit ruhiger, sanfter Stimme zu sprechen. „Dies ist keine gute Umgebung für Sie. Hier ist es nicht gerade, nun, sagen wir ... vampirfreundlich." Er richtete seinen Blick auf Gutta und Gangolf.

„Sagen Sie, was machen Sie hier eigentlich?" Doch er wartete erst gar nicht auf eine Antwort, sondern lachte kurz auf und fuhr fort: „Kürzen wir das Ganze doch ein wenig ab. Meinen Sie nicht auch? Wir alle wissen im Grunde genau, was hier gespielt wird. Ihr Versuch, die Geburtsstätte der Knochenkrieger zu zerstören, war mutig. Ja, wirklich. Respekt! Aber entschuldigen Sie, wenn ich es so drastisch zum Ausdruck bringe: Ihr Vorgehen war mehr als unbeholfen."

Siebenschein kam einen Schritt auf sie zu. Dabei tasteten seine Augen immer wieder die Wände ab. „Glauben Sie etwa wirklich, Sie hätten irgendetwas damit ändern können? Ja? Glauben Sie das?" Er schnaubte verächtlich. „Auf ein paar Knochenkrieger mehr oder weniger kommt es nicht mehr an." Er schob das Gesicht ganz nah an sie heran. „Es tut mir leid, Ihnen das sagen zu müssen, aber Sie sind zu spät. Genau in diesem Augenblick verlässt ein ganzes Heer von Knochenkriegern diesen Ort."

„U… und wo gehen sie hin?“ Guttas Stimme war leise und zittrig.

„Und wo gehen sie hin?“, äffte Siebenschein sie nach. „Können Sie sich das nicht denken, junges Vampirfräulein? Zu der alten Burg. Zu der Burg tief im Wald, auf dem Hügel. Zu der Burg, auf der heute Nacht die große Versammlung der Vampire stattfindet.“ Er lächelte schadenfroh. „Zu … Mami und Papi.“ Er lachte laut auf.

Gangolf ballte die Fäuste und brüllte Siebenschein mit blutunterlaufenen Augen an: „Du … dir werd ich’s zeigen“ Auf seiner Haut trat ein feines Geäst dunkler Adern hervor

„Hoho! Nicht so hastig, junger Mann.“ Siebenschein richtete seinen Speer auf ihn. „Der ist ausgesprochen spitz und scharf. Bestes schwedisches Eisen. Durchdringt spielend Vampirhaut. Und ist…“ Er fuhr mit dem Finger über die Speerspitze und leckte ihn dann langsam mit der Zunge ab. „Und ist mit reinstem Weihwasser benetzt.“

„Was genau wollen Sie eigentlich von uns?“ Oma Flammersfeld stützte die Hände in die Hüften. „Wenn Sie uns töten wollen, hätten Sie das

doch auch Ihren Freunden da draußen überlassen können.“

„Richtig, Verehrteste. Aber ich habe nichts dergleichen vor. Im Gegenteil." Siebenschein trat zu Oma Flammersfeld und umfasste ihren Arm.

„Aua! Drücken Sie doch nicht so fest", protestierte sie und stieß seine Hand von sich. „Was soll denn das? Erzählen Sie uns endlich, was Sie mit uns vorhaben!"

„Ich möchte Ihnen helfen."

„Ach nein, was Sie nicht sagen."

„Ja!", flüsterte Siebenschein und kam sehr nah an Gutta, Gangolf und die Oma heran. „Ich möchte ihm eins auswischen."

„Wem?"

„Ich bin nicht ganz freiwillig hier, wissen Sie." Er schaute sich ängstlich um. „Kurz nachdem Sie damals bei mir waren, um den Sarg zu kaufen, tauchte plötzlich so ein komischer Kerl bei mir auf."

„Ein komischer Kerl? Was für ein komischer Kerl?", fragte die Großmutter.

Siebenschein legte den Zeigefinger an die Lippen. „Pssst! Vorsicht, nicht so laut! Die Wände hier haben überall Ohren! Wenn Sie wissen, was ich meine …?"

Oma Flammersfeld nickte.

„Er verlangte, dass ich für ihn arbeite. Ich sollte ihm beim Ausbau dieser Höhlen helfen. Und Speere sollte ich herstellen. Speere! Pah! Ich bin Schreiner, verstehen Sie? Schreiner! Meine Spezialität sind Särge. Und die mache ich verdammt gut, wenn ich das mal sagen darf. Da gebe ich mich doch nicht mit Speeren ab ..." Siebenschein schüttelte den Kopf. „Aber", fuhr er fort, „ich hatte keine andere Wahl. Er drohte mir. Schrecklich war das. Grauenvoll!"

„Wem wollen Sie denn eins auswischen?"

„Oh, ich glaube, Sie kennen ihn. Er stellte sich vor als Wieland von Wünschelsgrund. Er drohte, mir auf fürchterliche Weise das Leben zu nehmen, wenn ich mich weigerte. Auf eine Weise, der ich nicht entkommen könnte und von der niemand etwas erfahren würde." Herr Siebenschein wischte sich über die Stirn. „Sie können sich vorstellen, dass meine Treue zu ihm nicht gerade ... sagen wir ... besonders groß ist."

„Allerdings."

Sie schwiegen für einen Moment. „Können Sie uns helfen, zum Lüftungsschacht zu kommen?", fragte Gutta schließlich.

„Der Lüftungsschacht, soso." Siebenschein strich sich mit Zeigefinger und Daumen über das Kinn. „Schwierige Sache. Er ist zwar gleich hier um die Ecke, aber momentan laufen da draußen ja Unmengen von Kriegern herum. Mal überlegen ... Vielleicht könnte ich ... oh, mein Gott!“ Er riss die Augen auf. Er blickte zur Felswand hinter Kais Großmutter. Die Oberfläche erinnerte an ein verzerrtes Gesicht. Dort, wo die Augen saßen, hatte es zwei kleine Löcher.

„Wir werden beobachtet!“, zischte Siebenschein. „Dort hinten führt ein geheimer Gang durch den Felsen. Sie beobachten uns durch die Löcher in der Wand.“ Feine Schweißperlen traten auf seine Stirn. Er flüsterte ihnen noch zu: „Vertrauen Sie mir!“, dann riss er den Speer herum und richtete ihn auf Gutta, Gangolf und die Großmutter. „Und jetzt, ihr Hübschen, jetzt gehen wir!“ Siebenschein brüllte so laut, dass Kurt vor Schreck fast rückwärts von der Schulter der Großmutter gepurzelt wäre. Er zerrte die Tür auf, rief: „Raus hier!“, und scheuchte sie hinaus in den Gang.

Siebenschein trieb sie dicht vor sich her. Einmal zischte er kurz: „Sie folgen uns! Der Geheimgang verläuft direkt neben diesem Gang! Aber schauen Sie, da vorne links ist der Schacht!“

Und tatsächlich gähnte in einer Nische, nur noch ein kleines Stück von ihnen entfernt, ein großes Loch im Gestein. Der Eingang zum Lüftungsschacht! Die Großmutter atmete auf. Noch ein paar

Sekunden. Noch ein paar Sekunden und sie hatten es geschafft. Nur noch wenige Meter. Sie dachte an Kai und hoffte, dass sie ihn, Sandra und Gerrith gleich in die Arme schließen konnte. Da hörte sie ein tiefes, raues Grollen. Es klang wie das Knurren eines riesigen Hundes. Sie blickten sich um und sahen in einiger Entfernung eine Gruppe von Knochenkriegern, die sie mit ihren kalten, entseelten Augen fixierten, wie Löwen, die kurz davor sind, ihre Beute zu schlagen.

Siebenschein wurde kreidebleich. „Rennen Sie! Rennen Sie um Ihr Leben!“, brüllte er, drehte sich blitzschnell um und reckte den Knochenkriegern seinen Speer entgegen. Sofort stürzten sie auf ihn zu.

„Schnell, so gehen Sie doch!“, rief er. „Ich halte sie auf, so gut ich kann! Fliehen Sie in die Freiheit! Fliehen Sie!“

Gutta erreichte den Schacht als Erste und kletterte hinein. Ihr Bruder folgte ihr. „Wir müssen ihm doch helfen“, sagte er und stockte.

„Geh weiter! Wenn wir das tun, sind wir alle dran! Los, lauf schnell!“, rief Oma Flammersfeld und drängte ihn weiter in den Schacht hinein. Sie warf einen letzten Blick in den Gang zurück und sah noch, wie Herr Siebenschein in dem Schwarm der Knochenkrieger verschwand, die ihn wie ein Wolfsrudel umringten. Noch einmal tauchte er auf und blickte verzweifelt zu ihr herüber, dann war er in der Menge der Angreifer verschwunden.

DAS WIEDERSEHEN

Der Nachtwind strich sanft durch das Blätterdach des alten Kastanienbaums. Gutta, Gangolf, Oma Flammersfeld und Kurt saßen auf einem dicken Ast und schwiegen. Über ihnen funkelten die Sterne und tauchten die Landschaft unter ihnen in ein wohltuendes Licht. Gutta beobachtete einen Igel, der auf dem Waldboden nach etwas Essbarem suchte. Er hatte Glück, denn kurz darauf kreuzte ein unvorsichtiger Regenwurm seinen Weg.

Die Großmutter seufzte. Immer wieder sah sie vor ihrem inneren Auge Herrn Siebenscheins angsterfülltes Gesicht, kurz bevor er von der Kriegermeute überwältigt wurde. Was für ein mutiger Mensch! Er hatte sich für sie, für ihre Freiheit, geopfert. Sie blickte zu den Sternen empor und kam sich klein und unbedeutend vor.

Da fühlte sie eine Hand auf der ihren. Sie war sanft und eiskalt.

„Er war ein wirklich guter Mensch", flüsterte Gutta und lächelte tröstend. Sie selbst verstand als Vampirin nicht, was der Tod für einen Menschen bedeutete. Für sie hatte er allen Schrecken verloren. Die Großmutter nahm Guttas Hand und drückte sie. „Wenn das alles hier vorbei ist, werden wir ihn so ehren, wie es einem Retter gebührt", sagte sie leise.

Gutta nickte.

„Wo die anderen wohl bleiben?", fragte Gangolf und dachte an Gerrith, den ewigen Angsthasen. Wie er sich wohl da drinnen machte? Dann dachte er an Sandra und verspürte dabei ein leichtes Zucken in der Magengegend, das allerdings sogleich verschwand, als ihn seine Schwester anstupste.

„Sitz doch mal still!"

„Wieso still? Ich sitz doch still."

„Aber der Ast wackelt so."

„Das bin ich nicht!"

Dann spürte Gangolf es auch. Der Ast, auf dem sie saßen, zitterte. Leicht zwar, aber doch so, dass sie es merken konnten.

„Komisch ..." Oma Flammersfeld musterte den Stamm des Baums und blickte zum Abhang vor ihnen. Dort hatte sie offenbar ein Geräusch gehört.

Da sahen sie ein Wildschwein, das aufgeschreckt davonrannte. Das Zittern wurde stärker und steigerte sich, bis der Boden bebte. Aus den Baumkronen um sie herum flogen Vögel auf und flatterten krächzend in die Nacht.

„Schaut, da!“ Gutta hielt sich mit einer Hand an einem Ast fest und zeigte mit der anderen auf den Abhang. Ein tiefer Riss hatte sich dort aufgetan und der Steilhang schob sich langsam in die Erde. Licht ergoss sich aus dem Loch, das in der Felswand entstand, und malte einen breiten, hellen Streifen in den dunklen Wald. Die Erde ächzte. Ein weit ausladender Baum geriet ins Rutschen und fiel mit einem dumpfen Schlag auf den felsigen Grund. Als der Abhang gänzlich in der Erde verschwunden war, hörte das Beben schlagartig auf und der Wald lag wieder so ruhig da wie zuvor.

Oma Flammersfeld beugte sich vor und spähte zur Öffnung im Felsen.

„Ich flieg mal eben hin und schau mir das an“, krächzte Kurt und wollte sich gerade von der Schulter der Großmutter abstoßen, als ihn eine Hand kräftig niederdrückte.

„Pssst! Nicht nötig, Kurt!“ Gangolf zeigte auf die Öffnung. „Sie kommen! Wie Siebenschein gesagt hat.“

Vor ihren Augen marschierte die Armee der Knochenkrieger ins Freie. Zunächst traten sie in Reih und Glied aus dem Fels, dann jedoch lösten sie die Ordnung auf und strömten aus wie Ameisen, die ihren Bau verlassen. Lautlos huschten sie über den Waldboden und verschwanden in der Dunkelheit.

„Das hört ja gar nicht mehr auf“, zischte Gutta.

„Hoffentlich ist den anderen nichts passiert.“ Oma Flammersfeld legte besorgt die Stirn in Falten.

„Kurt, wenn sie nicht gleich erscheinen, dann musst du losfliegen und die Vampire auf der Konferenz der IVK warnen.“ Gutta sah den Raben bittend an.

„Aber klar doch …“

„Einen Moment noch.“ Gangolf kniff die Augen etwas zusammen. „Seht doch mal, was da unten kommt!“

Alle blickten zur Felsöffnung und sahen drei kleine Figuren, die in viel zu langen Kutten hinter einer Reihe Krieger in den Wald traten. Zunächst liefen sie ganz dicht hinter den Knochenkriegern, dann jedoch wurden sie langsamer und fielen zurück. Schließlich blieben sie ganz stehen. Sie blickten sich hastig um. Von den anderen Kämpfern war weit und breit nichts mehr zu sehen. Die drei steckten die Köpfe zusammen, tuschelten miteinander, rissen sich dann ihre Kutten vom Leib und warfen sie in hohem Bogen in den Wald.

Als Oma Flammersfeld die drei dort in der Lichtschneise stehen sah, fiel ihr die Anspannung wie eine tonnenschwere Last vom Herzen. Glücklich sah sie zu, wie Kai Sandra unter den Achseln packte und mit ihr und Gerrith zu ihnen heraufflog. Je näher sie dem Treffpunkt kamen, desto größer wurde die Freude in ihrem Herzen.

„Gott, bin ich froh, euch zu sehen!" Die Großmutter fiel einem nach dem anderen um den Hals und gab jedem einen Kuss.

Neben sich hörte sie ein Schluchzen. Es war Sandra, die mit der Stirn an Gangolfs Schulter lehnte und weinte. Er sah sie hilflos an, hob zaghaft eine Hand und legte sie behutsam auf ihren Kopf. „Hey, ganz ruhig", sagte er leise und legte den anderen Arm um ihre Hüfte. „Wir haben es doch geschafft..." Seine Finger fuhren sanft durch ihr rotes Haar.

Gutta strich sich den Umhang glatt und flüsterte: „Ich glaube, es wird Zeit, zur Burg zu fliegen."

„Du hast Recht." Sandra ließ sich von Gangolf in die Luft heben. Die beiden flogen sofort los. Kai umfasste seine Oma und folgte ihnen. Dann kam

Gerrith. Er segelte hinter den anderen her und genoss den Nachtwind, der sein Gesicht umspielte. Als er Gutta eingeholt hatte, drehte er sich noch einmal kurz um und schaute nach unten. Dort sah er, wie sich die Öffnung im Felsen wieder schloss, wie das Maul einer Schlange, das die unverdaulichen Reste ihrer Beute ausgespuckt hat. Nun verrieten nur noch die feinen Äderchen aus Licht auf dem Waldboden das Böse, das sich dort eingegraben hatte.

ANGRIFF DER VAMPIRJÄGER

Kais Herz schlug schneller, als er die hell erleuchtete Burg der Vampire erblickte. Seine empfindlichen Ohren hörten leise Musik. Offensichtlich hatten die Vampire es sich nicht nehmen lassen, trotz der Gefahr die erste Nacht der Versammlung mit einem Fest zu beenden. Er musste schmunzeln. Seine Brüder und Schwestern waren wirklich unerschrocken. Wahrscheinlich wäre ihm an ihrer Stelle nicht zum Feiern zumute gewesen und er hätte die ganze Nacht auf einem Wachturm gesessen und die Umgebung beobachtet.

Als sie näher heranflogen, konnten sie auch die Wachen sehen, die mit erhobenen Lanzen auf den Zinnen patrouillierten. Andere flogen ihre Runden um die Burg. Sofort kamen zwei große Vampire mit gezückten Waffen auf sie zugeflogen.

„Halt!“, rief der eine von ihnen. „Gebt euch zu erkennen!“

Kai blieb sofort in der Luft stehen. „Flammersfeld. Kai Flammersfeld“, stotterte er. Größe und Kraft der beiden Wachen schüchterten ihn ein.

„Wer bitte?“ Der eine Vampir kam ein wenig näher an ihn heran und reckte ihm die scharfe Klinge seiner Lanze entgegen.

Der andere Vampir lachte auf. „Du Döskopp!“, rief er und gab seinem Kameraden einen Klaps auf den Arm. „Das ist doch der Neu-Vampir mit seinen Freunden.“ Er senkte seine Lanze. „Wir haben schon ungeduldig auf euch gewartet“, erklärte er und grinste breit. „Mann, da werden sich eure Eltern aber freuen, dass ihr heil wieder da seid!“

„Bist du dir wirklich sicher, Griselm?“ Der erste Vampir musterte Kai scharf. „Hatte dieser Neu-Vampir nicht eine etwas andere Nase?“ Er schob sein Gesicht ganz nah an Kai heran. „Ja, doch, ich glaube, er hatte eine andere Nase!“

„Gernot, lass gut sein!“ Der zweite Vampir schüttelte den Kopf. „Bitte“, sagte er zu Kai, „das dürft ihr ihm nicht übel nehmen. Dies ist sein erster Wacheinsatz, wisst ihr. Er ist noch etwas übereifrig. Frisch von der IVWS.“ Er zwinkerte Kai und den anderen gutmütig zu.

„Von der IVWS?“ Kai blickte Gutta fragend an. „Was ist das denn?“

„Na, die Internationale Vampir-Wächterschule“, antwortete sie flüsternd.

„Wächterschule? Du meinst, ihr habt so etwas wie eine Vampirpolizei?“

„So was Ähnliches, natürlich. Wieso wundert dich das?“

„Ach, nur so. Hatte noch gar nicht darüber nachgedacht.“ Wenn er ehrlich war, musste er zugeben, dass es im Grunde gar nicht so abwegig war, dass auch Vampire eine Polizei brauchten.

„Und das da?“ Immer noch misstrauisch zeigte Gernot auf Kurt.

„Das da heißt Kurt, ist ein Rabe und gehört zu uns!“, antwortete Kai.

„Aha! Da haben wir's doch! Von einem Raben weiß ich nichts!“ Er drehte sich zu Griselm. „Weißt du etwas von einem Raben?“

„Ja!“ Griselm verdrehte genervt die Augen.

„Also, ich weiß nichts von einem Vogel.“ Gernot segelte dicht an Kais Schulter, auf der Kurt hockte, und beäugte ihn eindringlich. „Dieser seltsame Glanz in seinem Blick …“

„Der kommt von deinem Geschwafel, das treibt

mir die Tränen in die Augen“, krächzte Kurt. Seine Stimme klang wirklich beleidigt.

„Ha! Er tut so, als würde er alles persönlich nehmen. Das ist offenbar seine Masche. Merkst du das, Griselm?“

Sein Kollege antwortete nur mit einem verständnislosen Kopfschütteln.

„Du willst von dir ablenken, indem du mich beleidigst. Aber das gelingt dir nicht!“, fuhr Gernot an Kurt gerichtet fort.

Der Rabe plusterte sich auf. „Ich verbitte mir diesen respektlosen Ton!“, schimpfte er, doch Gernot ließ sich nicht beirren.

„Wenn da mal nicht mehr dahintersteckt“, sagte der Wächtervampir und stupste dabei immer wieder mit seinem Zeigefinger gegen Kurts kleine Brust.

Plötzlich schrie er laut auf und zog seine Hand zurück. „Aaah! Er hat mich gebissen! Der Kerl hat mich gebissen!“

„Ich darf doch sehr bitten!“, sagte Kurt und schüttelte sein Federkleid. „Ich habe lediglich ein wenig gezwickt.“

„Jetzt ist es aber genug!“ Griselm zog Gernot von Kurt weg. „Ich sage dir, der Vogel ist in Ordnung.“

Gernot betrachtete mit schmerzverzerrtem Gesicht seinen geröteten Finger. „Beißt der mich einfach …“, murmelte er. „In Ausübung meiner Pflicht werde ich hier von einer Bestie angefallen. Unerhört!“

„Nun kommt, wir begleiten euch zum Versammlungssaal. Man erwartet euren Bericht.“ Griselm warf seinen Umhang herum und segelte auf die Burg zu. Die anderen folgten ihm, wobei Gernot ganz dicht an Kais Seite flog und Kurt keine Sekunde aus den Augen ließ.

Als sie die Burgmauern überflogen, schauten ein paar Wachen zu ihnen herauf. „Passwort: Blutgerinsel!“, rief Griselm, woraufhin die Wächter ihm zunickten und ihre Lanzen senkten.

„Wir müssen sehr vorsichtig sein“, rief er zu Kai nach hinten. „Die Vampirjäger könnten sich mit einer List Zugang zur Burg verschaffen wollen.“

Eine List werden sie nicht brauchen, dachte Kai und schauderte bei dem Gedanken daran, was sie den Vampiren gleich mitzuteilen hatten.

Sie schwebten vor das große Fenster, von dem sie vor einigen Stunden zu ihrer Mission aufgebrochen waren, und Griselm klopfte gegen die Scheibe. Sofort wurde das Fenster aufgerissen und Gesine von Greifendorf steckte ihren Kopf heraus.

„Kinder?“, rief sie und schaute sich hektisch um. Als sie Gutta, Gangolf und Gerrith erblickte, strahlte sie erleichtert über das ganze Gesicht, wobei ihre scharfen Eckzähne deutlich zu sehen waren. „Oh, Kinder! Ihr seid wieder da! Mir fällt ein Stein vom Herzen!“

Sie trat zurück und ließ sie hereinkommen. Nur Gernot und Griselm blieben draußen. „Wir fliegen wieder auf unseren Posten“, sagte Griselm und winkte freundlich. „Toll, dass ihr wieder da seid!“ Damit flatterten die beiden Wächter wieder zurück in die Dunkelheit.

Gesine von Greifendorf schloss das Fenster und nahm jeden herzlich in die Arme. „Darf ich?“, fragte sie mit einem Lächeln, als sie vor der Großmutter stand, doch wartete sie erst gar nicht auf eine Antwort, sondern zog Oma Flammersfeld an sich und drückte sie ganz fest. „Ihr könnt euch gar nicht vorstellen, wie sehr wir hier um euch gebangt haben. Wie auf glühenden Kohlen habe ich hier gesessen“, sagte sie und streichelte dabei über Kurts Kopf.

Dann öffnete sich die Tür. Aus dem Festsaal drang laute Musik herein und Gottfried von Greifendorf, Per Polar, Pelle vom Pönnefjord und Opa Gismo stürzten ins Zimmer. Es begann ein wildes Durcheinander. Alle umarmten sich, schnatterten aufeinander ein und lachten.

Während dieser liebevollen Begrüßung fühlte sich

Kai warm und geborgen, was auf eine unheimliche Weise schön war und ihm zugleich ein schlechtes Gewissen machte. Zum ersten Mal hatte er das Gefühl, zu den Vampiren zu gehören, als wäre er ein Teil der Familie. So fiel es ihm eine Weile gar nicht auf, dass jemand in dieser Runde fehlte.

„Wo ist mein Vater?" Kai fühlte einen Stich im Herzen.

„Er müsste gleich hier sein", sagte Per. „Er trommelt alle Vampire im Festsaal zusammen, damit sie euren Bericht hören können."

„Sagt, wie ist es gelaufen?", fragte der Vampirvater ungeduldig und seine Stimme überschlug sich dabei. „Habt ihr viele Knochenkrieger gesehen? Habt ihr sie unschädlich machen können? Und was ist mit dem Zauberbuch? Ach kommt, spannt uns doch nicht so auf die Folter …"

„Gottfried, ich bitte dich!" Seine Frau schüttelte den Kopf. „Sie erzählen es ja gleich. Sie sind unversehrt zurück, nur das zählt!"

„Sie kommen!", rief Kai, der die schlechte Nachricht nicht länger zurückhalten konnte.

„Sie … waas?" Per riss die Augen weit auf.

In diesem Augenblick eilte Kais Vater in den Raum. „Junge … Mutter!" Er lief auf Kai und die Oma zu und umarmte sie fest.

„Es sind alle versammelt“, sagte sein Vater und wischte sich die Freudentränen von den Wangen. „Wollen wir?“ Er zeigte in den Festsaal, wo die fröhliche Musik inzwischen verstummt war. Kai nickte ungeduldig.

Als sie durch den Saal gingen, wichen die Vampire zurück und bildeten eine breite Gasse für sie. Es herrschte angespannte Stille, die nur vom Geräusch ihrer Schritte unterbrochen wurde. Sandra beschlich beim Anblick all der bleichen Gesichter ein ungutes, mulmiges Gefühl. Einige Vampire zwinkerten ihr freundlich zu, so wie Diadema und Lamentira, die sie vorhin mit einem lauten „Huhu!“ begrüßt hatten. Andere aber blickten sie aus seelenlosen, kalten Augen an und zeigten keinerlei Gefühlsregung. Sie hätte zu gern gewusst, was sie wohl dachten – ob sie überhaupt gerade etwas dachten. Oder ob sie sich am liebsten einfach nur auf Sandra stürzen und ihr frisches Blut trinken würden.

Sie gingen einige flache Stufen hinauf und drehten sich zu den Vampiren um. Kai bekam bei ihrem Anblick eine Gänsehaut. Er hatte noch nie so viele Untote auf einmal gesehen. Doch dann schoss wieder dieses warme Gefühl durch seinen Körper, dieses warme Gefühl der Zuneigung, das ihm sagte, dass er zu ihnen gehörte. Er erschrak darüber und zuckte unmerklich zurück. Mit aller Kraft kämpfte er gegen dieses neue Gefühl an. Als er seinen Vater anblickte, bekam er ein schlechtes Gewissen: Wie konnten ihm diese Fremden näher sein als sein eigener Vater?

Kai trat einen Schritt vor und räusperte sich. Dann begann er, von ihren Erlebnissen in den dunklen Höhlen zu berichten. Er erzählte von den Knochenkriegern in ihren langen Kutten, von der Brutkammer und dem Vorratslager, von Cylinda Catyll und ihrem Zauberbuch, das sich kläglich in seine Bestandteile aufgelöst hatte. Er malte die Zerstörung der Brutkammer in den schillerndsten Farben, wofür er spontanen Applaus von den Vampiren bekam. Und er berichtete auch, wie Sandra, Gerrith und er in der Vorratskammer Rufus Wankelmann und Wieland von Wünschelsgrund gesehen hatten. Als er Wielands Namen aussprach, zuckten einige Vampire zusammen.

„Und jetzt“, beendete er seine Erzählung, „schleichen die Knochenkrieger hierher. Wir haben mit eigenen Augen gesehen, wie sie die Höhlen verlassen haben.“

„Wie viele sind es?“, fragte ein dunkelhäutiger Vampir.

„Weiß nicht. Sehr viele. Es ist eine ganze Armee.“

Die Vampire wisperten und tuschelten durcheinander. „Viel schlimmer als gedacht!“, sagte einer. „Gleich eine ganze Armee, wer hätte das geahnt!“, murmelte ein anderer besorgt. Manche standen einfach nur da und schüttelten den Kopf.

„Nun gut.“ Gottfried von Greifendorfs Stimme donnerte durch den Saal. „Ihr habt unseren Freund gehört. Es ist so weit! Erinnert euch daran, was wir besprochen haben. Ich schlage vor, jeder begibt sich auf seinen Posten!“

Nun kam Bewegung in die Versammlung. Ein riesiges rotes Tuch, das an der Wand hing, wurde abgenommen. Dahinter kam eine Waffenkammer zum Vorschein, die mit Lanzen gefüllt war. Ein Vampir nach dem anderen griff sich eine Lanze und hastete davon. Zunächst erschien es Sandra, als wuselten die Vampire wild durcheinander, doch schon bald erkannte sie, dass jeder genau wusste, was er zu tun und wohin er sich zu begeben hatte. In kurzer Zeit hatte sich der Festsaal geleert. Ein paar Vampire hatten sich an den Fenstern aufgestellt, andere bewachten die Türen. Die meisten aber waren irgendwo in der Burg auf ihren Posten.

„Hier, nehmt!“ Der Vampirvater drückte Kai und den anderen je eine Lanze und ein ordentlich zusammengelegtes Stück Stoff in die Hand.

„Eine Decke?", fragte Kais Oma und betrachtete verwundert den Stoff.

„I wo!", antwortete die Vampirmutter belustigt. „Ein Pflockschutzhemd. Haben wir hier alle. Los, anziehen!"

Kai faltete das Bündel auseinander. Es war ein langes, schwarzes Hemd, dessen leichter Stoff so zart und fein war, dass er durch ihn hindurchsehen konnte.

„Dieser … Fetzen soll vor einem Pflock schützen?", fragte er ungläubig.

„Lass dich nicht täuschen, Kai! Der Stoff sieht zwar dünn aus, aber er hält den meisten Waffen stand", sagte Gesine von Greifendorf. „Schau!" Sie zog ein Messer unter ihrem Umhang hervor, streckte den Arm aus und drehte die glänzende Messerspitze so, dass sie auf ihren Körper zeigte.

„Um Gottes willen, nein!", rief Sandra, doch im nächsten Augenblick zischte die Klinge durch die Luft und prallte mit einem knirschenden Geräusch vom Leib der Vampirin ab.

„Zugegebenermaßen bietet es keinen hundertprozentigen Schutz", sagte sie und steckte das Messer wieder ein. „Aber immerhin, besser als nichts."

„Alle Achtung!" Kai drehte das Hemd in seiner Hand, entledigte sich dann seines Umhangs und streifte es sich über. Seine Freunde taten es ihm gleich.

„Was für ein Stoff ist das?“, fragte er, während er seinen Umhang überzog.

„Es sind Fäden einer ganz bestimmten Flechtenart“, sagte der Vampirvater und setzte zu weiteren Erklärungen an, als der lange, durchdringende Ton eines Hornes erklang. Er sprang sofort zu einem Fenster, riss es auf und spähte in den Burghof.

„Sie nähern sich von Süden!“, rief ein Vampir, der über einem der Türme schwebte und mit ausgestrecktem Arm in die Dunkelheit zeigte. Wieder ertönte das Horn.

„Auf die Mauern!“ Gottfried von Greifendorf rief dem wachhabenden Vampir noch „Halt die Stellung, William“ zu, schloss mit einem Knall das Fenster und hastete dann aus dem Saal hinaus, die Treppen hinunter und auf den Burghof. Die anderen hatten Mühe, ihm zu folgen. Sie überquerten den Innenhof und rannten über ausgetretene Stufen zu den Zinnen der Wehrmauer. Dort spähten sie in den düsteren Wald, der sich unter ihnen ausbreitete.

„Wo sind sie? Wo? Ich kann sie nicht sehen!“, rief Kais Vater.

„Da kommen sie!“, sagte ein Vampir, der direkt

neben ihm stand und ein Horn in der Hand hielt. „Bei der Baumgruppe da, siehst du?“

Kais Vater starrte in die Richtung, in die der Vampir gewiesen hatte. Dann sah auch er die Schatten, die lautlos zwischen den Stämmen hindurchhuschten. Sie schienen sich gespensterhaft, fast unsichtbar durch den Wald zu bewegen und mit Bäumen und Büschen zu verschmelzen. Schon traten die ersten auf die Lichtung vor der Burg und stellten sich in kleinen Gruppen auf.

„Herr von Greifendorf, Herr von Greifendorf!“ Ein kleiner, rundlicher Vampir kam aufgeregt angeflogen. „Sie haben die ganze Burg umstellt!“

„Danke, Uri. Sind alle auf ihrem Posten?“

„Selbstverständlich!“

Der Vampirvater spähte vorsichtig die Zinnen hinab. „Vielleicht bleibt uns noch eine Minute“, sagte er leise und drehte sich zu Kai um. „Kinder, ihr …“

„Da!“ Der Vampir neben ihm beugte sich über die Mauer. „Es geht los! Sie kommen die Mauer herauf!“

„Die Mauer?“ Gottfried von Greifendorf riss die Augen auf. „Teufel auch! Ziemlich wendig, diese Burschen“, zischte er wütend.

Er sah zu, wie die Knochenkrieger mit ihren

Händen und Füßen insektengleich in den engsten Steinritzen Halt fanden und ihre Leiber das raue Mauerwerk emporschoben. Er packte Gutta am Arm. „Kommt!“, sagte er und zog sie mit sich die Stufen in den Burghof hinab.

Überall flogen nun Vampire hin und her. Befehle wurden durcheinandergerufen und Fackeln gelöscht, um den Angreifern die Sicht zu erschweren.

„Wir müssen die Kinder in Sicherheit bringen“, sagte Gesine von Greifendorf zu ihrem Mann. „Das hier ist nichts für sie.“

„Ganz recht, meine Liebe“, antwortete er. „Ich wollte vorhin schon …“

Ein lauter Knall unterbrach ihn.

„Was war das?“, fragte er eine Vampirin mit feuerroten Haaren, die gerade über ihre Köpfe hinwegflog.

„Sie sind am Tor“, rief sie aufgeregt und zeigte mit ihrer Lanze auf das große Burgtor, wo sich gerade einige Wächter abmühten, es mit einem weiteren Querbalken zu verstärken.

„Meinst du, das wird reichen?“, schrie einer der Wächter.

„Für eine Weile vielleicht“, rief ein anderer.

„Da sind sie, da sind sie!“ Sandra machte einen Satz zurück und zeigte auf einen Teil der Burgmauer, gleich neben einem Turm. Dort schwang sich gerade ein Knochenkrieger auf den Wehrgang und richtete seinen Speer gegen einen Vampir. Der Kampf hatte begonnen!

Am Nordturm kämpfte Per Polar gleich gegen zwei Knochenkrieger auf einmal. Ihre Speere rasten auf ihn nieder und knallten gegen seine Lanze, die er blitzschnell vor seinem Körper bewegte. Er drückte sich vom Boden ab, machte einen Salto und brachte einen der Krieger mit seiner Lanze zu Fall. Regungslos blieb er liegen. Der andere fauchte ihn wütend an, holte weit aus und warf ihm den Speer mit aller Wucht entgegen. Der Speer traf Per mit solchem

Schwung, dass er durch die Luft geschleudert wurde und sich erst kurz vor einer Zinne wieder fangen konnte. Er verharrte kurz und keuchte. Die Speerspitze hatte ihn an der Schulter getroffen. Er fasste sich mit der Hand an die Stelle, wo der Schmerz besonders stark war. Als er die Hand wieder zurückzog, war Blut daran …

„Per, alles in Ordnung?“ Pelle kam um den Turm herumgeflogen.

Per nickte.

„Soll ich ihn fertigmachen?“ Er zeigte mit einer Kopfbewegung auf den Knochenkrieger, der nun ohne Waffe dastand.

Per winkte ab. „Das mach ich schon selbst“, sagte er mit schmerzverzerrter Stimme und richtete seine Lanze auf den Krieger. So schnell er konnte, flog er auf ihn zu. Sekunden später fiel der Knochenkrieger die Burgmauer hinab.

„Bist du sehr verletzt?“ Pelle segelte neben seinen Freund.

„Nur ’n Kratzer“, entgegnete Per und winkte ab. „Geht schon.“

Sie lächelten einander an und flogen eilends zur gegenüberliegenden Mauerseite, wo gerade ein ganzer Schwarm Knochenkrieger über die Mauerwehr kroch.

Das Burgtor gab mit einem ohrenbetäubenden Krachen nach. Holz splitterte. Eisenbeschläge rasten wie Geschosse durch die Luft. Die Wächter hielten ihre Lanzen nach vorn gerichtet und stellten sich den eindringenden Kriegern geschlossen entgegen. Einige Vampire stießen sich vom Boden ab und stürzten sich aus der Luft auf die Knochenkrieger. Zunächst schien es, als schafften es die Vampire, die Eindringlinge zurückzudrängen, doch dann lösten sich plötzlich einzelne Wächter aus der Gruppe und rannten schreiend davon. Einer davon war Griselm. Er wankte benommen über den Burghof, stöhnte vor Schmerz und hielt sich die Hand vor das Gesicht.

„Was ist mit dir?“ Kai packte ihn an der Schulter und zog ihn unter einen Rundbogen, wo er und die anderen Schutz gesucht hatten.

„Sie benutzen Weihwasser!“ Griselm nahm die Hand vom Gesicht. Es war von Brandblasen und roten Striemen überzogen. „Brennt wie Feuer!“, rief er und verdrehte die Augen.

„Nimm das!“ Die Großmutter griff in eine Innentasche ihres Kleides und hielt ihm etwas entgegen.

„Ein Keks?“

„Ein Transsylvanischer Schicksalskeks! Kauen

und auf den Wunden verteilen. Schnell, bevor sich das Weihwasser noch tiefer in deine Haut brennt!“

Griselm gehorchte. Er griff nach dem Keks, zerkaute ihn und verteilte den Brei auf seiner Haut. Wie von Geisterhand löste sich die Keksmasse nach einigen Sekunden auf und die Wunden in seinem Gesicht waren verschwunden.

„Weg! Der Schmerz ist weg!“ Er tastete mit den Fingern über seine Haut. „Alles glatt. Keine Blasen mehr. Oder sieht man noch etwas?“

„Nein“, sagte Oma Flammersfeld. „Du siehst aus wie neu.“

„Danke! Vielen Dank!“ Er nahm ihre Hand und schüttelte sie kräftig. „Du hast mir gerade das Leben gerettet!“

„Nicht der Rede wert. Aber schick die anderen hierher, ich hab noch ein paar Kekse“, sagte sie.

Griselm nickte und stürzte sogleich zurück in den Innenhof, wo mittlerweile ein heftiges Durcheinander herrschte.

„Hast du das gesehen? Hast du? Hast du?“ Das Skelett lachte laut auf und blickte neben sich, wo Thomas gerade mit einer langhaarigen Vampirin kämpfte. „Ich hab ihn voll ins Gesicht getroffen. Klasse!“ Mit einer weit ausholenden Armbewegung führte es die Hand mit dem Weihwassergewehr an seinen Kiefer und blies in den Gewehrlauf.

„Pffft! Hab ich auch fahle Glieder, ich mach alle Vampire nieder. Hahaha!“

Es zielte auf einen Vampir und drückte ab. Kreischend rannte dieser davon und hielt sich die Hand ans Ohr, wo ihn das Weihwasser getroffen hatte.

„Ich bin der Weihwasserrevolverheld! Yeah!“, grölte das Skelett.

„Dass du bei all der Kämpferei noch so viel Atem übrig hast“, keuchte Thomas und wich einer Lanze aus, die gerade neben ihm auf den Boden sauste.

„Ich muss halt nicht ganz so viel Ballast mit mir herumschleppen wie du mit all deinem Fett und deinen Muskeln“, erwiderte das Skelett. „Wenn du erst mal so windschnittig bist wie ich, wird sich das ändern. Glaub mir.“ Es richtete sein Gewehr auf einen Vampir, der direkt vor ihm stand.

„Hier, mein Bester. Dies ist ganz speziell für dich!“ Es drückte ab. Doch nichts geschah.

„Was …“ Der Knochenmann feuerte noch einmal ab. Der Vampir lachte aber nur und schritt langsam auf das Skelett zu.

„Thomas, ich glaube, mein Gewehr ist kaputt!“

Der Vampir stand nun direkt vor dem Skelett und baute sich breitbeinig vor ihm auf.

„Lass mich bloß in Ruhe! Lass mich bloß in Ruhe!“ Der Knochenmann drückte hektisch den Abzug seines Gewehres. „Warum passiert denn da nichts?“

Der Vampir grinste ihn breit an. „Du amüsierst mich, Klappergestell“, säuselte er gespielt freundlich. „Weihwasser, hm?“

„Aber ja doch!“

„Na, dann schau mal her!“ Er griff in seinen Hemdausschnitt und zog eine kleine Kette hervor, die um seinen Hals hing. An der Kette baumelte eine winzige Figur.

„Und? Ich verstehe nicht ganz …“

„Das hier ist ein Buddha.“

„Na und?“ Das Skelett feuerte noch immer beharrlich feine Strahlen von Weihwasser auf den Vampir.

„Dein Superauftritt nützt dir bei mir nichts, Cowboy“, sagte der Vampir und ließ sich durch den feuchten Dauerbeschuss nicht für eine Sekunde aus der Ruhe bringen. „Ich bin Buddhist, verstehst du? Weihwasser kann mir gar nichts.“

„Oh!“ Das Skelett hielt einen Moment inne. „Na schön“, sagte es schließlich. „Dann eben so …“ Mit einer flinken Handbewegung steckte es das Weihwassergewehr zwischen die Rippen und schnappte sich die Lanze, die eben neben Thomas auf den Boden gefallen war. „So nimm dies!“

Zwischen ihm und dem buddhistischen Vampir entbrannte ein heftiger Zweikampf.

Ein unheimliches Gefühl überkam Kai. Es kroch durch seine Adern und füllte seinen Bauch mit etwas Dumpfem, als wäre er mit Watte ausgestopft. Seine Schläfen pochten und ihm wurde schwummrig im Kopf. Er blickte zu Gangolf und wusste sofort, dass es ihm genauso ging. Auch Gutta, Gerrith und die anderen Vampire um sie herum schienen es zu spüren. Irgendetwas war da. Eine Energie. Eine Strahlung. Eine Art ... Zauber. Er sah sich irritiert um. Alles schien wie in Zeitlupe. Jeder Schritt. Jedes Armheben. Eine jede Bewegung.

Dann war er da. Im Burghof. Am Tor. Wieland von Wünschelsgrund hatte die Burg betreten. Der lange Mantel mit dem aufgestellten Kragen reichte fast bis auf den Boden. Unter dem breitkrempigen Hut lugten rot glühende Augen hervor. Mit höchster Aufmerksamkeit beobachteten sie das Kampfgetümmel. Und Wieland war nicht allein. Neben ihm standen Rufus Wankelmann und Bertram von Brabant, der belgische Abgesandte.

Plötzlich huschte ein Schatten über Kai hinweg

und eine Stimme, die ihm bekannt vorkam, schrie: „Wieland! Wieland ist hier!“ Er blickte auf und sah Gernot, der mit erhobener Lanze im Steilflug auf Wieland zuschoss.

„Gernot, nicht!“ Die Vampirmutter versuchte ihn auf sich aufmerksam zu machen, doch es war zu spät. Wie ein Pfeil sauste Gernot auf Wieland herab, der keinerlei Regung zeigte. Doch als Gernot schon ganz dicht über ihm war, streckte er einen Arm aus, fasste blitzschnell Gernots Lanze und schleuderte den armen Gernot mit einem kräftigen Ruck in hohem Bogen durch die Luft.

Mit einem dumpfen Schlag prallte er gegen die Burgmauer und rutschte bewusstlos zu Boden. Wieland wandte sich sofort dem nächstbesten Vampir zu und begann einen erbitterten Kampf. Sandra erschrak, als sie erkannte, dass es Diadema war, die versuchte, Wielands gefährlichen Schlägen auszuweichen.

„Gottfried, die Kinder müssen hier weg!“ Die Mutter der Vampirgeschwister blickte ängstlich zu Wieland hinüber.

„Du hast Recht, Gesine.“

Gangolf protestierte. „Wir wollen aber auch mitkämpfen!“

„Kommt gar nicht infrage!“ Sein Vater sah ihn

mit blutunterlaufenen Augen an. „Ihr tut, was wir euch sagen, habt ihr verstanden? Wir haben heute schon genug um euch gezittert. Ihr werdet euch zur Giselotta-Kirche begeben und dort auf uns warten. Ist das klar?“ Seine letzten Worte betonte er dabei besonders.

„Aber …“

„Gangolf!“

„Na gut …“

„Also kommt, Kinder. Gehen wir.“ Die Oma zwinkerte Gottfried von Greifendorf zu.

„Gismo, würdest du sie begleiten?“, fragte der Vampirvater.

„Was? Ich? Wo denkst du hin? Ich werde kämpfen!“ Opa Gismos Stimme klang beleidigt.

„Vater, bitte! Einer aus unserer Familie sollte bei ihnen sein.“ Die Vampirmutter strich ihm liebevoll über die Wange. „Bitte!“

„Ich protestiere aufs Schärfste! Jeder Vampir sollte jetzt kämpfen!“ Er blickte sich Hilfe suchend um und zeigte schließlich auf Kurt, der auf Kais Schulter saß. „Der Rabe da gehört doch auch zur Familie … irgendwie. Warum geht er nicht einfach mit?“

Kurt reckte seinen kleinen Rabenkopf hoch in die Luft und krächzte eingeschnappt: „Der Rabe da geht auch mit und wird wenn nötig als Kurier fungieren, Herr Gismo."

„Soso ... aha ... hm ..."

„Nun, es ist durchaus eine ehrenvolle Aufgabe, die Kinder und mich zu schützen." Oma Flammersfeld lächelte ihn an. „Oder nicht?"

„Na ja", Opa Gismo schaute ihr in die Augen. „Da haben Sie natürlich Recht ..."

Sie stellte sich vor ihn. „Dürfte ich dann bitten?"

Kai trat vor seinen Vater. „Komm", sagte er. „Ich nehme dich." Er wollte ihn wegtragen, doch sein Vater winkte ab.

„Nein, mein Sohn. Ich bleibe hier."

„Aber ..."

„Ist schon gut. Ich habe es mir reiflich überlegt."

„Aber es gibt gar keinen Grund für dich hierzubleiben."

„Doch, den gibt es." Er strich Kai durchs Haar. „Dies ist auch mein Kampf, Kai", sagte er.

Kai spürte, wie ihm die Tränen in die Augen stiegen. „Du musst das nicht tun", flüsterte er.

„Doch, das muss ich. Für dich. Du bist noch kein Vampir, Kai. Aber in ihrem blinden Hass auf alles, was anders ist als sie, werden sie auch dich töten, wenn sie dich in die Fänge bekommen. Ob du nun ein richtiger Vampir bist oder nicht. Deshalb muss ich hierbleiben und kämpfen. Für dein Recht zu sein, was du bist. Zu leben, was du bist."

Kai schlug die Augen nieder. Er schämte sich so unendlich vor seinem Vater und vor sich selbst. Die Worte seines Vaters und seine Opferbereitschaft waren so voller Liebe, doch Kai selbst fühlte ... so gut wie nichts. Ja, Sorge, Liebe und Dankbarkeit wärmten noch ein klein wenig seinen Körper. Doch mehr und mehr machte sich diese eisige Kälte in ihm breit. Er fühlte, wie eine Träne seine Wange hinunterlief, und fiel seinem Vater in die Arme.

„Tu es nicht, bitte", sagte er leise.

„Nun verspreche *ich* dir, dass wir uns wiedersehen", sagte sein Vater und hielt ihn fest in den Armen.

Plötzlich sauste ein Speer neben ihnen durch die Luft, krachte an die Mauer und zersplitterte.

„Mist!", keifte eine ihnen wohlbekannte Stimme. Sie drehten sich erschrocken um und sahen den belgischen Botschafter. „Der war eigentlich für dich bestimmt, Greifendorf", bellte er und blickte den Vampirvater hasserfüllt an.

„Na los, ab mit euch, schnell!" Die Vampirmutter entließ Gutta unter Tränen aus ihrer Umarmung. „Wir kommen später nach, versprochen!"

Kai schnappte sich Sandra und stieß sich kräftig vom Boden ab. Gutta, Gangolf und Gerrith folgten ihnen.

„Entschuldigen Sie die fehlende Grandezza …" Opa Gismo zog Kais Oma an sich und schwang sich ohne Umschweife in die Luft. „Rauheit ist sonst nicht meine Art im Umgang mit Damen, aber dies ist ein besonderer Fall." Und schon waren sie weit oben in der Luft bei den anderen.

„Machen Sie lieber keine Versprechungen, die Sie später nicht einhalten können, Frau von Greifendorf." Der belgische Gesandte grinste die Vampirmutter hämisch an.

„Bertram! Sie … Sie erheben den Speer gegen uns?"

„Das ist das Beste, was man machen kann", fauchte er. „Mein Gott, wie habe ich diesen Moment herbeigesehnt!"

„Ein Verräter! In den eigenen Reihen!" Im Gesicht der Vampirin spiegelte sich Entsetzen und Enttäuschung.

„Sie haben es gar nicht bemerkt, hm?" Bertrams Stimme troff vor gespieltem Mitleid. „Aber machen Sie sich nichts draus. Ich war eben zu gut für Sie." Er lachte laut auf. „Außerdem hatte ich ein unglaublich gutes Moosspray“, sagte er und schnupperte an seinem Handgelenk. „Mmmh, verdeckt garantiert jeden menschlichen Geruch.“

„Aber all Ihr Wissen über Vampire, über die IVK und die belgischen Belange …“

„… entspringt einer hervorragenden, genauen Vorbereitung!“

„Was ist mit dem echten Abgesandten Belgiens geschehen?“, donnerte Gottfried. „Was haben Sie mit Bertram von Brabant gemacht?“

Der Verräter strich sich mit dem Zeigefinger über den Hals. „War Teil der Vorbereitung“, erwiderte er dumpf.

„Sie haben ihn …“ Gesine von Greifendorf blickte angewidert zur Seite.

„Ging schnell, glauben Sie mir. Es war ein wolkenloser Tag, da schien die Sonne besonders hell und heiß.“

„Diese Niedertracht!“

„So haben Per und Pelle also doch Recht gehabt mit ihrem Verdacht. Die haben gleich gewusst, dass mit Ihnen etwas nicht stimmt“, schnaubte der Vampirvater.

„Die beiden waren etwas hinderlich, ja.“ Der falsche Bertram grinste. „Aber wie ich bereits gesagt habe: Ich war einfach zu gut!“

Der Vampir richtete seine Lanze gegen den Verräter. Auf seinem Gesicht hatte sich ein feines Geäst dunkler Äderchen gebildet und seine Augen waren blutrot unterlaufen. „Für dich ist jetzt Zahltag!“, rief er und stürzte sich mit einem markerschütternden Fauchen auf den falschen Belgier, der mit einem schnellen Satz auswich, seinen Speer aufhob und sich dem Untoten entgegenstellte.

Ihre Waffen knallten gegeneinander. Sie schrien, fauchten und umkreisten einander wie Raubtiere. Einmal traf der Speer des Belgiers den Vampirvater an der Brust, doch das Pflockschutzhemd hielt der Wucht des Stoßes stand und die Eisenspitze prallte funkenschlagend ab.

„Glück gehabt!“, brüllte Bertram. „Der nächste Treffer sitzt!“

„Für dich wird es keinen nächsten Treffer geben!“ Der Vampir stieß sich vom Boden ab, machte einen hohen Salto vorwärts und sprang über den Belgier, hinter dem er wieder auf dem Boden aufsetzte.

„Nimm das!“ Im Licht der Fackeln glitzerte das Eisen der Lanze, als sie durch die Luft sauste.

Der Belgier schnellte herum. Ein Feuer brannte in seiner Brust, ein dumpfer Schmerz. Doch der Schmerz verging und wich einer glühenden Wärme, die sich in seinem ganzen Körper ausbreitete. Er spürte seine Beine nicht mehr und sank auf die Knie. Um ihn herum wurde es ruhig. Die fliegenden Vampire, die Speere schwingenden Knochenkrieger, sie alle verstummten und bewegten sich wie in Zeitlupe.

„Für euch ist es noch nicht vorbei", röchelte er und ein seltsames Lächeln umspielte seine blutverschmierten Lippen. „Wir wissen alles! Alles! Es ist noch nicht vorbei." Er schaute zu Kais Vater. „Ich verachte Sie." Er spuckte aus und rötlicher, schaumiger Speichel landete vor den Füßen von Herrn Flammersfeld. „Wie können Sie mit diesen ... diesen Kreaturen der Nacht gemeinsame Sache machen?"

Er hielt kurz inne und sah ihm in die Augen. „Aber ein bisschen tun Sie mir auch leid", hauchte er. „Der eigene Sohn ein blutsaugendes Ungeheuer! Das muss schwer für Sie sein. Sehr schwer." Er hustete kurz und hart. „Doch", fuhr er leise fort, „seien Sie tapfer. Was Sie nicht schaffen, werden wir erledigen. Sie werden sehen. Sie werden uns noch dankbar sein ..."

Er blickte mit weit aufgerissenen Augen ins Leere.

Als das Leben aus seinen Augen wich, sank sein Körper langsam auf den kühlen Boden.

„Ein falscher Bertram von Brabant. Wer hätte

das gedacht", hauchte Gesine von Greifendorf nach einer Weile.

„Was hat er wohl damit gemeint: ‚Was Sie nicht schaffen, erledigen wir'?" Kais Vater sah auf den leblosen Körper, der vor ihm lag.

„Du solltest sein Gerede nicht so ernst nehmen. Es waren die Sätze eines Sterbenden", sagte der Vampirvater.

„Gerade deswegen. Bestimmt steckt ein verborgener Sinn in seinen Worten."

„Mach dir keine Sorgen."

Aus einiger Entfernung drang Jubelgeschrei zu ihnen herüber. Hoch oben auf den Zinnen reckte eine Gruppe von Vampiren triumphierend ihre Lanzen in die Luft.

„Was ist da los?", fragte der Vampirvater einen hochgewachsenen Wächter, der gerade über sie hinwegflog.

„Wir haben es geschafft, Wieland und seine Kumpane aus der Burg zu vertreiben", rief er. „Sie fliehen mit einer Schar Knochenkrieger in den Wald!"

„Sie fliehen?"

„Ja!"

„In welche Richtung?"

„Gen Norden!" Der Vampir winkte ihnen und flog zu den jubelnden Wachen auf die Burgmauer.

„Das ist seltsam …" Gottfried von Greifendorf rieb sich mit Daumen und Zeigefinger am Kinn. „Der Kampf ist noch nicht zu Ende. Und eine Flucht passt ganz und gar nicht zu Wieland", sagte er leise. Dann blickte er plötzlich Kais Vater an. „Wohin fliehen sie, hat der Wächter gesagt?" Er klang aufgewühlt.

„Nach Norden."

„Nach Norden! Teufel auch!" Er schreckte auf.

„Was ist, Gottfried?" Seine Frau blickte ihn verstört an.

„Jetzt wird mir klar, was Bertrams letzte Worte zu bedeuten haben", rief der Vampirvater. Er streckte einen Arm aus und deutete in die Dunkelheit. „Dort im Norden liegt die Giselotta-Kirche!"

IN DER FALLE

Im Flug blickte Sandra noch einmal zurück in den Burghof. Von hier oben sieht alles wie ein Spiel aus, dachte sie. Kleine Figuren, die aufeinander zu- und voneinander weglaufen. Sie musste an Diadema denken, an die ängstlichen Blicke der Vampirin, als sie mit Wieland gekämpft hatte. Sie suchte den Innenhof nach Diadema ab, aber sosehr sie ihre Augen auch anstrengte, sie konnte nicht erkennen, welche der schwarzen Figuren sie dort unten war.

Nach wenigen Minuten lag die Burg so weit unter ihnen, dass sie nur noch als kleiner, heller Fleck aus dem dunklen Meer des Waldes herausstach. Schließlich war sie gar nicht mehr zu sehen.

Sandra schloss die Augen und dachte an die Vampire, die, unbemerkt vom Rest der Welt, um ihr Überleben kämpften. Sie wünschte ihnen so sehr, dass sie gewinnen würden.

„Ist dir kalt?“, fragte Kai. „Du zitterst so.“

„Nein, nein. Geht schon." Sandra öffnete die Augen und sah hinauf zum Mond. Sie genoss den Wind, der durch ihr Haar strich. Opa Gismo und die Großmutter flatterten an ihnen vorbei und Oma Flammersfeld winkte ihnen mit einem „Hallo!" zu.

„Wir sind gleich da", krächzte Kurt, der sich auf Kais Schulter ganz dünn gemacht hatte, weil der Flugwind an seinem Federkleid zupfte. Er hüpfte nervös auf und ab.

„Kurt!" Kai schwankte von einer Seite auf die andere. „Denk an mein Gleichgewicht!"

„'tschuldigung!"

Der Hügel, auf dem die Kirche stand, ragte nun aus den Bäumen hervor. Das marmorne Kirchendach glänzte ihnen hell entgegen.

„Die Kirche! Die Kirche! Ich seh sie!"

„Kurt!"

Sie verlangsamten ihren Flug und segelten hinunter zur Giselotta-Kirche, wo sie schließlich auf dem Sims eines Fensters landeten, das zum Dachboden führte. Kai drückte gegen das Glas und das Fenster öffnete sich.

„Darf ich bitten?" Mit einem Wink forderte er die anderen auf hineinzufliegen.

Gangolf ließ sich sofort auf Kais rotmetallicfarbenem Sarg nieder. Neben ihm nahm Gerrith Platz,

der hinter sich das Fenster wieder fest geschlossen hatte.

„Wie geht es euch, Kinder?“ Kais Oma sammelte die Lanzen ein und lehnte sie an eine Säule unterhalb einer Heiligenfigur.

„Die Vampire werden es schaffen!“ Sandra bemühte sich, so viel Überzeugungskraft wie möglich in ihre Stimme zu legen.

„Es sah recht gut für uns aus, wenn ihr mich fragt“, sagte Opa Gismo. „Als wir die Burg verließen, hatten die Wachen bereits den Burghof für sich erobert.“

„Schon …“ Gerrith klang nachdenklich. „Aber in der Burg war der Kampf noch sehr heftig.“

„Habt ihr gesehen, wie der eine Knochenkrieger aus dem Fenster des Festsaales geflogen ist? Zack huuuiii … und dann …“ Gangolf klatschte die Hände aufeinander. „Batsch!“

„Hör auf damit! Das will ich gar nicht hören!“ Sandra wandte sich ab. „Ich finde das fürchterlich!“

„Auseinandersetzungen dieser Art haben immer etwas Unangenehmes, meine Liebe“, sagte Opa Gismo.

„Und trotzdem gibt es zu viele davon.“ Oma Flammersfeld ging zu der Kiste mit den Lebensmitteln, schnappte sich ein Stück Käse und biss hinein. „Ich weiß auch nicht, warum man sich immer kloppen muss. Wozu haben wir denn die Sprache? Kann man nicht anständig miteinander reden?"

„Weise, sehr weise", pflichtete ihr Opa Gismo bei.

„Darf ich dich etwas fragen?" Sandra zupfte Opa Gismo am Ärmel.

„Aber natürlich."

„Warum das alles?"

„Ich verstehe nicht ganz …"

„Warum kämpfen die Vampire? Warum riskieren sie ihr Leben? Sie hätten doch einfach nur wegfliegen müssen, irgendwohin in ein sicheres Versteck. Dann hätte es keinen Kampf gegeben und keine Schmerzen."

Opa Gismo legte einen Arm um ihre Schultern. „Ganz recht, mein Kind. So haben wir es auch immer gehalten. Wenn Gefahr von den Vampirjägern drohte, allen voran von Wieland, dann haben wir Reißaus genommen und haben uns irgendwo tief in den Wäldern versteckt. Wieder und wieder waren wir auf der Flucht, haben unsere Heimatfriedhöfe verlassen und uns neue Bleibstätten gesucht, nicht wissend, wie lange diese wohl ein Zuhause für uns sein konnten."

„Warum nicht auch diesmal?“

Gismo sagte eine Weile nichts und schaute sie nur an. „Nun“, sagte er dann, zog seinen Arm zurück und stellte sich vor sie. „Die Diskussion darüber bei der Versammlung war heftig. Sehr heftig. Einige von uns spielten tatsächlich mit dem Gedanken zu fliehen. Aber weißt du, es kommt der Tag, da ist man des Fliehens müde. Und dieser Tag ist da. Wir wollen nicht mehr davonlaufen. Wir wollen uns endlich Wieland und Wankelmann entgegenstellen. Kannst du das verstehen?“

Sandra nickte stumm. Sie stellte sich vor, wie es wohl wäre, ihr Haus zu verlassen, das Haus, in dem sie mit ihren Eltern wohnte, an dem so viele Erinnerungen hingen, das Haus, in dem sie sich so wohl und geborgen fühlte. Bei diesem Gedanken bekam sie ein mulmiges Gefühl in der Magengegend. Nein, das war keine schöne Vorstellung.

„Wenn es der allgemeinen Beruhigung dienen sollte, fliege ich gerne noch mal los und schaue nach, wie es so steht.“ Kurt kam vom Kopf einer Marienstatue heruntergeflogen und setzte sich auf den Rand der Lebensmittelkiste.

„Das wäre echt nett, Kurt.“ Gutta lächelte den Raben an. „Würdest du ...?“

„Natürlich.“ Er guckte in die Kiste und fischte

sich eine Scheibe Brot heraus. „Ein wenig Wegzehrung und los geht's!“ Er nahm ein paar Bissen und flog durch ein kleines, geöffnetes Seitenfenster in die Nacht hinaus.

„Unser Kurt ist ein guter Kerl“, sagte Opa Gismo. Er untersuchte eingehend eine dicke Blutwurst.

Kai forderte ihn auf: „Nur zu, guten Appetit!“

„Danke sehr!“

In diesem Augenblick prallte etwas gegen die Scheibe des Seitenfensters. „Aua! Mist!“ Kurt flatterte aufgeregt zurück auf den Dachboden. „Leute! Leute! Um Gottes willen! Leute! Ich dreh durch!“ Er flog hektisch zwischen ein paar Säulen hindurch, umkreiste einige Statuen und landete dann auf dem weit vorgestreckten Hals einer Wasserspeierfigur. „Was machen wir jetzt bloß? Was nur? Was?“

„Kurt, was ist denn mit dir?“ Opa Gismo ließ den letzten Wurstzipfel in seinem Mund verschwinden. „Du kannst doch unmöglich schon zur Burg und wieder zurück geflogen sein?“

„Natürlich nicht ... ach Gott, nee, ach Gott!“ Kurt plusterte sich zu einer Kugel auf und schüttelte sich. „Sie kommen hierher, versteht ihr? Hierher!“

„Bitte?“

„Ja, ich habe sie durchs Unterholz schleichen

sehen. Die Knochenkrieger kommen zur Giselotta-Kirche!“

Gerriths Gesicht wurde blass wie ein Leichentuch. „Das ist nicht dein Ernst.“

„Meinst du, ich mache Scherze über so was?“

„Wie weit entfernt sind sie?“, fragte die Oma.

„Am Fuß des Hügels kriechen sie rum!“

Für einen Moment herrschte eisige Stille.

„Was nun?“ Gerrith zitterte.

„Rumstehen nützt jedenfalls nicht viel.“ Die Großmutter ging zu den Lanzen, packte sie und drückte jedem eine in die Hand. „Hier“, sagte sie. „Ist besser als nichts.“

„Die werden uns auch nicht helfen“, sagte Gerrith kleinmütig. „Wir paar gegen eine ganze Schar Knochenkrieger … Wir sind verloren!“

„Papperlapapp!“ Oma Flammersfeld schüttelte energisch den Kopf. „Solange wir uns bewegen können, werden wir uns verteidigen! So sehe ich das.“

Opa Gismo blickte sie mit glänzenden Augen an. „Also, Frau Flammersfeld! Dieses Draufgängertum! Ich bin beeindruckt, wirklich, sehr beeindruckt!“

„Beeindruckt, weil ich mich nicht so einfach abmurksen lassen möchte? Na ja.“ Sie stellte sich vor ihn. „Ich gebe erst auf, wenn es nicht mehr anders geht, wissen Sie."

„Eine eindrucksvolle Einstellung, ungeheuer eindrucksvoll", hauchte Opa Gismo.

Kai war in der Zwischenzeit an eines der Fenster geflogen, hatte es aufgerissen und beugte sich weit hinaus. „Am Fuße des Hügels? Ich sehe sie da gar nicht. Bist du sicher, Kurt?" Er lehnte sich noch etwas weiter aus dem Fenster.

„Selbstverständlich!"

„Vielleicht waren es ja auch ... OHA!" Kai schrie auf, knallte das Fenster wieder zu und drehte fest am Griff, damit es auch ja verschlossen war. „Jetzt hab ich sie auch gesehen! Sie sind da!", rief er und segelte zurück zu den anderen. „Sie kriechen die Wände herauf!"

„Sie ... waaas?" Gerrith begann so sehr zu zittern, dass der Stiel seiner Lanze auf dem Boden auf- und abhüpfte. „So schnell ... den Hügel herauf ..." Er japste. „Das ist das Ende!"

„Gerrith, rede nicht so einen Unsinn!", sagte Opa Gismo und drehte sich dann zur Oma. „Ihre Verteidigungslust ihn allen Ehren, Teuerste, aber in Anbetracht der Tatsache, dass wir die Verantwortung für die Kinder haben, ist zügige Flucht angesagt. Meinen Sie nicht auch?"

Kais Oma schaute ihn kurz an, nickte und schon im nächsten Augenblick hatte Opa Gismo sie unter den Armen gepackt und sich mit ihr in die Luft erhoben.

„Los, Kinder, wir verlassen die Kirche! Lasst uns durch das Fenster da fliegen!“ Er deutete mit einer Kopfbewegung auf eine Luke an der gegenüberliegenden Seite des Raumes und raste ihr mit wehendem Umhang entgegen.

Kai schnappte sich Sandra, drückte sie fest an sich und folgte ihm.

„Komm, Vogel!“ Gangolf flog zu Kurt auf die Steinfigur und ließ ihn auf seine Schulter hüpfen. Dann drehte er eine enge Kurve um die Säule mit dem Wasserspeier und eilte Kai hinterher. Mit einem Blick nach hinten vergewisserte er sich, dass seine Geschwister ihm folgten.

Opa Gismo hatte das Fenster fast erreicht. Er streckte einen Arm aus und seine Finger berührten beinah schon den Griff, als das Fensterglas vor ihm mit einem Knall zersplitterte und sich ein Knochenkrieger fauchend in den Dachboden schwang. Die mageren Finger krallten sich in Opa Gismos Umhang und zogen ihn nach unten.

Oma Flammersfeld schrie auf. Als sie auf dem Boden aufschlugen, rollte sie sich ab und kam vor

Kais Sarg zum Liegen. Glasscherben regneten auf sie herab. Über ihr sprangen weitere Krieger durch die Fenster, packten Gerrith und rissen auch ihn zu Boden. Gangolf wollte noch nach seinem Bruder greifen und ihn festhalten, doch seine Finger griffen ins Leere.

„Gangolf, hilf uns!“ Sandras Stimme ließ ihn herumschnellen. Ein Krieger hatte sie gepackt und versuchte, sie Kais Armen zu entreißen.

„Schaff mir den Kerl vom Hals, schnell! Ich kann mich nicht länger halten“, brüllte Kai und versetzte dem Knochenkrieger einen heftigen Tritt gegen die Schulter. Der fauchte ihn wütend an und zog noch stärker an Sandras Bein.

„Ich komme!“ Gangolf stürzte zu ihm. „Das ist für dich!“, brüllte er und stieß dem Krieger die Lanze entgegen, aber der Kuttenmann packte sie am Schaft und schleuderte sie mit einer solchen Wucht von sich, dass Gangolf quer durch den Raum schoss und gegen eine Marienstatue knallte, deren Krone durch den Aufprall abbrach und auf dem Fußboden zerschmetterte.

„Lass mich fallen, Kai! Lass mich einfach fallen! Rette dich!“, schrie Sandra.

„Niemals! Niemals!“ Kai bäumte sich noch einmal auf und schaffte es sogar, ein wenig an Höhe zu gewinnen, doch dann zerbarst neben ihm ein weiteres Fenster.

Der eindringende Knochenkrieger blieb kurz auf dem Sims stehen, gab ein tiefes, gurrendes Geräusch von sich und sprang dann fauchend auf Kai, an dessen Bein er sich klammerte. Im nächsten Moment prallte Kai hart auf dem Marmorboden auf.

Gangolf hing mittlerweile an dem vorgereckten Hals einer Steinfigur und kämpfte mit einem Krieger, der hartnäckig seinen Fuß umklammert hielt. Kurt flatterte aufgeregt um ihn herum und pikste mit dem Schnabel in die Hände des Kriegers, der sich davon jedoch völlig unbeeindruckt zeigte. Im Gegenteil, Gangolf hatte das Gefühl, dass der seine knöchrigen Finger noch fester um sein Fußgelenk krallte. Dann knackte es. Gangolf blickte auf und sah einen Riss, der sich in einer Schlangenlinie über den Stein zog, an dem er sich festklammerte.

„Oh nein, bitte nicht!“, hauchte er noch, dann brach der Stein und Gangolf fiel mit dem Kopf der Figur in den Händen auf den Boden.

Ein bedrohliches Schweigen legte sich über den Raum. Die Freunde hatten sich schützend aneinandergedrängt. Ihre Lanzen waren auf die Knochenkrieger gerichtet, die sie umringten.

„Diese Stille ist unerträglich“, zischte Gutta nach einer Weile. „Warum machen die nichts?“

„Weiß auch nicht. Mir wäre ein Kampf lieber als diese unheimliche Ruhe.“ Opa Gismo fixierte den Krieger vor ihm mit scharfem Blick. Neben ihm zitterte Gerrith so stark, dass sein ganzer Umhang vibrierte. „L... Leute“, stotterte er leise, „L... Leute, ich gl... glaub, mir wird schlecht.“

„So geht das doch nicht weiter.“ Die Großmutter machte einen beherzten Schritt auf den vor ihr stehenden Knochenkrieger zu. „Was soll dieses Theater?“, sagte sie laut und versuchte, ihre Stimme so selbstbewusst und mutig wie möglich klingen zu lassen.

Die Antwort kam augenblicklich. Wortlos überkreuzten die Knochenkrieger ihre Speere so, dass ihre Gefangenen den Kreis nicht mehr verlassen konnten. Sie waren wie in einem Käfig eingesperrt.

„War wohl nichts ...“ Kais Oma trat wieder zurück.

„Vielleicht sollten wir es noch mal mit Wegfliegen versuchen?“, sagte Gutta leise.

„Und wohin willst du fliegen?“ Die Großmutter deutete mit einer kleinen Kopfbewegung zu den Fenstern hinauf, vor denen sich je ein Knochenkrieger postiert hatte. „Da kommen wir nicht raus.“

Dann spürte sie Gerriths Hand an ihrem Arm. „Da ist etwas. Hört ihr das?“

Ein knirschendes Geräusch und Stimmen drangen von der Tür zu ihnen herüber.

„Schaffst du es?“

„Ja, gleich. Mein Zeigefinger war zu klein, ich muss den Mittelfinger nehmen.“

Etwas stocherte im Schlüsselloch herum. Es knarrte und quietschte, und schließlich gab es ein leises, metallisches *Klick!* und die Tür zum Dachboden sprang auf. Thomas und das Skelett betraten den Raum.

Rufus Wankelmann folgte ihnen in einigem Abstand. Er blieb kurz auf der Türschwelle stehen und schaute mit einem hämischen Grinsen in den Raum. „Wunderbar!“, freute er sich und ging zielstrebig auf die Vampire zu. Die Knochenkrieger wichen zurück und machten ihm Platz. „Es tut gut, euch so zu sehen“, sagte er und sein Grinsen wurde breiter. „So gut …“

„Was soll diese Vorstellung, Rufus?“ Die Großmutter blickte ihn verächtlich an.

„Oh, liebste Elisabet! Falls es dir entgangen sein sollte: Wir sind gerade dabei, diese Vampirbrut ein für alle Mal zu erledigen.“ Er zeigte auf Kai und die Vampirgeschwister und fuhr in gespielt überraschtem Ton fort: „Huch! Da stehen ja noch ein paar um dich herum. Hast du das gar nicht bemerkt?“

„Langsam verliere ich die Achtung für dich, Rufus.“ Die Oma wich seinem Blick nicht aus. „Bist du dir denn für gar nichts zu schade? Wie konntest du dich mit diesem Wieland zusammentun?“

„Nun, ganz einfach, Teuerste.“ Rufus fuhr sich durchs Haar. „Wir haben beide dasselbe Ziel. Und Wieland von Wünschelsgrund hat unbestreitbar die größere Erfahrung in der Vampirjagd und die interessanteren Verbindungen, weißt du.“

„Soso …“ Die Oma nickte langsam.

„Ja. Wer außer ihm wäre sonst in der Lage gewesen, einen Spitzel in die Vampirwelt einzuschleusen?“

„Spitzel?“

„War recht schwierig. Aber Wieland hat da so seine Methoden. Unglücklicherweise …“, und hier stockte Rufus kurz, „unglücklicherweise sind wir aber unseres Informanten verlustig gegangen.“

„Wie meinst du das?“

Wankelmann blitzte die Vampirgeschwister hasserfüllt an. „Der Vater von denen da hat ihn eben ermordet“, zischte er. „Ohne unseren Bertram von Brabant hätten wir nicht so schnell herausgefunden, wo die Versammlung der IVK stattfindet. Er hat unserer Sache einen großen Dienst erwiesen."

„Bertram von Brabant!" Opa Gismo atmete tief durch. „Per und Pelle kam dieser Belgier gleich sonderbar vor."

„Den nervigen Norwegern? Ja, Bertram erzählte von ihnen. Ärgerlich war das. Zwang uns zu erhöhter Aufmerksamkeit. Unser Belgier durfte unter keinen Umständen Verdacht wecken. Von ihm hing der Erfolg der ganzen Aktion ab. Ihr versteht schon. Schließlich mussten wir genaue Kenntnis haben, wo die Versammlung stattfinden sollte und wie viele Vampire teilnehmen würden, damit wir eine ausreichende Anzahl an Knochenkriegern herstellen konnten." Wankelmanns Stimme wurde vor Begeisterung und Eigenlob immer lauter. „Nur durch ihn erfuhren wir von der Bewaffnung der Vampire. Lanzen!" Er lachte verächtlich auf. „Wie einfach! Wie vorsintflutlich! Aber immerhin wussten wir dann, dass unser Vorrat an Speeren und Weihwasser mehr als ausreichend war. Ein beruhigender Gedanke!"

„Aber eines konnte dieser Bertram von Brabant
 unmöglich wissen!", sagte die Großmutter.

„Und das wäre?"

„Er ist niemals in der Giselotta-Kirche gewesen

und keiner hat je mit ihm darüber gesprochen. Er kannte dieses Versteck also nicht."

„Ganz recht." Rufus grinste die Oma breit an. „Er hat uns diesen Ort auch nicht verraten."

„Sondern?"

„Du warst es, Elisabet. Du selbst!"

„I… ich?" Oma Flammersfeld sah in mit großen Augen an und schluckte.

„Aber ja, Verehrteste!" Rufus ging einen Schritt auf sie zu und stand nun ganz dicht vor ihr. Sein warmer Atem strich über ihr Gesicht. „Dafür brauchten wir Bertram nicht. Er hob eine Hand und fuhr der Großmutter durch das graue Haar. Dann hielt er ihr die Handfläche vor die Augen.

„Siehst du?" Auf seiner Handinnenfläche saß etwas Kleines, Schwarzes. Etwas mit winzigen Beinchen.

„W… was ist das?", hauchte die Oma.

„Unser kleinster Mitstreiter", sagte Rufus. „Eine Klickerwanze. Winzig, aber ungeheuer effektiv."

„Eine Klickerwanze?"

„Aber ja. Ist sie nicht wunderschön? Schau doch nur, wie feingliedrig sie ist." Rufus Wankelmann schob ihr die Wanze näher vor die Augen. Nun konnte Oma Flammersfeld auch die dünnen Fühler sehen, die an dem Köpfchen saßen.

„Ein Wunderwerk der Natur. Sie stößt Töne aus, die weder Vampire noch Menschen hören können. Nur der große Wieland von Wünschelsgrund besitzt diese vorzügliche Eigenschaft. Er wusste stets, in welche Richtung ihr euch bewegt, Elisabet."

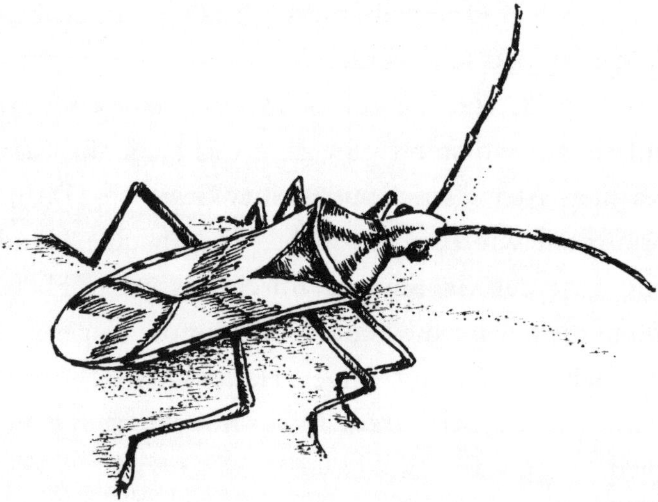

Oma Flammersfeld starrte fassungslos auf die Klickerwanze. Sie konnte nicht glauben, dass sie durch dieses kleine Tier das Versteck ihres Enkels selbst verraten und ihn und die anderen Vampire so in Gefahr gebracht hatte.

„Wie kommt dieses … Ding auf mich?", fragte sie nach einer Weile.

„Haben wir gut gemacht, was? Du hast es gar nicht gemerkt." Wankelmann lachte. „Erinnerst du dich an euer Zusammentreffen mit Siebenschein? Unten in den Höhlen? In diesem kleinen Raum, kurz bevor er von den Knochenkriegern, wie drück ich mich am besten aus, überwältigt wurde?"

Die Oma nickte. Sie sah sofort wieder Siebenschein vor sich, wie er in der Horde der Knochenkrieger versank.

„In diesem Raum, liebste Elisabet, hat er die Klickerwanze auf dich gesetzt. Wieland und meine Wenigkeit haben uns Siebenscheins genialen Auftritt vom Geheimgang aus, der hinter dem Raum verläuft, angesehen. Wir konnten kaum an uns halten, so grandios war der Gute!"

„Du … du meinst, diese Aktion, die Rettung vor den Knochenkriegern, seine Aufopferung für uns, all das war nur … gespielt?"

Wankelmann sprang in die Luft und jauchzte laut dabei auf. „Elisabet! Elisabet! Du amüsierst mich. Natürlich war es das!" Er schaute ihr tief in die Augen. „Du hast es wirklich geglaubt, hm? Du hast wirklich geglaubt, dass Siebenschein euch helfen wollte. Wie niiiedlich …!" Er strich ihr mit der Hand über die Wange. „Glaubst du im Ernst, ihr wärt aus den Höhlen entkommen, wenn Wieland und ich es nicht so gewollt hätten?" Bei diesen Worten blinzelte er kurz Gangolf und Gutta zu.

„Ihr musstet doch entkommen, damit ihr uns zu diesem Versteck hier führen konntet." Er trat einige Schritte zurück. „Dieses Mal", rief er und breitete drohend die Arme aus, „dieses Mal sollen keine Vampire entkommen." Er hielt kurz inne und fuhr dann in ruhigem Ton fort: „Von mir aus hätten ein oder zwei von euch durchaus übrig bleiben können. Als Studienobjekte für mich. Aber Wieland hat da so, wie soll ich sagen, seine ganz bestimmten Vorstellungen." Rufus strich sich vielsagend mit dem Zeigefinger über den Hals.

„Noch ist der Kampf für die Vampire nicht verloren, Rufus", widersprach die Großmutter.

„Das ist wohl richtig. Aber als ich die Burg verließ, sah es zumindest nicht so gut für euch aus." Wankelmann ging zu einer Marienstatue und setzte die Klickerwanze auf das Jesuskind, das sie in den Armen hielt. „So, meine Süße. Du darfst jetzt deine Freiheit genießen."

Dann stellte er sich wieder vor Kais Oma. „Weißt du, was mir die größte Freude sein wird?", fragte er höhnisch und wartete erst gar nicht auf eine Antwort. „Die Asche einzusammeln. Die Asche von denen da!" Er zeigte auf die Vampire. „Und endlich zu vollenden, was ihr vereitelt habt, als ihr die Walpurgismühle niedergebrannt habt."

„Du willst noch immer Gold herstellen?"

„Ich stehe kurz vor dem Durchbruch! Das wird eine wissenschaftliche Sensation. Du wirst es erleben, Elisabet, du wirst es erleben!" Den letzten Satz brüllte er fast und kam mit dem Gesicht ganz nah an die Großmutter heran.

„Du bist wahnsinnig! Völlig wahnsinnig!" Sie stieß ihn zurück. „Niemals wirst du …"

Ein lauter Tumult aus dem Kirchenraum unterbrach sie. Stimmen riefen wild durcheinander, Befehle wurden gebrüllt und irgendetwas krachte polternd zu Boden. Schließlich drangen Schreie durch die Kirche.

„Was um alles in der Welt ist denn da los?", rief Wankelmann. „Los, Thomas, geh mal nachsehen!"

„Nachsehen. Natürlich, Herr. Sofort. Bin quasi schon wieder da …" Thomas schlurfte zur Tür und stieg einige Stufen hinab. Nach ein paar Sekunden kam er eiligen Schrittes zurückgelaufen.

„Herr, Herr", keuchte er. „Da kommen noch mehr Vampire!"

„Was?"

„Ja, Herr. Ich glaube, es sind die Eltern von denen da." Er zeigte auf Gutta, Gangolf und Gerrith.

„Einer von ihnen hat jedenfalls gerufen: ‚Denkt an die Kinder, denkt an die Kinder!'" Bei den letzten Worten, die er überdreht nachäffte, schnitt er eine Grimasse.

„So ..." Wankelmann drehte sich kurz zu den Vampirgeschwistern, lächelte sie an und säuselte dann in übertrieben freundlichem Ton: „Na, das ist ja heute ein wahres Freudenfest."

Dann kamen auf einmal Knochenkrieger in den Raum gelaufen. Mit ihren Speeren trieben sie die Vampireltern und Kais Vater vor sich her.

„Guten Abend!", sagte Wankelmann und bedeutete den Kriegern mit einer leichten Handbewegung, die Gefangenen zu den anderen in den Kreis zu führen. „Gesellen Sie sich doch ein wenig zu uns. Wie kommen wir denn zu dieser Ehre?"

„Fragen Sie doch nicht so dumm!", entgegnete Gottfried von Greifendorf, während einer der Knochenkrieger ihn unsanft in den Kreis schubste.

„Ist es nicht etwas unvampirisch, den Weg durch die Eingangstür zu nehmen?", fragte Wankelmann.

Gesine blickte hoch zu den Fenstern. „Wir sahen Schatten hinter den Scheiben und wollten auf Nummer sicher gehen", sagte sie.

„Sich anschleichen, wie? Ha!" Rufus lachte laut auf. „Glaubten Sie wirklich, dass nicht an jedem nur erdenklichen Zugang Wachen stehen? So einfältig können doch eigentlich nicht einmal Vampire sein." Er schüttelte den Kopf. „Aber wie auch immer. Sie sind zu spät. In jeder Hinsicht zu spät!"

„Wie meinen Sie das?" Aus den Augenwinkeln erblickte Gottfried eine Steinfigur, die weit oben fast unter dem Kirchendach an einer Säule angebracht war und ihren Hals weit in den Raum hineinreckte. Dort entdeckte er Kurt, der auf dem Stein hockte und zu ihnen nach unten schaute. Mit einer kaum merklichen Handbewegung versuchte der Vampir ihm zu bedeuten, dass er wegfliegen sollte, um Hilfe zu holen. Kurt verstand, nickte und ließ sich in einem günstigen Augenblick vom Stein fallen. Ohne einen Flügelschlag glitt er lautlos über den Wachen auf den Fenstersimsen hinweg zu einer runden, offen stehenden Luke an der gegenüberliegenden Wand und verschwand in der Nacht.

„Geduld, nur Geduld! Das werden Sie gleich selbst sehen." Wankelmann hatte bemerkt, dass der Vampirvater eine bestimmte Stelle im Auge behielt, und folgte seinem Blick. Doch er konnte unterm Dach nichts erkennen.

„Die volle Stunde hat geschlagen!", bemerkte er nach einem Blick auf seine Armbanduhr und setzte ein selbstzufriedenes Grinsen auf.

Kai spürte die Kälte zuerst. Sie kroch unter seinen Umhang, kletterte an seinen Beinen empor und fegte wie ein eisiger Nordwind durch den Dachboden der Giselotta-Kirche.

Kai sah zu Sandra. Auch sie schien zu frösteln. Sie rieb ihre Oberarme und zog den Reißverschluss ihres Pullovers ein Stück weiter nach oben. Dann erregte ein Geräusch seine Aufmerksamkeit. Er sah zur Tür. Erst war es ganz leise. Ein Kratzen. Ein Knirschen. Langsam wurde es lauter. Und schließlich war er sich sicher. Das, was er da hörte, waren Schritte! Jemand schleppte sich langsam die Steinstufen zum Dachboden herauf! Er trat ein wenig dichter an Sandra heran. Als er wieder zur Tür blickte, durchfuhr es ihn wie ein Schlag.

Er stand regungslos da. Unter dem breitkrempigen Hut starrten sie zwei rot glühende Augen an. Der lange Mantel reichte fast bis zum Boden. Aus den Ärmeln schauten Hände mit schwarzen Lederhandschuhen hervor. So nahe war ihnen Wieland von Wünschelsgrund noch nie gekommen. Er verharrte eine Weile in der Tür, dann setzte er sich langsam in Bewegung. Die Knochenkrieger wichen zurück und machten ihm Platz.

Plötzlich hastete noch jemand in den Raum.

„Entschuldigt, ich bin etwas spät dran." Siebenschein setzte eine Ledertasche auf dem Boden ab und schnaufte. „Das Zeug hier ist so was von schwer …" Er packte die Griffe der Tasche mit beiden Händen und hob sie mit einem kräftigen Ruck wieder an. Keuchend trippelte er über den Dachboden und stellte die Tasche neben Wieland ab. „Ich werde einfach zu alt dafür …"

Wieland hob eine Hand und Siebenschein verstummte sofort. Grabesstille legte sich über den Raum.

Kai fühlte, wie ihm das heiße Blut in den Kopf schoss. Am liebsten wäre er davongerannt, so beklemmend war für ihn die Anwesenheit des Vampirjägers, der nur einige Schritte vor ihm stand. Er versuchte, im tiefen Schwarz unter der Hutkrempe Wielands Gesicht zu erkennen, doch er sah nur das Rot seiner Augen. Ein sengendes, glühendes Rot.

Plötzlich bemerkte er etwas Seltsames.

War das möglich?

Kai hatte den Eindruck, dass Wieland mit seinen roten Augen seine Großmutter anstarrte und nicht die Vampire. Was konnte der Grund dafür sein?

Wieland kam etwas näher und stand nun so dicht vor Oma Flammersfeld, dass seine Hutkrempe fast ihr Gesicht berührte. Er hob eine Hand und ließ eine Strähne ihres ergrauten Haares durch seine Finger gleiten. Sie wich keinen Millimeter zurück und hielt ihren Blick fest auf ihn gerichtet.

„Wage es bloß nicht!“ Kais Vater stürzte erzürnt mit geballten Fäusten auf Wieland zu. Sofort stellten sich ihm zwei Knochenkrieger in den Weg und richteten ihre Lanzen auf ihn. Wieland schnellte herum und starrte ihn an. Augenblicklich taumelte

Kais Vater zurück. Eine unsichtbare Kraft, mächtig wie Stein, versperrte ihm den Weg. Es schnürte ihm die Kehle zu. Er fühlte sich unfähig, auch nur ein Wort zu sagen.

Wieland wandte sich langsam wieder der Oma zu. Er fasste ihren Arm, beugte sich etwas vor und nahm einige tiefe Atemzüge. Noch einmal atmete er tief durch, dann entließ er Oma Flammersfeld aus seinem Griff.

„Sie haben dich nicht erkannt, nicht wahr?“ Wielands Stimme rollte dunkel durch den Dachboden. „Fast hätte ich es auch nicht.“

„Wovon reden Sie?“

„Du bist alt geworden.“ Wieland fuhr ihr mit dem Zeigefinger über die Wange. Kalt strich dabei das Leder über ihre Haut. „Aber immer noch schön …“

Kais Oma schlug seine Hand weg. „Hören Sie auf damit“, sagte sie mit fester Stimme. „Was soll der Unsinn?“

Wieland antwortete nicht. Ruhig stand er vor ihr und sah sie an. Dann führte er die Hand mit einer ausholenden Bewegung an seinen Hut und zog ihn betont langsam vom Kopf.

Die Vampirmutter drehte sich angewidert beiseite und warf sich in die Arme ihres Mannes. Gutta hielt die Hand vor den Mund und unterdrückte einen Schrei.

Wielands Kopf war nahezu kahl. Nur an wenigen Stellen waren einige dünne schwarze Haarsträhnen. Seine Haut war alabasterweiß und wirkte dünn wie Pergament. Ein Geäst dunkler Adern spannte sich wie ein Spinnennetz über seinen Schädel. Von einigen dicken Adern zweigten feinere ab, um sich dann in noch feinere zu teilen. Darin floss dunkelviolett das Blut.

Er stand reglos vor der Großmutter und sah sie mit seinen funkelnden, rubinroten Augen an. „Du erkennst deinen Wieland wirklich nicht, Geysira?"

Die Vampire blickten erschrocken auf. Den Namen ihrer seit Langem tot geglaubten Großtante hatten sie seit Jahrzehnten nicht mehr gehört; diesen Namen, der mit schmerzlichen Erinnerungen verbunden war.

„Ich kann es dir nicht wirklich verübeln. Auch ich habe mich seit damals verändert." Wieland verzog den Mund zu einem kaum merklichen Grinsen. Dabei traten die dünnen Äderchen auf seinen farblosen Lippen hervor.

Die Großmutter stand wie versteinert da und blickte Wieland verwirrt an. In ihrem Kopf drehte sich alles. Was redete dieser entstellte Mann da?

„Es ist alles weg, nicht wahr? Du hast keinerlei Erinnerung mehr an das, was damals geschah; an das, was du einmal warst …"

„I… ich …" Oma Flammersfeld kniff die Augen zusammen. Ihre Gedanken wirbelten durcheinander, suchten Sinn in Wielands Worten. Ihr Magen presste sich so stark zusammen, dass ihr schlecht wurde. „Ich verstehe nicht, was Sie mir sagen wollen", flüsterte sie. Sie fühlte sich wie bei einer besonders schlimmen Achterbahnfahrt. Für einen kurzen Moment schloss sie die Augen.

„Und doch reichen wenige Sätze, um dich in Unruhe zu versetzen", sagte Wieland.

„Nun …"

„Versuch nicht, mir etwas vorzumachen, Geysira. Ich kann deinen inneren Kampf spüren. Ich kann ihn riechen." Er nahm einen tiefen Atemzug. „Dein alter Name stürzt dich in Verwirrung."

Kais Oma zuckte zusammen. Konnte es wirklich sein, dass Wieland ihre Angst spürte?

„Hast du dich nie gefragt, warum das Alter so langsam über dich kam? Warum es dir nicht viel anzuhaben scheint? Nein? Und der da …", Wieland zeigte, ohne sich von ihr abzuwenden, auf Kais Vater, „hat sich dein Sohn auch nie gewundert? Kann ich mir kaum vorstellen."

Oma Flammersfeld schluckte. Etwas Scheußliches, etwas Großes fraß sich durch ihren Körper.

„So lass mich deine Erinnerung etwas auffrischen, meine Liebe.“ Wieland richtete sich kerzengerade auf. „Es war vor langer Zeit. Damals waren wir beide jung.“ Er hielt kurz inne und lächelte. „Nun, du warst schon eine Ewigkeit lang jung, nur wusste ich das in jenen Tagen noch nicht. Eines Abends hatte mich die Spur eines Vampirs auf den Friedhof außerhalb der Stadt geführt. Doch sie war alt, die Gruft des Untoten, den ich suchte, war bereits verlassen. Verärgert ging ich über den Friedhof und beschloss, einen anderen Weg zurück in die Stadt zu nehmen. Als ich an die alte Steinbrücke kam, die über den kleinen Fluss führt, da sah ich dich. Du hast einfach nur dagestanden, dich über die Brüstung gebeugt und ins Wasser geschaut, das gemächlich unter dir vorbeizog. Was für ein Anblick! Der Nachtwind spielte in deinem dunklen Haar, verfing sich in deinem langen, weißen Kleid und spielte sanft mit dessen zartem Stoff. Ich sah dir eine ganze Weile zu, ohne dass du mich bemerkt hättest. Erst als ich die Brücke betrat und du meine Schritte auf den Steinen hörtest, hast du aufgesehen. Du warst so schön, Geysira …“ Den letzten Satz sagte Wieland so leise, dass ihn die Großmutter fast

nicht hören konnte. „Es war sofort um uns geschehen.“ Ein zaghaftes Lächeln huschte über sein Gesicht.

„Du warst die Einzige, die ich je so geliebt habe. Bis zu dem Abend, an dem ich herausfand, was du wirklich warst. Eine Untote. Eine von denen da. Eine … Vampirin!“ Er breitete die Arme aus und ließ sie langsam wieder an seinem Körper herabsinken. „Nie hat mich jemand so verletzt wie du, Geysira“, zischte er.

„Wie bitte?“ Die Oma schreckte auf. „Sie glauben, ich sei eine Vampirin?“ Sie schüttelte den Kopf. „Hören Sie! Was immer Ihnen zugestoßen sein mag, es hat offensichtlich auch Ihren Geisteszustand in Mitleidenschaft gezogen.“

„Nicht so voreilig!“ Wieland blieb von den Worten der Großmutter unberührt. „Du wirst gleich sehen.“ Er räusperte sich. „Wir verabredeten uns öfter und verlebten eine wunderschöne Zeit miteinander.“ Seine Lippen verzogen sich zu einem Grinsen. „Eigentlich schade, dass du dich nicht einmal mehr daran erinnerst … Aber, wie dem auch sei: Irgendetwas stimmte nicht mit dir. Du wolltest dich stets nur nach Einbruch der Dunkelheit mit mir treffen und wenn wir zusammen waren, hast du nie etwas getrunken, sagtest immer, du hättest keinen Durst.

Ha! Und wenn ich dich zum Essen ausführte, hast du jedes Mal Blutwurst gegessen. Du hast einfach alles versucht, um es vor mir zu verbergen. Aber du warst nicht gut genug, meine Liebe. Nicht gut genug. Eines Abends schließlich, wir waren durch die Stadt geschlendert und hatten uns verabschiedet, folgte ich dir. Ich wollte, nein, ich musste einfach wissen, ob der schreckliche Gedanke, der in mir aufgekeimt war, stimmte oder nicht. Und da sah ich dich."

„Ach, und was habe ich gemacht?" Kais Oma fühlte Wut in sich aufsteigen. „Bin ich von Gruft zu Gruft geflattert?"

„Nicht ganz. Du hast Blut getrunken."

„Ich soll ... Sie sind ja wohl völlig verrückt!"

„Wenn ich es dir sage. Du hattest deine Zähne in den Hals einer Kuh geschlagen. Ich war entsetzt und bitter enttäuscht. Ich, der größte Vampirjäger aller Zeiten, hatte mich in eine Untote verliebt! Was für eine Schande! Ich ging zu dir und gab mich dir als der zu erkennen, der ich bin. Nie werde ich deinen entsetzten Gesichtsausdruck vergessen, als ich dir meinen wahren Namen nannte! Du standest mit blutverschmiertem Mund vor mir und hast mich mit deinen großen Augen angestarrt."

„Diese Geysira hätte vielleicht nicht die Kuh,

sondern Sie anfallen sollen", sagte die Großmutter. Je länger sie Wieland zuhörte, desto mehr fühlte sie ihre Angst vor ihm schwinden.

Wieland lachte auf. „Hast du aber nicht. Du bist einfach nur davongerannt. An diesem Abend habe ich geschworen, dich so lange zu jagen, bis dein lebloser Körper in meinen Armen liegt." Er neigte den Kopf leicht zur Seite und säuselte: „Ich musste alles in meiner Macht Stehende daransetzen, den Schandfleck aus meinem Leben zu entfernen, verstehst du? Ausgerechnet ich hatte nicht bemerkt, dass ich mich in eine Vampirin verliebt hatte. Wie war es ihr gelungen, ihren Geruch vor mir zu verbergen? Vor mir, dem großen Wieland! Nie vor dir und nie nach dir hat es ein Vampir geschafft, sich vor mir zu verbergen. Niemals!"

„Niemand ist unfehlbar", sagte Oma Flammersfeld trocken.

„Und du warst mein lebender Beweis dafür, Geysira. Deshalb musste ich dich einfach finden. Quer durchs Land habe ich dich gejagt wie ein Tier. Einmal hätte ich dich auch fast erwischt. Du hattest dich auf einem Jahrmarkt in einer Geisterbahn versteckt. Doch leider konntest du entkommen."

„Haben Sie diese Geysira letztlich erwischt?"

Bei dieser Frage horchten die Vampire auf.

„Selbstverständlich! Was für eine Frage!“ Wielands Stimme klang fast ein wenig gekränkt.

„Und schon sehen Sie, dass ich unmöglich die sein kann, die Sie in mir zu sehen glauben. Schließlich weile ich noch munter unter den Lebenden.“

„Nicht so voreilig, Teuerste.“ Wieland lächelte siegesbewusst. „Die Geschichte hat noch nicht ihr Ende gefunden. Es verging einige Zeit, in der du mir stets ein wenig voraus warst. Aber ich war dir dicht auf den Fersen. Und dann, eines Abends, fand ich dich. Es war eine kalte, regnerische Nacht und du hattest in einer Scheune Schutz vor dem Sturm gesucht, der über das Land fegte. Ich genoss es, wie sehr die Angst dein Gesicht zeichnete, als ich mein Weihwassergewehr auf dich richtete. Nichts hätte dich retten können. Doch dann geschah etwas, was selbst ich nicht für möglich gehalten hätte. Es gab einen ohrenbetäubenden Knall und ein Kugelblitz raste durch die Scheune, flitzte von einer Ecke in die andere und entzündete das Stroh. Du konntest mir ein weiteres Mal entwischen und bist in die Dunkelheit geflüchtet. Aber das, liebe Geysira, war dein Ende!“

„Ende?“

„Aber ja.“ Wieland schlug einen fast väterlichen Ton an. „Der Regen durchnässte dich, der Sturm zerrte an dir. Deshalb hattest du nicht bemerkt, wie der Wind die Wolken davonblies und der Vollmond zum Vorschein kam. Seine Strahlen benetzten deine nasse Vampirhaut. Es dauerte nicht lange und du hattest das gefürchtete Mondfieber."

Opa Gismo entfleuchte ein lautes „Grundgütiger Teufel auch!", was Wieland aber nicht zur Kenntnis nahm.

„Das Mondfieber musste dich schwer erwischt haben. Ich konnte deine Krankheit meilenweit riechen. Sie war die Spur, die mich zu dir in die Burgruine führte, in der du dich versteckt hattest. Nun konntest du mir nicht mehr entkommen!" Wieland machte eine kurze Pause und sagte dann: „Ich gebe zu, dass es mir schwerfällt, den nun folgenden Teil der Geschichte zu erzählen. Immerhin habe ich in dieser Burg meinen zweiten großen Fehler begangen. Einen Fehler, der mich zeichnen sollte. Ich sah dich dort liegen. Dich, die zarte Vampirin. Auf einem alten, steinernen Tisch. Du warst schon schwer vom Mondfieber angegriffen und ein tiefer Schlaf hatte dich überkommen. Aber du warst noch immer unglaublich schön. Ich zückte den Pflock,
 den ich extra für dich aus bestem Zedernholz gefertigt hatte, und setzte ihn an dein kaltes Herz. Glaube mir, Geysira, es fehlte nicht mehr viel. Ich holte

weit aus, bereit, den Pflock in dich zu rammen. Aber dann schaute ich in dein Gesicht, das so ruhig und unschuldig wirkte. Da ließ ich den Hammer wieder sinken. Ich schaffte es einfach nicht zuzuschlagen. Denn Vampire sterben grausam durch den Pflock. Für diese Schwäche schäme ich mich noch heute und ich schreibe sie meiner damaligen Jugendlichkeit zu." Er atmete tief durch. „Du solltest durch eine sanftere Methode von deinem Vampirdasein erlöst werden."

„Wie reizend von Ihnen. Danke schön!", sagte die Großmutter schnippisch.

„Ich beschloss also, dich vom Saft der Trautelbeere trinken zu lassen."

Oma Flammersfeld zog überrascht die Augenbrauen hoch. „Saft der Trautelbeere? Davon habe ich noch nie etwas gehört."

„Oh doch, das hast du. Du hast es nur vergessen. Vampire, die von diesem Saft trinken, fallen in einen tiefen Schlaf, aus dem sie nie wieder erwachen. Einen schonenderen Weg, um Untote ins Jenseits zu schicken, gibt es nicht." Er machte eine kurze Pause und sah die Großmutter an, als erwartete er, dass sie sich erinnerte. Doch sie zeigte keinerlei Regung.

„Ich kramte in meiner Tasche und zog das Trautelbeerenfläschchen hervor." Bei diesen Worten zeigte er auf die Ledertasche, die Siebenschein hereingeschleppt hatte. „Ich weiß wirklich nicht mehr, wie lange ich mit dem goldgelben Saft des Todes in der Hand dastand und abwechselnd zwischen dir und der Flasche hin und her schaute. Ich habe fürchterlich mit mir gerungen. Aber es musste sein, daran gab es keinen Zweifel. So öffnete ich schließlich das Fläschchen, setzte es an deine Lippen und flößte dir die Hälfte seines Inhalts ein. Glaub mir, Geysira, trotz allem fiel mir das nicht leicht. Du öffnetest kurz deine Augen. Als sich unsere Blicke trafen hatte ich für eine Sekunde Zweifel, ob ich wohl das Richtige getan hatte."

Er machte eine abwehrende Handbewegung und fuhr dann mit kalter, gleichgültiger Stimme fort: „Hm, was soll's. Ich war jung. Da kann man sich solche Gefühle erlauben." Zum ersten Mal wandte er den Blick von der Großmutter ab und sah zu Boden. „Als du deine Augen wieder geschlossen hattest, erlaubte ich mir eine weitere menschliche Schwäche. Ich weinte. Ja, ich habe mich von dir verabschiedet und dabei tatsächlich die eine oder andere Träne vergossen. Mir war elend zumute. Ich wähnte dich im Sterben, fühlte mich betrogen; mein Kopf war schwer und alles drehte sich. Unschön war das, sehr unschön. Irgendwann setzte ich mich auf den Boden, lehnte mich gegen den Tisch, auf dem du lagst, und schlief ein."

„Dann ist diese Geysira also tot. Was kann ich da mit ihr zu tun haben?"

Wieland sah Kais Oma tief in die Augen und lächelte sie an. „Es war tief in der Nacht, als ich wieder erwachte. Mein Kopf schmerzte, als würde ein Feuer darin brennen, und ich fühlte mich wie gerädert. Alles tat mir höllisch weh: meine Augen, die Knochen, ja, selbst meine Haut quälte mich, als hätte jemand raue Steine über sie gezogen. Ich rappelte mich auf und wollte einen letzten Blick auf dich werfen. Doch der Tisch war leer, du warst verschwunden! Wie gelähmt stand ich vor der nackten Steinplatte, auf der du eigentlich hättest liegen müssen. Alles, was ich noch finden konnte, war eine Haarspange, die du verloren hattest, und das leere Fläschchen des Trautelbeerensaftes, das daneben lag. Von dir aber war weit und breit keine Spur ..."

Er machte eine Pause und fuhr dann fort: „Weißt du, was das Schlimmste ist? Dass ich es nicht gleich gemerkt habe."

„Gemerkt? Was gemerkt?"

„Das leere Fläschchen hätte mir gleich auffallen müssen. Tat es aber nicht. Ich packte es in die Tasche und schleppte mich aus der Ruine. Erst als ich zu

Hause war, enthüllte sich mir das ganze Drama." Wielands Stimme veränderte sich. Sie wurde noch dunkler und seine Augen blitzten wütend auf. „Ich trat vor den großen Spiegel in der Eingangshalle meines Hauses. Das, was mir dort entgegenblickte, war schlimmer als der Tod. Jedes Gefühl, jede menschliche Regung verließ mich in jenem Moment und ließ mich kalt wie Eis zurück. Meine Haut war blass geworden wie das Licht des Vollmondes, überzogen von einem Netz pochender Adern. Meine Augen waren rot wie Rubine ... War das wirklich ich, der da vor dem Spiegel stand? Ich fuhr mir durchs Haar und hielt plötzlich dicke Büschel in der Hand. Es war grausam! Ein Wort schoss mir wieder und wieder durch den Kopf: Monster! Bis zum Morgengrauen stand ich vor dem Spiegel und schaute das Ding im Spiegel an. Jenes Ding, zu dem ich geworden war. Dann, als die Sonne die ersten Strahlen über den Morgenhimmel schickte, beschlich mich plötzlich ein fürchterlicher Verdacht. Ich zog das Trautelbeerenfläschchen aus der Tasche – und dann war mir auf einmal alles klar."

„So? Mir ist noch nichts klar", entgegnete Oma Flammersfeld ungeduldig.

„Wie gesagt: Die Flasche war leer!"

„Ja, und?"

„Ich hatte dir lediglich die Hälfte zu trinken gegeben und war der Meinung, der Rest sei ausgelaufen. Doch so war es nicht.“ Wieland trat ganz nah vor das Gesicht der Großmutter. „Du hast mir den Rest eingeflößt, als ich schlief, Geysira. Du wolltest mich töten!“

„So, wollte ich das?! Aha … Na, dann sind wir ja quitt“, sagte Oma Flammersfeld bissig.

Wielands Augen glühten vor Zorn. „Der Saft der Trautelbeere ist für Menschen ebenso tödlich wie für Vampire. Es grenzte also an ein Wunder, dass wir beide überlebt hatten. Und es durfte, es konnte eigentlich nicht möglich sein. Ich ging in meine Bibliothek und wälzte unzählige Bücher. Und dann fand ich des Rätsels Lösung.“

„Die da wäre?“

„Der Inhalt des Fläschchens war mitnichten der Saft der Trautelbeere!“

„Ach, was. Sondern?“

„In der Flasche war der Saft der Trügerischen Trautelbeere!“

„Der Saft der Trü… Sagen Sie mal, meinen Sie das alles wirklich ernst, was Sie uns hier erzählen?“

„Es war die einzig logische Erklärung“, zischte er. „Nie hättest du den Trunk der Trautelbeere überlebt, Geysira. Nie! Auch ich wäre sofort daran gestorben. Doch der Saft der Trügerischen Trautelbeere hat eine gänzlich andere Wirkung."

„Ich bin gespannt …" Die Großmutter trat einen Schritt zurück und verschränkte die Arme vor der Brust.

„Auf Menschen hat der Saft eine schreckliche Wirkung. Er schenkt ihnen zwar ein langes Leben. Ein sehr, sehr langes Leben. Aber, wie du siehst, verändert er ihr Aussehen auf eine eher drastische Weise." Wieland zeigte an sich hinunter. „Die Gefühle verkümmern bis auf einen jämmerlichen Rest, der bei mir aber glücklicherweise noch so groß ist, dass er für meinen Hass auf euch Brut ausreicht. Vampire haben es da schon besser."

Er blickte der Großmutter tief in die Augen. „Als ich dir den Trank einflößte, hat er auch dich verändert, meine Liebe", sagte er mit tiefer Stimme. „Er hat einen Tagvampir aus dir gemacht."

Oma Flammersfeld lachte laut auf. „Ich bitte Sie, machen Sie sich doch nicht lächerlich! Ich kenne mich auch ein wenig mit Vampiren aus, wissen Sie. Und von einem Tagvampir habe ich noch nie etwas gehört!"

„Tagvampire sind etwas ganz Besonderes", fuhr Wieland unbeirrt fort. „Ich habe nur wenige Male einen zur Strecke gebracht. Ich glaube, das letzte

Mal war ’79. Sie altern sehr langsam und bleiben stets in bester körperlicher Verfassung. Wann bist du zuletzt krank gewesen?“ Er kniff die Augen zusammen und grinste Oma Flammersfeld an, die vor ihm stand und schluckte.

„Alles Vampirische verschwindet. Die spitzen Zähne, die blasse Haut, all die Erinnerungen an die vampirische Vergangenheit lösen sich auf oder fallen hinter die Nebelschleier des Traums. Sogar der Vampirgeruch wird dem Untoten genommen.“ Wielands Nasenflügel weiteten sich. Er beugte sich zur Großmutter vor und nahm einen tiefen Atemzug. „Das ist gut für ihn, denn so fällt es mir schwer, ihn zu finden. Allerdings wird er auch von seiner ehemaligen Vampirgemeinschaft nicht mehr wiedererkannt. Du siehst, ein Tagvampir zu werden, bringt eine Menge Veränderungen für den Untoten mit sich. Fortan führt er das Leben eines Menschen. Übrigens ist er auch nicht mehr anfällig für Vampirkrankheiten, wie zum Beispiel das Mondfieber. Denn Menschen haben kein Mondfieber. Er kann nicht mehr in die dunkle Welt der Vampire zurück, kann nie mehr ein Nachtvampir werden.“

Jetzt flüsterte er, wobei seine Lippen fast ihre Haut berührten: „Kein … Dürsten … nach … Blut … mehr!“

„So ein Unsinn!“ Oma Flammersfeld stieß ihn zurück. „Was wollen Sie mir hier einreden?“

„Das ist kein Unsinn, Geysira.“

Die Großmutter schüttelte den Kopf.

„Du kannst dich dagegen wehren, wie du möchtest. Ich weiß es besser. Aber du, du weißt es auch. Ich kann deine Zweifel riechen, ich spüre die blassen Erinnerungen, die in dir aufsteigen. Ich kann es riechen, Geysira, ich kann es riechen! Zaghafte Regungen, Töne, Gerüche, Eindrücke, deren Ursprung du dir nicht erklären kannst, sie sind da. Ich weiß es. Ich spüre es ganz deutlich.“ Wieland stand vor ihr und verzog seine fahlen Lippen zu einem feinen, kaum merklichen Lächeln.

Oma Flammersfeld rührte sich nicht. Alles um sie herum schien zu verschwimmen und in weite Ferne zu rücken. Kai, ihr Sohn, die Vampire, die Knochenkrieger, alle waren ihr auf einmal fremd. Einzig und allein Wielands Worte hallten in ihrem Kopf wider und brannten sich dort ein. Sie zitterte und blickte in Wielands rot glühende Augen.

Da war diese Brücke. Sie beugte sich über das steinerne Geländer. Wie ruhig das Wasser unter ihr dahinfloss … Dann ein Geräusch. Erschrocken blickte sie auf. Wer war dieser Mann? Hunger … Später, bei den Kühen ... Auf einmal etwas gänzlich anderes. Eine unbeschreibliche Angst überfiel sie, eine Angst, die sie zu zerreißen drohte. Eine junge Frau, sie musste weg. Fliehen. Sich retten. Doch wovor hatte sie solche Furcht? Die Panik dieser Frau zehrte an ihren Nerven. Sie sah sich um. Da! Teufel auch, da ist er! Weg! Nur schnell weg! Renn um dein Leben! Renn, Geysira, renn!

„Nein!“ Kais Oma schlug die Hände vors Gesicht.

„Überwältigend, nicht wahr?“ Wielands Stimme war sanft und leise. „Vergiss nicht, wie lange diese Erinnerungen verschüttet waren. Fast möchte ich dich um ihre Intensität beneiden ...“

Er trat ein paar Schritte zurück, breitete die Arme aus und rief: „Heute ist ein wahrer Festtag! So viele Vampire auf einem Haufen. Was für ein Traum! Es wird mir eine Freude sein, euch einen nach dem anderen dahin zu befördern, wo ihr hingehört: ins Jenseits.“

Er griff in die Innenseite seines Mantels und zog Hammer und Pflock hervor. „Vor allem natürlich dich, meine liebe Geysira.“ Er schlug mit dem Hammer auf den Pflock, den er fest in einer Hand hielt. Bei jedem Schlag glitt das schreckliche Instrument ein wenig weiter zwischen seinen Fingern hindurch.

„Am besten fange ich gleich bei dir an." Seine Finger spielten aufgeregt mit dem Holzpflock, als er langsam auf die Großmutter zuging.

Ohne den Blick von ihm zu wenden, wich sie zurück, bis sie gegen etwas Weiches stieß. Aus den Augenwinkeln heraus sah sie Kai, der sich neben sie stellte.

Die Knochenkrieger schlossen den Kreis um die Vampire enger. Gerrith floss der Angstschweiß als kleines Rinnsal über den Rücken und durchnässte seinen Umhang. Er zitterte und wimmerte leise.

Gottfried von Greifendorf hielt die Hand seiner Frau und drückte sie ganz fest.

„Ich helfe dir, ich helfe dir, mein Sohn", zischte Kais Vater.

Oma Flammersfeld hatte sich vor Sandra gestellt und flüsterte ihr zu: „Bleib dicht hinter mir, hörst du!"

Doch Sandra dachte nicht daran. Sie wollte nicht einfach wegsehen. Sie wollte Wieland entgegentreten. Ja, sie hatte Angst. Große Angst. Sie hatte das Gefühl, als würden ihre Beine jeden Moment unter ihr nachgeben. Aber das wollte sie Wieland auf keinen Fall zeigen. Diesen Triumph gönnte sie ihm nicht!

Plötzlich zeigte Wieland auf Opa Gismo. „Nein,

das machen wir anders. Ich nehme den hier zuerst. Geysira hebe ich mir bis zum Schluss auf."

Sofort kamen vier Knochenkrieger und packten Gismo grob an den Armen.

„Legt ihn da hin und haltet ihn gut fest." Wieland zeigte auf Kais rotmetallicfarbenen Sarg.

Die Krieger nickten und zogen Gismo aus dem Kreis heraus.

„Nein! Nicht!" Die Vampirmutter schrie auf. „Vater!" Sie ließ die Hand ihres Mannes los und stürzte sich auf die Knochenkrieger, die Opa Gismo wegzerrten. Doch sofort stellten sich ihr andere Krieger in den Weg und drückten ihr die Speere gegen die Brust.

„Gesine ..." Opa Gismo blickte über die Schulter zurück zur Vampirmutter. Tränen liefen über seine Wangen und fielen als kleine silberne Tropfen auf den Fußboden.

„Los jetzt! Nicht so langsam!" Wieland klopfte abermals mit dem Hammer auf den Pflock in seiner Hand und gab Gismo einen Stoß in den Rücken. „Mach's dir schon mal bequem."

Die Knochenkrieger schleppten den Vampir zu dem Sarg und drückten ihn rücklings auf den harten Deckel.

„Haltet ihn gut fest!", bellte Wieland, stellte sich

neben Gismo und beugte sich zu ihm hinab. „Mach dir keine Sorgen, alter Mann“, raunte er Opa Gismo hämisch ins Ohr. „Gleich ist alles vorüber. Es tut auch nicht sehr lange weh. Ach und übrigens …“ Wieland richtete sich wieder auf, stieß ein tiefes, fieses Lachen aus und zupfte an Gismos Kleidung. „Solltest du hoffen, dass dein Pflockschutzhemd dir hilft, muss ich dich leider enttäuschen. Dieser Pflock hier ist verstärkt.“

Ein grausiges Grinsen huschte über sein bleiches Gesicht, auf dem die Adern sich jetzt deutlich abzeichneten. Er setzte den Pflock an Opa Gismos Herz und der Vampir stöhnte auf.

„Was denn, was denn?“, hauchte Wieland. „Jammerst du jetzt schon? Ts, ts, ts …“ Die Finger seiner rechten Hand krallten sich fest um den Pflock. „Jetzt, Gismo … stirb!“ Er riss die andere Hand mit dem Hammer hoch in die Luft.

„Neeein!“ Durch den Dachboden der Giselotta-Kirche hallte der markerschütternde Aufschrei der Vampirmutter, mischte sich mit dem Zersplittern von Glas und dem dumpfen Aufschlagen von Körpern auf dem Fußboden. Auf einmal spürte Wieland, dass jemand an dem Hammer in seiner Hand zog. Er sah überrascht auf und schaute in das bleiche Gesicht eines Vampirs.

„Was …“ Wieland blickte sich hektisch um.

Auf dem Boden lagen die Körper der Knochenkrieger, die eben noch auf den Fenstersimsen Wache gestanden hatten und um ihn herum flatterte ein Meer aus schwarzem, wehendem Stoff. Immer mehr Vampire hechteten im Sturzflug durch die Fenster auf den Dachboden und verwickelten die Krieger sofort in heftige Kämpfe.

Wieland fluchte. Hastig steckte er Pflock und Hammer in seine Manteltasche zurück und stürzte mit großen Schritten zur Tür, wo er kurz innehielt und sich noch einmal umdrehte. Dann polterte er die Stufen in den Kirchraum hinunter.

„Los, ihm nach!“, rief eine Stimme, die Sandra sofort erkannte. Es war Diadema. Sie schnappte sich ein paar Vampire und eilte hinter Wieland her. Als sie an Sandra vorbeikam, lächelte sie kurz, dann war sie nach draußen verschwunden.

Plötzlich bemerkte Sandra einen Schatten hinter sich und schnellte herum. Das Skelett hatte sich breit vor ihr aufgebaut und richtete sein Weihwassergewehr auf sie. „Dir werd ich's zeigen, du kleines Miststück!“, rief es und feuerte eine heftige Salve auf Sandra ab. Das Wasser traf sie mitten ins Gesicht.

Als sie jedoch keinerlei Regung zeigte, fauchte

der Knochenmann wütend: „Ach, wohl wieder ein Buddhist, was?“

„Nein!“, brüllte Sandra. „Bloß kein Vampir!“ Sie bückte sich, griff nach einem Speer, der auf dem Boden lag und rammte ihn dem Skelett zwischen die Rippen.

„Aua!“, schauspielerte dieses und begann lauthals zu lachen. „Glaubst du wirklich, du kannst mir damit etwas anhaben?“ Es zeigte auf den Speer und machte eine abfällige Handbewegung. „Du bist ja wirklich drollig!“

„Nicht? Na, dann eben anders.“ Sandra holte weit aus und schlug, so kräftig sie konnte, auf die Schulterknochen des Skelettes.

Der Knochenmann zuckte zusammen. „Oh, nein!“, flüsterte er und blieb wie versteinert stehen. Seine Knochen knackten von oben bis unten. „Das war jetzt nicht gut … überhaupt nicht gut …“ Er wollte die Hand mit dem Weihwassergewehr hochheben, als ihm plötzlich der Arm abfiel und mit einem leisen *Klack!* auf dem Boden landete. „Na toll, mein Schussarm! Jetzt sieh nur, was du angerichtet hast!“, polterte er. Eine Rippe löste sich und folgte dem Arm auf den Fußboden.

„Du könntest das jedenfalls wieder aufheben und ansetzen“, protestierte das Skelett und stemmte verärgert den übrig gebliebenen Arm gegen seinen Beckenknochen, wobei ihm der kleine Finger abfiel.

„Ich kann es aber auch sein lassen“, sagte Sandra und gab ihm einen sachten Stups gegen das Brustbein.

„Nicht doch!“ Das Skelett torkelte einige Schritte zurück und verlor zwei weitere Rippen. Dann ertönte ein lautes Krachen und die Knochen des Gerippes fielen in sich zusammen. Der Kopf rollte eiernd über den Boden und kam vor Sandras Füßen zum Liegen.

„Das hast du ja prima hingekriegt“, moserte es zu ihr herauf. „Weißt du eigentlich, wie lange es dauern wird, bis ich das wieder in Ordnung gebracht habe, hm? Kein Respekt, diese Jugend!“

Sandra hob den Schädel auf und hielt ihn sich vor das Gesicht. „Weiß ich nicht. Interessiert mich nicht“, sagte sie schnippisch, ließ den Kopf fallen und kickte ihn mit einem treffsicheren Schuss wie einen Fußball aus einem der Fenster hinaus.

„Hey, Kai, nimm das hier!“

Kai schaute auf. Lamentira kam auf ihn zugeflogen. Als sie genau über ihm war, ließ sie eine Lanze in seine Hände fallen. „Man sollte in so einem Kampf nicht ohne Waffe sein!“ Sie zwinkerte ihm zu und raste dann im Sturzflug auf einen Knochenkrieger nieder.

„Kai! Kai, hilf mir!“

Kai schnellte herum. Per Polar kämpfte gleichzeitig mit Herrn Siebenschein und einem der Knochenkrieger. Aus einer Wunde an seiner Brust quoll Blut und durchtränkte sein weißes Hemd.

„Halte durch, ich komme!“ Kai rannte zu ihm und gab dem Knochenkrieger, der sich ihm entgegenstellen wollte, einen kräftigen Stoß. Im hohen Bogen purzelte der Angreifer die Treppe in den Kirchsaal hinunter. Herr Siebenschein ließ sofort von Per ab und drehte sich Kai zu.

„Du bist ja immer noch am Leben, du kleiner Teufel!“, schrie der Sargmacher und im nächsten Augenblick knallte sein Speer gegen Kais Lanze. Sie fauchten sich an, umkreisten einander und einmal sauste Herrn Siebenscheins Speer haarscharf an Kais Ohr vorbei.

„Flink bist du, das muss man dir lassen“, bellte er und trieb Kai einige Schritte zurück.

„Und nicht nur das!“ Kai stieß sich vom Boden ab, machte einen großen Satz über Siebenschein hinweg und setzte hinter dem Sargmacher wieder auf.

Siebenschein drehte sich um. „Ich sehe, du hast dich in den vampirischen Künsten schon ein wenig geübt“, schnarrte er. Mit einem lauten Schrei stürzte er sich auf Kai, der erschrocken zurücktaumelte und plötzlich das kalte, scharfe Eisen von Siebenscheins Speerspitze an seiner Kehle spürte.

„Hab ich dich!“, zischte er und drückte den Speer fester gegen Kais Hals.

Vor Kais Augen drehte sich alles im Kreis. Lähmende Angst kroch schmerzend durch seinen Körper wie das Gift eines Skorpions. Er wich einen Schritt zurück und stieß an eine Wand. Verzweifelt presste er seinen Körper gegen den kühlen Stein. Nun gab es kein Entkommen mehr.

Herr Siebenschein verzog den Mund zu einem grausamen Lächeln. „Angst, mein Kleiner?“, fragte er und ließ die Speerspitze über Kais Hals fahren.

„Bester schwedischer Stahl. Mit Weihwasser getränkt. Absolut tödlich.“ Er lachte.

Dann aber, eine Sekunde später, riss er die Augen weit auf und verzog das Gesicht zu einer scheußlichen Grimasse. Er röchelte und Kai bemerkte einen feuchten roten Fleck, der sich auf dem Hemd des Sargmachers bildete. Siebenschein zog langsam den Speer von seinem Hals zurück.

„Dir werd ich helfen!“ Der Sargmacher brüllte

auf, schnellte herum und erst jetzt konnte Kai sehen, dass Per ihm die Lanze in den Rücken gestoßen hatte.

„Los, Kai! Verschwinde!“, rief Per und richtete seine blutverschmierte Lanze wieder auf Siebenschein. Im nächsten Augenblick knallten ihre Waffen aufeinander.

Siebenschein war wendig, seine Speerstöße waren hart. Er drängte Per zurück, der versuchte, sich in die Luft zu schwingen, um Zeit zu gewinnen. Doch Siebenschein erwischte ihn am Umhang und zerrte ihn wieder auf den Fußboden.

„Das könnte dir so passen, du Blutsauger“, rief er, holte weit aus und ließ seinen Speer auf ihn niederfahren.

Mit Entsetzen sah Kai, wie er in Pers Körper eindrang.

Siebenschein versetzte dem Vampir noch einen Stoß, sodass dieser gegen eine Wand taumelte und sprang dann in Riesensätzen die Treppen hinunter durch den Kirchenraum ins Freie.

Kai blieb regungslos stehen und schnappte nach Luft. Er zitterte am ganzen Leib und sein Herz schlug so schnell, dass er glaubte, es würde jeden Moment zerspringen.

„K... Kai!“ Pers schwache Stimme schreckte ihn

auf. Der Vampir lag schwer verletzt in einer Ecke und streckte ihm eine Hand entgegen. „Komm!"

Kai stürzte zu ihm und kniete an seiner Seite.

„Per, sag mir, was ich tun kann." Er merkte, wie Tränen seine Augen füllten.

„Das wird schon wieder."

Per versuchte zu lächeln. „Hat nicht das Herz getroffen. Aber ich fühl mich etwas schwach."

Kai durchfuhr ein schrecklicher Gedanke. Waren nicht alle Speere mit Weihwasser benetzt? Es würde langsam durch Pers Adern fließen und sich im ganzen Körper ausbreiten und ihn vergiften. „Wir müssen dich hier sofort rausbringen", sagte er und griff ihm unter die Arme. „Kannst du aufstehen?"

Per nickte und drückte sich mit schmerzverzerrtem Gesicht vom Boden hoch. „Wir haben es wohl geschafft", hauchte er und blickte zum kläglichen Rest der Knochenkrieger, die sich noch Scharmützel mit den Vampiren lieferten. Dann sank er bewusstlos zusammen. Kai fing ihn auf und hielt ihn.

„Pelle, Pelle!"

Am anderen Ende des Dachbodens schaute Pelle, der sich gerade um Opa Gismo kümmerte, auf. Als er Kai sah, kam er sofort im Sturzflug zu ihm geflogen. „Grundgütiger!", rief er. „Wie schlimm ist es?" Er blickte auf seinen ohnmächtigen Freund

und entdeckte die Speerwunde. „Teufel auch, ist er …“

„Nein“, sagte Kai. „Aber wir müssen ihn schleunigst wegbringen und versorgen. Er hat Weihwasser im Blut!“

„Weihw… Auch das noch!“ Pelle beugte sich zu Per hinab, legte die Finger an seinen Hals und öffnete die Augenlider. „Ja, er lebt noch“, sagte er. „Aber Eile ist angesagt! Komm, wir bringen ihn zum Haus deiner Großmutter. Dort ist unser Treffpunkt.“

Er nahm Pers Beine. „Er muss liegend transportiert werden!“ Mit einem Nicken bedeutete er Kai, die Arme zu fassen. „Fertig? Dann los!“

Sie erhoben sich in die Luft und schwebten vorsichtig mit ihrer Last durch eines der zerstörten Fenster aus dem Dachboden der Giselotta-Kirche hinaus.

Der Silberstreifen am Horizont

„Und?“

Kais Vater nickte. „Er wird wieder, mach dir keine Sorgen. Pelle ist bei ihm.“ Er kam die Treppe herunter und strich Kai beim Vorbeigehen durchs Haar.

„Wir müssen uns um Oma kümmern, komm“, sagte er und trat ins Wohnzimmer. Kai folgte ihm.

Dort scharten sich Gutta, Gangolf und Gerrith sowie die Vampireltern um seine Großmutter, die auf dem Sofa saß. Kai erschrak etwas bei ihrem Anblick. Da saß nicht die lebenshungrige, energiegeladene Oma, die er kannte. Sie wirkte so klein, so zusammengesunken. Ihr Blick war so leer.

Eigentlich müsste sie ihm leidtun. Wieder einmal befiel ihn ein quälend schlechtes Gewissen. Er horchte tief in sich hinein. Konnte es wirklich sein, dass er nun gar kein Mitgefühl finden konnte? Nicht einmal im verborgensten Winkel seines Herzens? Er fühlte sich elend und wich den Blicken seiner Großmutter aus.

„Aber wir haben es nie bemerkt“, sagte Gesine. „Wieso nur haben wir es nie bemerkt?“

„Du hast Wieland gehört, Liebes.“ Ihr Mann strich ihr über die Hand. „Sie hatte alles Vampirische verloren, selbst ihren Vampirgeruch. Wir konnten sie nicht erkennen.“

Oma Flammersfeld blickte auf. „Ein wenig älter bin ich ja auch geworden“, sagte sie und lächelte schwach. „Aber es ist schon seltsam“, fuhr sie leise fort, „es war wirklich alles verschüttet. Jede Erinnerung an früher war weg.“ Sie blickte die anderen an und lachte auf. „Eigentlich müsste ich diesem Wieland dankbar sein.“

„Dankbar?“, fragte Kais Vater. „Dafür, dass nun nichts mehr so ist wie früher? Dafür willst du ihm dankbar sein? Also, ich weiß nicht.“

„Na ja.“ Die Großmutter erhob sich. „Ich gebe zu, ich hatte mich ganz gut in meinem menschlichen Leben eingerichtet. Bis heute Abend war ich überzeugt davon, dass ich alles, woran ich mich erinnere, all die Bilder der Kindheit, all die Geschehnisse der Jugend, als Mensch erlebt habe und nicht als Vampirin. Nicht einmal mein starkes Interesse für die Untoten kam mir seltsam vor." Sie schüttelte den Kopf. „Ich weiß übrigens auch nicht, wann und unter welchen Umständen ich zur Vampirin wurde. Oder wer mich dazu gemacht hat."

„Oh, da könnte ich dir weiterhelfen", sagte der Vampirvater.

Kais Oma winkte ab. „Ach, lass mal. Darüber können wir später sprechen. Ich glaube, das wäre mehr, als ich heute Nacht erfahren möchte."

Gottfried von Greifendorf nickte.

„Sind in der Zwischenzeit noch mehr Erinnerungen zurückgekommen?", fragte er.

„Einige ja. Aber es ist alles so verwirrend, wisst ihr. All die Bilder, die Personen, die darin erscheinen, und die Gefühle ..." Sie blickte zu den Vampireltern. „Ich werde euch die nächsten Nächte sicher ordentlich Löcher in den Bauch fragen."

„Kein Problem!" Gottfried grinste.

„Du bist aber sehr gefasst." Kais Vater legte eine Hand auf die Schulter seiner Mutter.

„Was soll ich machen? Es ist nun einmal so."

„Das ist ja das Schlimme!"

Sie strich ihm über die Wange. „Aber es ist die Wahrheit. Und der muss man unverblümt ins Auge sehen. Zumindest mache ich das so." Sie lächelte ihren Sohn liebevoll an.

„Wenn ich da mal was sagen dürfte!“ Kurt flatterte vom Bücherregal auf die Schulter von Opa Gismo. „Mensch oder Vampir … Spielt das überhaupt eine Rolle? Interessiert das jemanden? Für einen Vogel wie mich beispielsweise ist es eh einerlei, was ihr seid. Ihr seid Zweibeiner, basta! Wisst ihr, aus irgendwelchen komischen Gründen hatte ich mal einen Onkel, der eine Blaumeise war. Ein seltsamer Vogel war das, kann ich euch sagen! Allein wie der sein Nest gebaut hat, ihr ahnt es nicht …“

„Kurt!“

„’tschuldigt! Das Tolle jedenfalls war … wie soll ich sagen? Er war so anders. So verrückt! Und ganz egal, ob nun Rabe oder Blaumeise: Wir waren eine Familie!“

Die Oma ging zu ihm und gab ihm einen zarten Kuss auf seinen Rabenkopf. „Du hast ganz Recht, Kurt. So sehe ich das auch. Nur, daran gewöhnen muss ich mich noch.“

Kai freute sich, als er sah, dass der Glanz in ihre Augen zurückkehrte. Er ging zum Esstisch, nahm einen der Becher, die daraufstanden, und schenkte sich aus einer bauchigen Kanne Bluttee ein. Er nahm einen kräftigen Schluck, schenkte noch einmal nach und ging auf die Terrasse.

Über ihm stand der zunehmende Mond am Himmel, neben dem ein einzelner heller Stern strahlte. Während er spürte, wie der warme Tee seinen Hals hinabbrann, dachte er an all das, was geschehen war. Kai musste lächeln, als ihm etwas bewusst wurde: Die ganze Zeit über hatte es schon Vampire in seiner Familie gegeben, es hatte nur niemand gewusst. Dann schoss ihm ein Gedanke durch den Kopf, der für einen Moment befremdlich war. Er musste daran denken, dass Gutta nicht einfach eine Vampirin war. Seit heute Nacht war sie seine Cousine. Natürlich! Und der ruppige Gangolf und der schüchterne Gerrith waren seine Cousins. Daran musste er sich erst einmal gewöhnen. Gleichzeitig aber war er auch erleichtert. Erleichtert darüber, dass er nicht der erste und einzige Vampir in der Familie war.

Aus dem Wohnzimmer seiner Großmutter drangen Stimmen und fröhliches Gelächter zu ihm nach draußen.

Er dachte an Per und schaute hinauf zu dem Dachfenster, hinter dem sein Zimmer lag. Es war dunkel. Hoffentlich würde der Trunk, gebraut nach dem Magiebuch seiner Oma, helfen. Hoffentlich konnte er das Weihwasser in Pers Körper unschädlich machen.

„Pelle sagt, er schläft tief und fest.“ Sandra kam auf die Terrasse, stellte sich neben ihn und hielt ihm ihren Becher mit bitterem tibetischem Tee entgegen. „Schlukkul!“

„Schlukkul!“

Sie stießen die Becher zusammen und nahmen einen großen Schluck.

„Und?“, fragte Sandra, nachdem sie eine Weile schweigend nebeneinandergestanden hatten.

Kai wusste sofort, was sie meinte. „Keine Ahnung. Wirklich, ich weiß es noch nicht. Bis heute dachte ich, ich müsste Vampir werden. Doch plötzlich habe ich eine Chance, etwas zu ändern.“

„Du könntest ein fast normales menschliches Leben führen, Kai.“

„Hm, ich weiß. Dann müsste ich all das hier aber aufgeben. Du hast Wieland gehört: Wer vom Saft der Trügerischen Trautelbeere trinkt, wird zu einem Tagvampir und kann nicht mehr in die Welt der Nachtvampire zurück.“

„Ja, und?“ Sie blickte ihn fragend an. „Wolltest du nicht die ganze Zeit dein altes Leben zurück?“

„Ja, schon. Natürlich. Nur ... ach, ich weiß auch nicht. Ist ein seltsames Gefühl. Ich hatte mich fast schon an den Gedanken gewöhnt, ein Nachtvampir zu werden.“

„Und jetzt hast du plötzlich wieder eine Wahl, wo vorher keine war. Verstehe." Sie strich ihm über den Rücken und sah ihm dann ganz tief in die Augen. „Wie immer du dich entscheidest, ich stehe hinter dir." Sie lächelte liebevoll. Dann drehte sie sich um und ging ohne ein weiteres Wort zurück ins Wohnzimmer.

Kai schnürte es die Kehle zu. Er spürte, wie ihm die Tränen in die Augen traten. Er blieb noch einige Zeit auf der Terrasse stehen und dachte darüber nach, ob es wohl irgendjemanden auf der Welt gab, der eine so wunderbare Freundin hatte wie er.

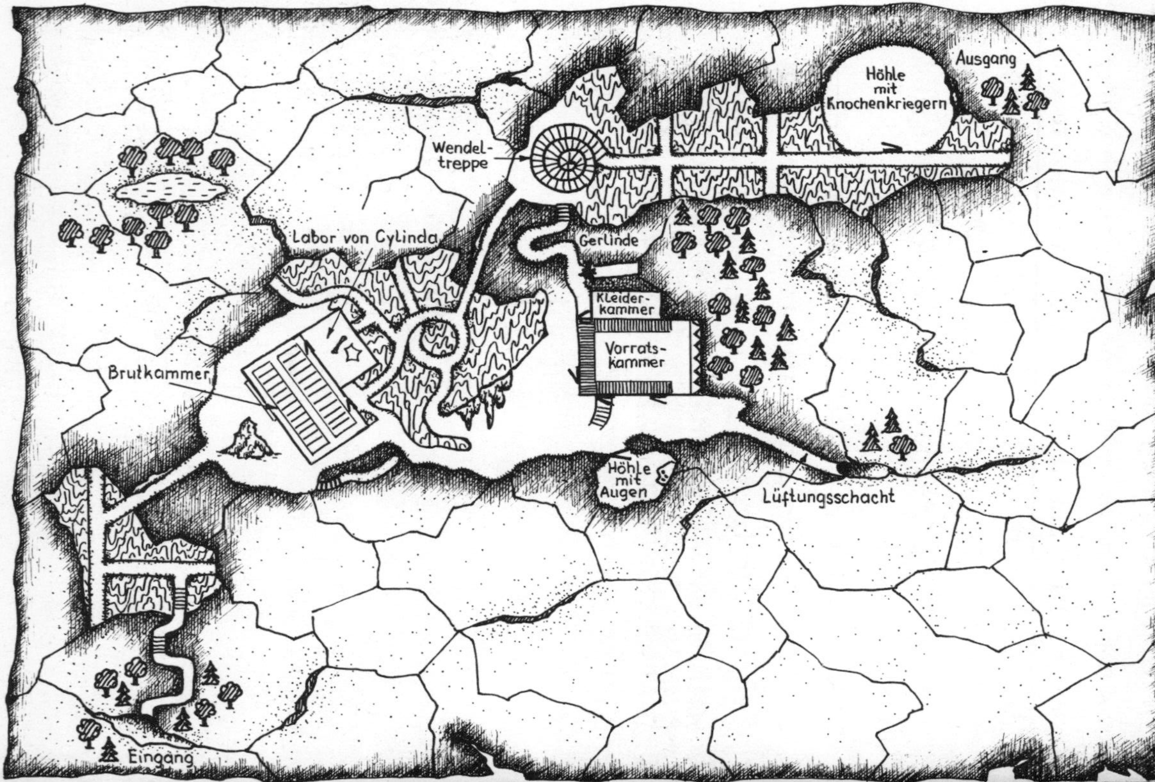
Ausgang
Höhle mit Knochenkriegern
Wendeltreppe
Gerlinde
Labor von Cylinda
Kleiderkammer
Vorratskammer
Brutkammer
Höhle mit Augen
Lüftungsschacht
Eingang